革命テーラー

川瀬七緒

角川文庫
22369

目次

第一章　無頼派コルセティエ

1

僕の人生は、この先ずっとろくでもないに違いない。

中学でなんとなくそう感じてはいたが、高校に進学してから確信に変わった。まず一番目の悲劇は、福島県にある中途半端な田舎に生まれてしまったこと。都会者や外国人観光客が飛びつきそうな美しい田園風景があるわけでもなく、歴史ある城跡という絶好の素材はぴかぴかに磨かれたプラモデルと化している。地元民からの評判は上々のようだが、僕に言わせればこうだ。

「情緒の部分が絶望的に足りてないんだよ」

そこいらにあるテーマパークだって侘《わ》び寂《さ》びの風情ぐらい出せるのに、なんでこんな住宅展示場みたいにしてしまうのかがわからない。統一性のない土地開発はどこにでもあるような地方都市を造り上げ、枯れた魅力も個性さえもないファミレスと大型量販店に占拠された町になった。そのうえ、他人への干渉と噂話が日常的な娯楽になっている。良くも悪くも人との距離が近いから、情報の共有率がおそろしいほど高かった。だれも放っておいてはくれない。考えれば考えるほど憂鬱《ゆううつ》だ。

僕は制服のシャツのボタンを留めながら、プラスチックのお椀《わん》にチョコ味のシリアルを勢いよく入れた。安売りのチラシが貼られた冷蔵庫から牛乳を取り出し、まずは賞味期限に目を走らせる。日付けは昨日だから、明日まではどうにかいけるだろう。母親は食に関してあり得ないほど雑だ。過去に何度も食あたりでひどい目に遭わされているから、危険を見極めて全力で自衛しなければならない。器に牛乳を注ぎ入れると、リング形のシリアルが浮き上がってくるくるとまわった。

一昨日《おととい》も昨日も今日も、毎日が判で捺《お》したように代わり映えしない。僕は回転するシリアルをじっと見つめた。ここ何年も、気持ちには霞《かすみ》がかかってすっきりと晴れたためしがなかった。心から笑ってもいないし、時間を忘れて何かに没頭したこともない。十七歳の自分は手のほどこしようがないほどひねくれ、あらゆるマイナス思考に取り囲まれている。

朝っぱらから悶々《もんもん》として椅子に座ったとき、黄色く陽に灼《や》けた襖《ふすま》が勢いよく開いて、長い髪を無造作に束ねた母親が顔を出した。

「おはよう。アクア、今日は何時に帰ってこれる？　学校は確か六時限だったよね」

蒼《あお》白い顔は病的にむくみ、目の下には真っ黒いクマが貼りついている。瞼《まぶた》も泣いた直後のように腫《は》れぼったくて、三十七という実年齢よりも十は上に見える風貌《ふうぼう》だった。どうやら昨日は一睡もしなかったらしい。

「もう正直に言っちゃうけど、今回も手伝ってもらいたいんだ。こっからはアクアだけが頼みの綱なんだよ。お母さんの一生のお願い！　何時ごろに帰れそう？」

一生のお願いをカジュアルに何度も使いこなす母は、顔の前で手をこすり合わせて急《せ》くように問うてきた。徹夜明けのひどい顔をひとしきり眺め、僕はスプーンでシリアルを引っかきまわしてから口へ運んだ。

自分の身に起きた二番目の悲劇がこれだ。「アクアマリン」なんてとんでもない名前をつけられたこと以外にはないだろう。「海色」と書いてアクアマリンと読ませるこの名のせいで、息子がどれほどの生きづらさを背負うことになるのか、母はびっくりするほど何も考えていない。この先々に起こりそうなことを考えはじめると、不安で眠れなくなることもよくあった。

まずは社会に出るための履歴書と面接だ。そして入社した仕事場での自己紹介、取引先との名刺交換、銀行口座とかカードの開設、もろもろの契約、もし結婚できたとして相手方の親戚《しんせき》なんかとの顔合わせ、子どもができても僕の名前のせいで非行に走る、一家離散、自暴自棄の僕は犯罪に手を染める、全国ネットで顔と名前が報道される、お茶の間は大爆笑……。ひとたび考え出したら終わりがない。人に名乗るというあたりまえの行為が、自分にとっては一生涯つきまとうトラウマ級の惨事になっていた。

僕はふやけたシリアルを機械的に口へ運び、甘いチョコ味の牛乳を喉《のど》の奥に流し込んだ。そしてテーブルの上に置かれているクリームパンを手に取ってから、ようやく母と目を合わせた。

「たぶん、五時までには帰れると思うけど」

「五時？　五時ね？　間違いないよね？　遅れないよね？」

「だから、たぶんだって」

人の話をろくに聞いていない母親は「よし」と声を上げて手をひとつ打ち、安心したようにふうっと息を吐き出した。「今週末が締め切りなんだけど、ぜんぜんおっつかないんだって。あと十八ページも残っててさ」

「まだ手伝うとは言ってないんだよ。だいたい、なんで今の段階で十八ページも残してんの？　あと四日しかないのに」

「アクア、ホントに頼むって。先週は町内会の集まりと団地の掃除があったでしょ。あれ、二回連続で休んだから今度は休ませてもらえなかったんだよ。下の階の真《ま》鍋《なべ》女史がおっかなくてさ。だいたい、落ち葉なんか掃いたってきりがないんだし、掃除は暇な年寄りだけでやればいいと思うんだよね。朝なんて五時前から起きてんだから」

「決まりは決まりでしょ。だいたいうち、町内会費も組合費も払ってないじゃん。文句言えた義理じゃないと思うけど」

僕は甘ったるいクリームパンを口に押し込み、油で汚れた指を台拭《だいふ》きになすりつけた。

「どっちも免除だよ、免除。うちは貧困母子家庭なんだから。とにかく背景とトーン、あとベタもやってもらいたい。特に背景はもうアクアにしか描けないよ。中間テストも終わったばっかだし、いいでしょ？　いいよね？　お願いね！」

母は擦り切れた座椅子にどすんと正座し、おもねるような愛想のいい笑みを向けてきた。この計画性のなさをなんとかしてもらいたいし、稼ぐためとはいえ仕事の安請け合いをしすぎだった。

母の仕事部屋である六畳の和室には、B4サイズのケント紙が散乱している。専門書や雑誌類も堆《うずたか》く積み上げられていて、あいかわらず足の踏み場もないほどだった。

僕は、途中までペン入れが終わっている漫画の一枚に目を据えた。裸の男女が絡み合い、濃密な痴態が繰り広げられている。どのページも過激な性描写で埋め尽くされ、R指定を受けているのももっともだった。僕は小さくため息をつき、洗面所で歯を磨いてから制服のジャケットを羽織った。

僕に起こった悲劇を語るなら、絶対にこれも外すわけにはいかない。母親が官能漫画家だということだ。生活苦だとか父親がどこかの女と蒸発した事実などが、簡単に消し飛んでしまうほど強烈な手札としか言いようがなかった。しかもどういうわけか昔のヨーロッパを舞台にしたエロが女性読者にウケて、連載のうえに書籍化までされているというのもたまらない。母親には仕事を隠そうという気がまったくないものだから、ペンネームは本名の「津田咲子《つださきこ》」のままであり、もはや町中に知れわたっているありさまだった。

そして四番目の悲劇は自分自身。洗面所の曇った鏡に目をやり、僕は自分の丸い顔をじっと見つめた。童顔、小柄、痩《や》せ、情けないまでの色白という、舐《な》められる要素がひと通りそろっている。くりっとした丸い目がリスみたいでかわいいと褒められていたけれども、その評価基準はせいぜい小学生までだろう。今となっては、幼すぎる顔立ちがひどく不気味だ。この歳になっても背は伸び悩み、なんとか百六十センチを超えた程度だった。運動嫌いで食に興味がなく、そのうえ冷凍食品とジャンクフードが食卓の常連なのだから、まともな発育なんて見込めない。

「普通ならグレるか引きこもるかしてるよな」

ぼそりと言うと、母は「何？　なんだって？」といつもの聞こえていないふりをした。この家では、面倒な話を互いに避けて通るのがならわしになっている。

すると母はのろのろと立ち上がり、毛玉だらけのジャージのポケットから五百円玉を二枚出して僕に握らせてきた。どこか申し訳なさそうに薄い眉尻《まゆじり》を下げている。

「今日もお昼は購買でパン買って。あと、帰りにコンビニで自分の夕ごはんのお弁当買ってきてね。今週はごはん作れそうにないからさ。アクア、いつもごめん」

僕は、受け取った二枚の硬貨をすぐさま制服のポケットに滑り込ませた。コインには母親の生あたたかい体温がこびりついている。今の生活とか自分の進路とかそのずっと先にある将来のこととか、いろんな不安が一気に押し寄せてくるいやなぬくもりだった。

「いってきます」

僕は口の中でそうつぶやいて鞄《かばん》を担ぎ上げ、煤《すす》けた黒いローファーに足を突っ込んだ。いつにも増して、このしみったれた現実と息を合わせてうまくやっていくことができない。錆《さび》の浮いた玄関ドアを開けると、灰色の分厚い雲が空を塞《ふさ》いでいるのが見えた。

十月も後半に入ったとたんに、気配だけだった冬がはっきりと姿を現している。那須《なす》山から下りてくる湿った風にはずっしりとした重みがあり、ここでも僕の気分を滅入《めい》らせた。また陰湿でだらだらと長い冬が巡ってくる。このくすんだ空の色と底冷えする陽気は、否応《いやおう》なく震災当日を思い起こさせた。あの日に聞いた地鳴りや悲鳴やすすり泣きが、記憶の隅から引き出されるいやな天気だった。

襟許《えりもと》からふいに入り込んだ冷たい風に、ぶるっと体を震わせた。身を強張《こわば》らせたまま市営団地の薄暗い階段を三階ぶん駆け下りたとき、ゴミ捨て場の脇に三人ほど固まっているのが見えてうめき声を漏らした。

「ミスった……」

市営団地C棟の班長である真鍋女史とその一派だった。毎朝外に出ては住人監視に情熱を燃やす元小学校教頭としもべたちであり、僕と母がもっとも苦手とする人物でもある。いつもは廊下伝いに棟の端から外へ出るのだが、今日はぼうっとしすぎていた。不注意にもほどがある。

できる限り気配を消して伏し目がちに小走りし、僕はおはようございます、と聞こえないほどの小声で挨拶《あいさつ》しながら、還暦を過ぎた女集団の前を通り過ぎた。が、あたりまえのように呼び止められる。

「おはよう。ああ、ちょっと。津田くんさ」

小豆《あずき》色のカーディガンにグレーの膝下《ひざした》スカートという教員ファッションで武装した真鍋女史は、頬のこけた乾いた顔に几帳面《きちょうめん》な笑みを浮かべている。眉間《みけん》に深々と入った二本の線と引っ込んだ目のせいで、いつもながら悪魔的な笑顔にしか見えなかった。

「来週は津田くんのとこがゴミ当番だから、それをお母さんに伝えてほしい。くれぐれも忘れないようにってね」

「ああ、はい。わかりました」

「掲示板にも分担表が貼ってあるけど、ここ最近は外に出てこないから見てないはずだよ。もう一週間も外に出てないのはわかってる。お母さん、病気ではないよね？」

「はあ」

「あと、前から何回も言ってるけど、紙ゴミの捨て方は気をつけてもらいたいね。破るとかハサミで細かく切るとかして、外からは絶対に見えないようにしなけりゃダメだ。ここには小さい子どもも大勢住んでるんだから、女の裸の絵がそのまま捨ててあったらよくないのはわかるはずだよ。仕事についてとやかく言うつもりはないけど、女の人権と差別問題について、一回お母さんとはきちんと話す必要があるみたいだ」

「なんせ、ただの裸じゃないからねえ。とんでもない恰好《かっこう》した裸だから」

ジョギングウェアに身を包んでいるおばさんが、嬉々《きき》として合いの手を入れてきた。

「ともかく集団生活なんだし、決まりは厳守してもらわないと困るな。みんなそれぞれ事情があるのは同じだけど、ここでは特別扱いなんかない。縁あっておんなじ団地住まいなんだ。わたしはひとつのクラスだと思ってるし、歳なんて関係なく住人はかわいい教え子みたいなもんだよ。だからみんなで一丸となって協力していこう」

真鍋女史は念仏のような一本調子で喋《しゃべ》り、白髪の目立つおかっぱの髪を耳にかけた。教師の押しつけがましさが全開だ。母がつけた「女史」という敬称が的を射すぎている。

「そう伝えときます」

じりじりと距離を取りながら会釈して、真鍋女史一派を背に大股《おおまた》で走り出した。後ろから「真面目に勉強して偉くなりな」という金属的な声が追いかけてきたが、僕は引きつった笑みを返すのが精一杯だった。

団地入居者の家族構成や勤め先や過去、持病や出自や親戚筋にいたるまで、すべての情報を握っているのだと住人がこぼしていたことを思い出す。この近辺で空き巣事件が起きたとき、警察がいちばんに真鍋女史から団地住人の情報を得たというのも、あながちうそではないのかもしれなかった。そのうえ、出先の店でちょっとした仕事のミスを見つけては本社に密告したり、生活保護費や児童扶養手当の使い道まで監視しているというからたまらない。極めつきは、あらゆるものに女性差別問題を絡めて攻めてくることだろう。この切り札を出されれば、ほとんどだれも勝ちようがなかった。悪魔の風紀委員は、町のあちこちに存在して歪《ゆが》んだ正義感を満たしている。

僕は色褪《あ》せた遊具のある団地の広場を抜けて角を曲がり、中高生が行き交う通学路を逸《そ》れて、舗装されていない小径《こみち》へ入った。ぬかるんだ細い道に沿って木とトタンでできた粗末な長屋が連なり、もつれ合った電線が陰気臭い鈍色《にびいろ》の空に溶け込んでいる。枯葉が溜《た》まった側溝を飛び越え、その先にあるじめついた無縁墓地を勢いよく走り抜けた。卒塔婆《そとば》が北風に煽《あお》られてカタカタと音を立て、苔《こけ》むした慰霊塔にはナメクジが何匹も張りついているのが見える。僕は近道になる古寺の裏手を抜けて、路地を進みながら瓦町《かわらまち》商店街に躍り出た。

珍しく走ったせいで、息が上がってこめかみを汗が伝う。ワイシャツの第一ボタンを外して手の甲で汗をぬぐい、シャッター街と化している寂れ切った町のメインストリートを進んだ。あちこちに地元商店街推進の派手なのぼりが立てられているけれども、今さら何をやっても無理な話だ。この町はとうの昔に息絶えている。

僕は「カワラちゃん塗り絵ラリー」なるゆるキャラの貼り紙をそっけなく一瞥《いちべつ》し、前のめりになって黙々と歩を進めた。そのまま一軒の薄暗い店先を通り過ぎたとき、視界にあり得ない像が飛び込んできて反射的に振り返った。

「え？　何これ……」

僕は、緑色の木枠がついた小さなショーウィンドウを見上げてぽかんと口を開けた。

2

ガラスには剝《は》げかけの黒い塗料で「テーラー伊三郎《いさぶろう》」という店名が書かれており、暗い店の奥に錆の浮いたブリキの看板が逆さに立てかけられている。

——正統派英国紳士服の仕立て、サイズ直し、カケハギも承り〼《ます》

どこからどう見ても、古臭くて時代遅れの潰《つぶ》れた仕立て屋だ。この町で生まれてから何度となくこの店の前を通ってきたけれども、目を留めたことなど一度もなかった。が、今飾られているものは、正統派英国紳士服からとんでもなくかけ離れている。

僕はごくりと喉を鳴らし、年季の入った店に吸い寄せられるように近づいた。昨日までは、ウィンドウの奥に段ボールが積み上げられ、傷だらけの作業台や古道具がひしめく物置きのような空間だった。なのに、いったい今、目の前では何が起きている？

僕はひんやりと冷たいガラスに手をつき、飾られているものを食い入るように見つめた。ショーウィンドウの中には古そうな女もののボディが置かれていた。陽に灼けた布地がところどころ擦り切れ、別の布でパッチワークのように継ぎ当てられた補修跡がいくつもある。吐き出した息でガラスが白く曇り、僕は制服の袖《そで》で急いでぬぐった。ボディに着せられてウィンドウに飾られているのは、女の白い下着だった。それも、ただの下着ではない。

「ちょっと待った。落ち着け。これは現実だよな。なんでこんなのがここにあんの……」

僕は再び喉を鳴らし、どきどきとやかましい胸をさすりながら女の下着を見まわした。完璧《かんぺき》だ。デザインといい滑らかな曲線といい精密な仕立てといい、ここまでのものはガリエラ美術館の写真集でしか見たことがない。

そのとき、背後で悲鳴かと思うような甲高い声が響きわたり、僕はガラスに額をぶつけながら振り返った。

「何これ！　見てよ！　すごいキモい！　うそでしょ！」

紺色のジャケットにチェックのスカート姿の高校生が、丸い顔を大げさにしかめていた。同じ学年の女子だ。友人四人と固まって、ウィンドウを忙《せわ》しなく指差している。

「ここって元は紳士服の仕立て屋だったよね？　なんでいきなりこんなのが出されてんの？　セクハラじゃん！」

「セクハラも何も、店の売り物なんでしょ」

「エミちゃん、クールすぎ！　だいたい、通学路にこんなの出しちゃダメなんだよ！　前にラブホも建設中止になってたじゃん！　住民運動でさ！　朝から女性サベツすぎるでしょ！」

なんて頭の悪そうな会話だ。僕は半ば呆《あき》れ返ったが、こっちに矛先《ほこさき》が向けられるのを警戒して店の前からじりじりと距離を置いた。すると、エミちゃんと呼ばれていたショートカットの女子が、腕組みしながら生真面目な調子で言った。

「ちょっと落ち着きなって。これにはたぶん裏があるんだよ。田舎の潰れた仕立て屋に、突然マニアックな女の下着が飾られる。なんでそうなったと思う？」

「知らないよ」

「どう考えても不自然すぎる。ちょうど通学の時間を狙ったみたいに、こんなものが出されてるんだからね。状況から考えて……これはテレビのドッキリかもしれない」

　エミちゃんが名探偵ばりの推理を披露したとたんに、ほかの女子たちは「うそ！」と一斉に金切り声を張り上げた。反射的に髪を素早く整えながら、辺りをきょろきょろと見まわしている。僕もつられて周りに目をやると、通学途中だった高校生たちが騒ぎに気づいて近づいてきた。

「ドッキリだとすれば、うちらの反応をどっかで撮ってるよ。もしかして、商工会議所が仕掛けたのかもね。町興し的な感じでさ。それか、田舎に埋もれてる美少女発掘企画とか」

　エミちゃんの推理は冴《さ》えわたり、とどまるところを知らないようだった。

　仕立て屋の前にはちょっとした人だかりができて、みなスマートフォンでショーウィンドウを撮影しにかかっている。女子たちはテレビカメラがあるはずだと騒いで軒下を探りはじめたけれども、これが何かのドッキリ企画のはずがないのは僕がいちばんよくわかっていた。

僕は、古びたボディに着せられている艶《なまめ》かしいコルセットを凝視した。ウェスト部分が過剰に絞られ、体に沿わせる自然なシルエットを作るために、十枚以上のパーツを複雑に縫い合わせている。胸から腰下まであるコルセットは縦のラインが強調され、細い縫い目の間には張り骨が何本も挿し込まれているのがわかった。クジラのひげというやつだ。ガーターベルトも備えたこれは、十八世紀のロココの技巧そのままではないか。

僕も興奮気味にスマートフォンで撮影したとき、店の脇からひょろりと痩せた中年男が顔を覗《のぞ》かせた。紺色のスーツを着て黒縁メガネをかけ、筋張った首には社員証らしきものがぶら下がっている。この男の顔には見覚えがあった。夏祭りの会場で司会役をしていた市役所の職員だ。

「ちょっときみたち、こんなとこで何やってんの？　学校は？」

浅黒い顔をした役人はメガネを人差し指で押し上げ、集まっている高校生たちを不思議そうに見下ろした。

「おじさん、この家の人ですか」

エミちゃんが物怖《ものお》じせずに問うと、男は作り笑いを浮かべながら首を傾げた。

「そうだけど、何かあったの？」

「あの、あれ……」

何人かの女子がそろってウィンドウを指差し、面長の男は振り返って店に顔を向けた。

しばらく立ち尽くして女ものの下着を見つめていたかと思えば、急にぶるっと体を震わせ、弾かれたように踵《きびす》を返して店の脇へ引っ込んだ。手荒に玄関の戸が開かれた音に続いて、うわずった声が流れてくる。

「真知子《まちこ》！　み、店に出されてるのをすぐに引き揚げて！　とんでもないもんが飾ってあるんだよ！」

「は？　いったいどうしたの？　とんでもないもの？　店？　なんなの？」

「ああ、もう！　説明はあとだ！　それと父さんを呼んできて！　今すぐに！」

ばたばたと靴音がして再び通りに飛び出してきた男は、あっけに取られている高校生たちに引きつった笑みを向けてきた。

「ええと、とにかくきみたちは学校に行きなさい。もうすぐ七時五十分になるぞ。ああ、それと、スマホで撮った店の写真をＳＮＳに上げたりしないようにして。これにはいろんな事情があるからね」

「いろんな事情？　やっぱりテレビのドッキリですか。放送はいつ？」

「ドッキリ？　い、いや、そうじゃないよ。個人的な家の事情なんだけどね」

つっかえながら早口でそう捲《まく》し立てた男は、ショーウィンドウを隠すような恰好で僕たちの前に立ち塞がった。すうっと息を吸い込んで大げさな咳払《せきばら》いをする。

「きみらは暁《あかつき》高の生徒だね。確かあの高校はスマホ禁止だったはずなのに、なんでみんな持ってきてるの。ダメでしょ、校則は守らないと」

役所勤めの男はいきなり話を変えて、校則違反を楯《たて》に口封じする算段を始めている。それにしても、家の事情で店に女の特殊下着を飾るなど、ますます興味をかき立てられるではないか。僕はここ最近ないほど気持ちが昂《たかぶ》り、伸び上がって男の体越しに店の中を窺《うかが》った。すると男の妻らしきふくよかな女が奥のドアを開けて現れ、窓際に置かれたボディを見つけて目を丸くした。口許に手をやってあたふたとしてから、下着めがけてウィンドウまで小走りしてくる。コルセットに手をかけて引き剝がすのに躍起になっていたけれども、甲冑《かっちゅう》のようにがっちりと固定されたそれをずらすことすらできないようだった。

僕は笑いを堪《こら》えながら、店の中を盗み見た。このコルセットは十八世紀の上流階級が使っていたものを完璧に再現している。手刺繡《ししゅう》やニードルレースをふんだんに使った贅《ぜい》沢《たく》な装飾はもとより、後ろ紐《ひも》締めの構造で、ひとりでは脱ぎ着ができないものだった。しかも、見たところ三本の紐で絶対に緩まない当時の締め方を採用しているし、外すだけでも小一時間はかかる代物だろう。

フランス革命前後のヨーロッパを舞台にした母の漫画では、これを脱がせるために男たちが使用人を何人も引き連れて、屋敷に忍び込むシーンがたびたび登場する。漫画に出てくる衣装は徹底的に調べられ、ほとんど歴史に忠実に描かれているから、いやでも覚えてしまっていた。それにしても、なぜこんな片田舎の潰れた仕立て屋に十八世紀の下着が飾られているのだろうか。

「なんの騒ぎなんだい？」

だみ声が聞こえて隣を見ると、割烹着《かっぽうぎ》姿の年寄りが怪訝《けげん》な面持ちでウィンドウを覗き込んでいる。高校生たちは店先から離れはじめていたけれども、代わって隣近所の者たちがわらわらと集まり出していた。

「あれまあ」コルセットを見た老婆たちが口々に声を上げた。「太一《たいち》ちゃん。店に女の下着なんか飾ってどうしたね」

「ああ、いや、その、これはいろんな手違いと連絡ミスが重なりまして……」

家主の男は鼻の頭に汗をにじませ、おもしろいほど公務員的な申し開きをはじめている。ひどく年老いた主婦たちは古ぼけたボディと格闘している男の妻を見つめ、互いの顔を見合わせてから心配そうな声を出した。

「まさかとは思うけど、これを作って飾ったのは伊三郎さんなのかい？」

「ええと、確認はまだですが、たぶんそういうことになるかと思います……」

するとスカーフを頭に巻いた老婆が、曲がった腰を叩《たた》きながら訳知り顔で声を潜めた。

「あのな、太一ちゃん。心配だから言わせてもらうけど、ひょっとするとこれは大事かもしれないよ。あんたの父ちゃんはボケはじまってんじゃないの？」

「……そのあたりも確認できていなくて」

「医者には診《み》てもらってるのかい？　ボケてスケベ心だけ残っちまうじいさんは多いかんね」

「んだな。ほら、明戸町《あけどちょう》の佐々木《ささき》さんとこ。あすこのじいさんも始末に負えなかったろ。デイケアの若い娘にしょっちゅう、おっかぶさったりして」

「まったくねえ。色ボケはたいへんだわね。頭のなかはそれしかなくなるから。それはそうと、太一ちゃんは先祖供養をちゃんとやってるの？」

老婆たちは「あの伊三郎さんがなあ」とこぼしながらため息をつき、認知症の症状と、近所に住む認知症老人を口滑らかに挙げ連ねていった。なるほど、これを作ったのは店名にもなっている伊三郎という人物らしい。心配するまでもなく色ボケなどではないし、ましてや先祖供養が足りないわけでもないと宣言してやりたかった。むしろ完全覚醒の域だろう。期待に胸を弾ませながら事態を見守っているとき、店の中からかすれ声が漏れてきてはっとした。

「それを外すな。勝手に何やってんだ、いったい」

ずんぐりむっくりとした小柄な老人が、住居とつながっているらしいドアの奥からゆっくりと姿を現した。あれが伊三郎か……。僕はよく見ようと再び店へ近づいた。

伊三郎は仕立てのよさそうな麻色のシャツを着込み、サスペンダーつきのツィードズボンを穿《は》いている。お世辞にも似合っているとは言えないけれども、どこか欧風の小洒《こじゃ》落《れ》た雰囲気をまとっているのは確かだった。老人の年齢というのはよくわからないが、八十は過ぎているのだろうか。赤ら顔に細い金縁のメガネをかけ、白い口ひげを蓄えた究極の仏頂面だ。太くて短い指はごつごつと節くれ立って力強く、爪には黒い縦筋が何本も入って変形している。繊細な女の下着を作り出したシミだらけの手に、僕は感動すら覚えていた。

伊三郎はあごをしゃくっただけで息子の嫁を追い払い、ボディの向きを直してから店の鍵《かぎ》を開けた。つっかけを履いて外に出てくる。神妙な顔をした一団をそっけなく見まわしてから、地肌の透けている綿毛のような白髪頭を撫《な》で上げた。

「朝っぱらから何やってんだ」

「何やってるって、父さんこそ何やってんだよ。こんなものを見えるとこに出して、だれだってびっくりするだろ？　すぐ外さなきゃダメだ」

「こんなものとはなんだ。立派な作品、商品だぞ」

「しょ、商品？　こんなおかしな下着を町のだれに売るつもりだよ。それに、ここは子どもらの通学路なんだぞ」

「だからどうした。ここは俺の店だ。おまえに指図されるいわれはないわ」

「まあ、まあ。ちょっと二人とも待ちなって。伊三郎さんも、そうカッカしないで落ち着いてさ」

顔を真っ赤にして声を荒らげている伊三郎を、頭にスカーフを巻いた老婆が手を上げて遮った。

「伊三郎さん、あんたちょっとは太一ちゃんの立場も考えてやりなよ。役場勤めなんだから、こんな破廉恥《はれんち》な下着を大っぴらに出されたらかわいそうだろ。役場に苦情がいったらどうするんだい」

「そんなもんはくだらん干渉だ。ほっとけばいい」

「ほっとけないさ。あんたもいい歳なんだから、若い娘を求めてこんなもんを作りなさんな。ぴしっとした高級紳士服一筋だったあんたが、いったい急にどうしたっていうんだい？　亡くなった里子《さとこ》さんだっておんなじこと言うと思うよ」

伊三郎はかさかさに乾いた唇を不愉快そうに引き結び、むっつりしたままみなに背を向けた。

「話にならん。俺は自分が決めたことをやる。だいたい、これを破廉恥なんぞと解釈するやつがおかしいんだ」

役所勤めの息子が再び商品を引っ込めろと詰め寄ったが、伊三郎は聞く耳をもたずに店のドアを開けた。僕は、家の中へ戻ろうとしている老人に咄嗟《とっさ》に声をかけた。

「あの、コール・バレネ……ですよね、これ」

伊三郎は戸口でぴたりと動きを止め、ゆっくりと振り返って僕に刺すような視線を投げてきた。灰色がかった瞳《ひとみ》を白い睫毛《まつげ》が縁取っているさまには、言いようのない威圧感と迫力がある。

「今なんて言った？」

「ええと、コール・バレネ」

「おまえさんは、どこの家の人間だ」

老人は間髪を容《い》れずに問うてきた。こんなときだというのに、口ごもってスムーズに名乗れないというトラウマが発動している。何人もの視線に晒《さら》されて慌てふためいているとき、ばたばたというけたたましい靴音を響かせながら、同じクラスの友人が前の通りを駆け抜けていった。

「津田！　何やってんだよ！　走んないと遅刻だぞ！」

僕ははっとして商店街に設置された時計に目をやり、後ずさりしながら会釈をして翻った。いつもは下がりきっている口角が上がり、みるみる笑顔になっていくのが自分でもわかる。砂色をしていた代わり映えのしない朝に、いきなりバケツいっぱいの蛍光塗料をぶっかけられたような気分だ。しかもくたびれ果てた仕立て屋に。

通学路を走るスピードが、いつもよりも格段に速くなっているのを僕は感じていた。

3

自宅の玄関ドアを開けたと同時に、六畳間の襖が勢いよく開かれた。母は髪をひとつにひっつめて前髪をいくつものピンで留めつけ、インク染みのついたよれよれのTシャツを着込んでいる。手や腕には白い修正液がべったりとこびりつき、不気味に据わった目を真っ向から合わせてきた。

僕は「ただいま」とつぶやいて家に上がり、鞄を背負ったまま台所で水を一杯飲み干した。母はそんな息子の動きをじっと目で追い、切羽詰まった気配をこれでもかというほど放ってくる。僕はコップをすすいで、ため息をつきながら振り返った。

「わかった、わかったよ。すぐアシに入るって。なんで無言なの。怖いんだけど」

「よかった！」

母は手をひとつ打ち鳴らし、その場で小躍りしはじめた。

「アクアに断られたら、もうこのまま逃げるしかないと思ってたとこだったんだ。締め切りに押し潰される寸前だよ」

僕はいつもの泣き言を耳に入れながら自室にいって鞄を下ろし、制服から紺色のジャージの上下に着替えた。母の寝室兼仕事部屋へ入ると、人物にしかペンの入れられていない白っぽい原稿が散乱していた。

「これは逃げ出したくもなるね。ひとりでは巻き返しが不可能な域に入ってる。時間的にアウト」

「でしょ？　今月はどうもペンが乗らなくて、気晴らしに寝たり遊んだりしてたらこんなことになっちゃったんだよ」

「自業自得としか言いようがない」

僕は断言しながら原稿を集めてページをめくり、作品の内容にざっと目を通した。いつもながらマニアック極まりないし、理解に苦しむ場面が続いていた。

哲学者のルソーにより「自然に還れ」という思想が発表され、技巧を凝らした不自然なモードが排除の槍玉《やりだま》に挙げられる。とりわけコルセットは医学的にも害があると総攻撃を受け、上流階級の象徴だったコール・バレネは追放へと追いやられていく……というのが今回の大筋だった。もちろん、歴史以上に過激な性描写は満載だ。母の漫画は連載ではあるけれども、一話完結の形式を取っている。

「これ、ルソーがいきなり貴族の娘を襲ってるみたいな絵だけど、いいの？　一ページまるまる使ってるし」

　僕はペンの入れられた大ゴマを指差した。潔癖な雰囲気の美青年として描かれているルソーが、複雑に通された少女のコルセットの紐を、目にも留まらぬ速さで外しにかかっている場面だ。スピード感あふれる効果線と大げさな擬音入りで……。「今すぐ脱ぎたまえ、自然に還るときがきたのだ！」という台詞《せりふ》が鉛筆で走り書きされていた。

「なんかもう、わけわかんないんだけど。だいたい、ルソーが言いたいのは裸になって自然に生きようって意味じゃないでしょ。どう考えても」

「いいんだよ。ルソーは倒錯したコルセットフェチで、『自然に還れ』なんて小難しい哲学を説いたのも、女の下着が好きで好きでたまんないことの裏返しなんだから」

「いやだから、それは母さんの漫画上での設定でしょ。実在の偉人を、こんなド変態みたいに描いて大丈夫なの？　苦情とか」

「大丈夫、大丈夫。確か子孫がイギリスでモデルやってるけど、まさかわたしの漫画を読むわけないからさ。それに、ルソーが主人公の官能漫画なんて萌《も》えるじゃん。バッハみたいな巻き髪のカツラかぶってるとことか」

　萌える要素がひとつも見当たらない。母は壁につけられた机で作業を再開し、くぐもった声でなおも言った。

「この連載をもらう前は、時代設定も衣装も背景も、適当にそれっぽい感じで描いてたんだよ。とにかくゴージャスにすれば、昔のヨーロッパっぽくは見えるからね」

「昔は歴史少女漫画だったじゃん」

「まあね。でも、ぜんぜん売れないんだよなあ。身分違いの恋とか死別とかライバルの罠《わな》とか許婚《いいなずけ》とか、これでもかっていうほど盛り上げたのにさ。そこで気がついた。これからはエロの時代なんだって」

「どんな時代だよ」

　僕はそう切り返して、原稿を重ねた。

「初めはね、官能漫画なんて刺激的なエロさえあればいいと思ってた。筋なんてほとんど関係ない、過激であればあるほどいいんだって。つまりは読者を舐めてたんだけど、そんな上っ面を連中は見抜いてくるんだよ。ホントもう、憎たらしいぐらいに」

　机に向かいながらため息をつき、母はしばらく間を置いてから先を続けた。もう何度も聞かされている昔話だが、自身を仕事へと駆り立てるときには必要な儀式のようなものだった。

「でね、面倒だけど派手なロココとかブルボン朝時代をきちんと調べることにしたんだよ。そしたら、女のファッション史は闘いと繁栄の歴史そのものだってことがわかってきた。男が築いてきた歴史の裏側に、重要な意味をもってぴったりとくっついてんの。下着ひとつ取っても見逃せない。コルセットとかクリノリンに使われるクジラのひげは、国の経済を動かすほどの価値だったわけだよ。エロだけじゃなくて、そういう世相もひっくるめて読者にぶつけていこうって決めた。もちろん、アクアにも」

母は肩越しに僕を振り返り、寝不足の充血した目でにやりと笑った。

正直なところ、自分は母親の仕事を恥じている。年がら年中セックスのネタを考え、すべてをセックスに結びつけ、妄想のセックスを絵にして金をもらい、それで僕はごはんを食べて学校へ通う。考えれば考えるほど異様だ。職業に貴賤《きせん》なしなんてものは建前の話で、それで割り切れと言うほうに無理がある。

ただし、僕の気持ちが恥から軽蔑《けいべつ》へと進化することはなかった。母親に卑屈の影がないということと、まるで図鑑かと思うほど綿密な衣装描写へのこだわりに、半ば圧倒されてしまっているからだ。官能漫画でありながら、エロが霞《かす》むほどのおかしな熱量を読者も求めるようになっているのは間違いない。

僕は大きく深呼吸をし、軽く屈伸してからテーブルの前に置かれた座椅子に座った。ここから長丁場になる。覚悟を決めて原稿の一枚を天板に載せた。絡み合う男女と仰々しい天蓋《てんがい》つきのベッドが描かれたきりの白い背景には、「ロカイユ、小部屋」という鉛筆書きの指定がある。

テーブルの下からヨーロッパ建築の写真集を引き出し、エカテリーナ宮殿のページを開く。サックスブルーと白、そして金メッキでごてごてと飾り立てられた乙女チックな内装は、まさにロココを象徴するものだ。

母が原稿に入れた目線の高さに合わせてパースを取り、まずは部屋の奥行きを決めていく。二本の定規を使って、天井の隅にあるパネルの装飾を描きはじめた。小花のモチーフは凹凸感を意識し、あとから貼るトーンの効果を考えながら下絵を仕上げていった。装飾過多な建築と内装が母お気に入りのロカイユというもので、とにかく作画に時間がかかる原因にもなっている。

写真を参考にしながら部屋の細かな内装を描いているとき、母のくぐもった声が耳に入ってきた。

「当時の天蓋つきベッドって、天蓋の上は埃《ほこり》とか虫の死骸《しがい》だらけだったんだよ。寝てると薄い布を通って顔に落ちてくんの」

想像しただけでも気持ち悪い。母はさらに続けた。

「女は小麦粉で髪を固めてセットしてたから、頭は虫の住処《すみか》になってたしね。化粧品は鉛と水銀、キラキラの目にするためにベラドンナっていう植物毒を目薬にしてたんだよ。淑女たちは瞳孔《どうこう》開きっぱなしで失明したり、水銀中毒で歯が全部なくなったり」

「そういう裏歴史っぽいのは漫画にしたことないよね」

「悲惨すぎてエロに結びつかないから。絵面も悪いし」

そう言ってから、母はぴたりと動きを止めた。

「いや、待てよ……。ある種のプレイにはいけるな」

母は急にネタ帳を開いて何事かを書き留めた。なんというか、普通の親子関係ではないと思い知らされるのはこういうときだ。僕も立派にエロの片棒を担いでいる。

母は真顔で帳面を閉じてからペン入れに戻った。

「それにしても、絵とか建築の勉強なんてなんにもしてないのにアクアはすごいね。アシスタントを雇ったとしても、そこまで完璧な背景を描ける人はいないと思う」

「そもそもアシスタントなんて雇う余裕がないでしょ」

僕は鉛筆を動かしながら返した。

「パソコンで作画すれば、背景はかなり精密に描き込めるし速いと思うけど。修正も楽だしさ」

「ああ、それはダメ。線が死んじゃうし、わたしの作風とは合わない気がするんだ。たぶん、このままずっと手描きにこだわるだろうなあ。とにかくアクアはすごい才能だよ。わたしが描いたら、あんたの三倍以上は時間がかかるからね」

とはいえ、数年前までは母がひとりきりで仕上げていた。

楕円形の鏡や絨毯《じゅうたん》の模様を入れてから、僕は立ち上がって原稿の全体像に目を走らせた。背景が人物よりも目立たないようにする必要がある。再び座椅子に座って余分な線や模様を消し、母が描いた存在感のありすぎるドレスに目を移した。ローブ・ア・ラ・

フランセーズと呼ばれるフリルとリボンだらけの大げさな衣装からは、後ろ紐締めのコルセットが覗いている。母が描く漫画にはコール・バレネが不可欠だ。それにしても、ドレスや下着の一部を見ただけで、名称や時代、しかも階級まで推定できる男子高校生というのもたいがい異常だ。

今朝、これと同じ時代背景の女性下着が堂々と飾られていたことを、僕はふいに思い出した。学校が終わってから再び店へ直行したけれども、ショーウィンドウにはブラインドが下ろされ、ドアには鍵がかけられて、何事もなかったかのように静まり返っていた。しかし、店主である伊三郎という老人の力強い声はいつまでも耳の奥に残っている。紳士服専門の仕立て屋だった老人は、あれが商品だと言い切っていた。人の目も意見もまったく気にせず、なんらかの意志を貫いて行き着いた先がコルセットなのか……。いくら考えても謎だった。

「あのさ」僕は、原稿にインクを垂らしてののしっている母に声をかけた。「瓦町にある仕立て屋を知ってる？　信号の少し先んとこ」

「仕立て屋？　ああ、あの潰れた古い店ね。加《か》藤《とう》骨つぎの隣の」

「うん、そう。あの仕立て屋って、昔は何やってたの？」

母は原稿にティッシュを押しつけ、被害の度合いを確認しながら答えた。

「何やってたって、仕立て屋でしょ。アクアがまだ小さいときは、よく男物のスーツが飾られてたよ。すごいかちっとした、いかにも職人が作りましたって感じのやつ。よく言えば伝統的、悪く言えば時代遅れ」

「女の服は？」

「見たことないね」

母は、乾いたインク染みに修正液を塗りたくりながら言った。

「あの店はなんで潰れたの」

「知らないけど、田舎の商店が潰れる理由なんてだいたい同じようなもんじゃないの。後継ぎがいないとか、需要がなくなったとか、安いチェーン店に客をもってかれたとかさ。だいたい、スーツをオーダーで作ったら安くても十万以上はかかるよ。そこまで出せる人間が、今の時代どれだけいるのかね」

もっともな話だ。老化や時代とのズレで仕立て屋は立ち行かなくなり、店を閉めるしかなくなった。それなのに、もっと受け入れられないであろうコルセットに挑むなど、あの伊三郎という老人はただ者ではない。

僕は無性に嬉《うれ》しくなって、ジャージのポケットからスマートフォンを引き抜いた。画像を呼び出して母のほうへ突き出す。

「これ見てよ」

「なんなの。今日はよく喋るじゃん。いいことでもあった？」

母はキャスターつきの椅子をくるりと半回転させ、いささか面倒くさそうにスマートフォンを受け取った。目をしばたたいて画面に見入っていたかと思えば、いきなりがたりと腰を浮かせた。

「ちょ、ちょっと、これ何？　え？　待って。何？　何？」

頭の上に、疑問符がいくつも浮かんでいるのが見えるようだった。

「コール・バレネじゃん！　しかも古典っぽいよ。アンティークなの？」

「それが新しいんだよ。瓦町の仕立て屋、『テーラー伊三郎』の新商品らしい」

「新商品？　これを売ってんの？　潰れた古臭い紳士服屋が？」

母は椅子にどすんと座って仰《の》け反り、興奮気味にスマートフォンを振りまわした。

「まさか、フランス帰りの二代目が店を受け継いだとか。いや、フランス人の養子が、ど田舎に新しい風を送り込もうとしてるとか」

「なんでフランス人だよ。作ったのはもともとの仕立て屋店主の伊三郎って人。かなりいい歳だと思う。八十は過ぎてるな」

母は目を輝かせて話の先をせっついた。

「朝、ちょっとした騒ぎになっててさ。近所の人と店主の息子が、認知症じゃないかって心配してたよ」

「は？　ボケてコルセット作り出す年寄りが、いったいどの世界にいるんだって！　そんな見当識障害あったら笑うわ！」

「声がデカいって。また両隣と下から苦情がくる」

やかましい母を慌てていさめ、僕は唇に人差し指を押し当てた。

「とにかく。この町には母さんのほかにも、へんなやつがいたってことだよ」

「いや、なんかいい感じにまとめてんじゃないよ」

母は伊三郎のことをなおも聞きたがったけれども、まずは締め切りに追われている原稿が先だ。僕は脱線したまま戻らない母をむりやり机に向かわせ、背景の下描きに戻った。

4

それから三日間は帰宅後にアシスタント作業をこなし、漫画はなんとか締め切り内に仕上げることができた。母は休む間もなく次の読み切りに取りかかりはしたものの、今度はネームが浮かばないと大騒ぎをしている。漫画家は常に締め切りに追われてパニックを起こしていることが、仕事のうまくいくやり方だと思っているようだった。追い詰められて抜け殻になった芸術家という設定に、ある種の美を見出《みいだ》している。

金曜日は少し早めに家を出て、団地前でたむろしている真鍋女史一派をやり過ごしつつ僕はテーラー伊三郎へ直行していた。いつもの裏道を抜けているとき、殺伐とした無縁墓地のなかに、真っ赤な色が見えてぎくりとした。朽ちた墓石群に埋もれるような恰好で、ぬっと突っ立っている者がいる。僕は一気に全身が粟立《あわだ》った。子どもほどの背丈しかない小さなばあさんが、血のように赤いスカーフをほっかむりして人形らしきものを抱いているではないか。

「あれかい？　あのわっぱかい？　ああ、そうかい、そうかい。みんな呼ばれて集まってきてんなあ。ええ？　そうなのか？　そりゃあ難儀だねえ。そうなんか、そうなんか。さて、どうすっぺなあ……」

この辺りでは見かけないばあさんだ。ぎょろりと突出した目を僕から離さず、ぶつぶつとひとりきりで会話を始めている。認知症のようだが、朝っぱらから怖すぎるだろう。僕はできる限り平静をよそおってその場を立ち去り、振り返らず一目散に走って商店街へ躍り出た。あんな不気味なばあさんが出没するようになったら、明日からもうこの近道は使えないではないか。僕はげんなりして顔をこすり上げ、仕立て屋が見えたと同時にさらに気分が落ち込んだ。

あの日から店には折れ曲がったブラインドが下ろされ、廃業した仕立て屋の悲愴《ひそう》感をこれでもかというほど際立たせている。僕は日課のように、ブラインドの隙間から薄暗い店の中を覗き込んだ。段ボール箱と年季の入った大きな作業台、それに使い込まれた洋裁道具が遺物のように並んでいる。今日も伊三郎が手がけたコルセットはない。

僕はひどくがっかりして深いため息を吐き出した。家族や周りの意見には耳を貸さず、あの老人なら是が非でも特殊下着を飾り続けるだろうと信じていた。それどころか、さらに数を増やしてくるだろうとも……。しかし、どうやら世間体と役所勤めの堅物息子に負けてしまったらしい。結局、世の中とはそんなものなのだ。期待のぶんだけ落胆させられるようにできている。

　重い足取りで学校へ向かい、僕はいつもの退屈な高校生活をだらだらとやり過ごした。学校ほど勉強に適さない場所はない。数学Ⅱ、英語G、情報、物理、体育という最悪の時間割だ。しかも予告なく五キロのマラソンをやらされ、掃除当番に毒づきながら、僕は友人の河内隼人《かわちはやと》と下校していた。

　小太りの友人は喋りながらジャケットのボタンを外し、ペットボトルのスポーツドリンクをちびちびと口にした。

「体育の後藤《ごとう》は頭おかしいな。今日休んだやつは、来週放課後十キロ走らせるってよ。俺は確かに仮病だった。これで来週もまた仮病使うしかなくなったじゃねえかよ」

「十キロ走れよ」

　僕は呆れながら笑った。

「あいつ、女子トイレを盗撮してるらしいし」

「それはただの噂だろ」

「三組の女子が現場を目撃したって騒いでたぞ。ニュースになんのも時間の問題かもな。俺、テレビのインタビューには絶対答えるわ。それはそうと、津田の母ちゃんって盗撮モノとか描かないのか？　マニアにはすげえウケそうじゃねえ」

　突然の話題の転換に、僕は曖昧《あいまい》な笑いしか出てこなかった。幼なじみでもある友人は「親の職業なんか笑ってネタにしろ」とよく語るけれども、それができる性格なら苦労はしない。ただ、僕の境遇に一切の同情がない隼人といるのは気が楽だ。単なる無神経だったとしても救われる。

「盗撮のアングルと最新の機材については俺が監修してやるよ」

「パソコン電子機器マニアはいいけど、盗撮には手を出すなよ。人生終わるぞ」

「んなことするかよ。今どきフォトショでいくらでもコラ画像作れんのに」

隼人は胸を張って宣言した。彼はいわゆるネットオタクで、SNSの類《たぐい》を網羅して日々情報の収集に勤《いそ》しんでいる。いくつものアカウントをもち、ブログやホームページを起ち上げてはいるけれども、実際には何をやっているでもなかった。凝ったものを作ることに満足するタイプだ。

隼人はさまざまな漫画の設定を捲し立て、また体育教師の盗撮話を蒸し返している。僕たちは古い平屋が並ぶ住宅街から駅へ向かって歩き、瓦町のシャッター街へ道なりに折れた。それと同時に僕ははっとして歩調を緩めた。ここ数日間、無造作に塞がれていた仕立て屋のショーウィンドウが開いている。ガラスに茜《あかね》色の夕日が反射しているけれども、ボディが出されているのははっきりとわかった。

僕は友人を連れて小走りし、テーラー伊三郎の前で立ち止まった。

「なんだよこれ」

隼人はウィンドウに近づいて眉根を寄せた。継ぎ当てだらけの古いボディに、目当てのものは着せられていない。けれども、その代わりに一枚の紙が貼りつけられていた。

——十月十七日の早朝、店の前にいた暁高校生徒の津田少年と連絡取りたし。広く情報求ム。テーラー伊三郎店主、鈴村《すずむら》伊三郎。

毛筆で荒々しく書き殴られ、まるで果し状のような字面になっている。僕は隼人と顔を見合わせ、また貼り紙に向き直った。

「これ、津田少年っておまえのことか」

「そうだと思う」

「おい、おい。なんかやらかしたのかよ。何がなんでも捜し出してやるって感じの文章だぞ。学校と名前が割れてんのは相当ヤバいな」

隼人は反射的に声を小さくし、僕に目で合図を送ってきた。

「とにかくズラかろうぜ。早いとこ証拠隠滅と偽装工作したほうがいい」

「何もやってないよ。でも、シンパシーを感じたのかもしれない。お互いに」

友人はますます訝《いぶか》しげな顔をしたが、僕の心拍数は五キロマラソンのときと同じくらい上がっていた。

僕は隼人にあとで電話することを伝え、さよならを言って強引に別れた。そしてしばらく貼り紙を見つめ、ごくりと喉を鳴らして店のドアノブをまわす。鍵はかかっていない。ひし形に磨《す》りガラスの入った扉はきしみながら開き、ドアの隅につけられた真鍮《しんちゅう》のベルが軽やかな音を鳴らした。

「あの、ごめんください……」

店の中は古い木と防虫剤、それに機械油っぽい臭いが漂っている。傷だらけの床は矢羽模様のように板がはめ込まれ、壁には陽に灼けてくすんだストライプ柄の布が張られていた。店の内装は重厚で、安っぽい装飾がひとつもない。まるでノイズの入った古い外国映画を見ているような気分だった。

僕は後ろ手に店のドアを閉めて、そろそろと前に進んだ。奥の壁には全面に棚が造りつけられている。昔はあそこに紳士服の生地がずらりと重ねられていたのだろうか。こぢんまりとした店の広さは十畳もなさそうで、隅には足踏みミシンらしきものが白い布で覆われていた。

「すみません」

僕は奥のドアに向かって再び声をかけた。しばらくすると扉の向こうで物音がして、緑色のアーガイルセーターを着込んだ老人がぬっと姿を現した。赤ら顔にふわふわの白いひげを蓄え、金縁のメガネをかけた仏頂面だ。今日もあの日と変わらず不機嫌そうだった。

「あ、あの、こんにちは。ええと……貼り紙の津田です」

僕は極度に緊張しながら、なんとか愛想笑いを浮かべた。伊三郎は、ああ、と返したきり無言のまま全身に視線を這《は》わせてくる。そして目配せをくれたかと思えば、扉の奥へ引き返しはじめた。ついてこいということらしい。僕は大きな作業台をまわり込んで伊三郎のあとを追い、靴を脱いで自宅へと続く薄暗い廊下に滑り込んだ。

　老人はすぐ隣にある部屋に入っていく。戸口にかけられた長いのれんを遠慮がちにはぐると、そこには形の違う古びたミシンが三台ほど置かれ、磨き上げられた銀色のアイロンが光を放っている小部屋があった。作業台には図面の引かれたハトロン紙が何枚も広げられ、四隅に丸い文鎮が載せられている。六畳程度の狭い空間だが、店とは違って躍動感があった。この部屋は生きている。そして夕焼けに染まる窓際には、あの日見た特殊下着がボディに着せつけられていた。

　僕は足許に鞄を置き、まるで導かれるかのように、ミシンと作業台の隙間をすり抜けて窓際へいった。やっと再会できた。生成り色をしたコルセットは細かなパーツによって組み立てられている。ショーウィンドウのガラス越しには十枚程度の切り替えに見えたが、実物はそんなものではなかった。さらに精密で繊細だ。全面にちりばめられたスズランの刺繍も、伊三郎の手によるものだろうか。手仕事なんて簡単に呼べるものではなく、もはや芸術の域だった。

「これは十八世紀末から十九世紀の形ですね。コール・バレネの初期型は直線的だったけど、だんだんと体に負担の少ない曲線に変わっていった。このS字のシルエットは、当時の技術ではなかなか出せなかったと本で読みました」

　嬉しさのあまり口が勝手に動き出している。こういうときだけ異常なほどに饒舌《じょうぜつ》になるところが、我ながら気味が悪いと思う。伊三郎は否定も肯定もせず、色素の薄い目で変わらずじっと見つめてきた。

「おまえさんは変態か」

「はい？」

突然の言葉にわけがわからず、僕は素《す》っ頓狂《とんきょう》な声を上げた。

「正直に答えてもらおう。女の下着に欲情する輩《やから》に用はない」

「え？ い、いや、ちょっと待ってください。ち、違いますよ、違います」

僕は顔の前でぶんぶんと手を横に振った。

「た、確かに興奮はしてますけど、これはそういう意味の興奮じゃないというか、ええと、その、このコルセットの造形美とか歴史的背景とか仕様とか、あの、それにまつわる物語とか風俗とか、ええと、僕はそういうものに興味があって、ぜ、絶対に変態ではないです……と思います」

腕組みしながら仁王立ちしている小柄な老人に気圧《けお》され、僕はしどろもどろに語尾をかき消した。しかしよくよく考えれば、もしかして自分は変態の部類なのか？ こんなときだというのに、はたと我に返った。母のアシスタントをしているせいで、この手のものには慣れ切ってしまっているけれども、十七歳の男子高校生が熱狂するには確かに少しばかりハードすぎる。

伊三郎は探るような目で僕を無遠慮に見続けていたが、短くひと息ついてから薄い白髪頭をかき上げた。

「いいか。今の世の中は不埒《ふらち》な人間だらけだ。死体愛好者が何食わぬ顔で葬儀屋に勤めてみたり、女の汚れた服が好きだという理由でクリーニング屋に入り込んだり、公衆便所でデバガメをやったりな。覗き専門だ」

「そ、それは相当コアな趣味というかなんというか……」

「おまえさんがその手の異常性癖なら、年齢的に見ても筋金入りだ。生まれもったもんで取り返しはつかない。ゆくゆくはおまわりの厄介になるだろう」

めちゃくちゃな断定だった。老人はあらためて僕と目を合わせ、すぐ横にあるコルセットに視線を移した。

「だが、これを見てすらすらと蘊蓄《うんちく》が出てくる子どもには興味がある。変態だったとしても、見どころがある変態ならばそれもいい」

「だから違います」と僕は全力で否定した。「だったら、あの……」

そう言いかけ、僕はすぐに口をつぐんだ。軽く見積もっても六十歳は離れていそうな老人を、鈴村さんと呼ぶのはどこか抵抗がある。かといって、おじいさんなんていうのもなれなれしくてちょっと違う。僕は様子を窺いながら、おそるおそる口を開いた。

「ええと、い、伊三郎さんはどうなんですか。なんで今の時代に、このアイテムを作ったんですか？　あ、すみません、急にこんなこと聞いて……」

「おまえさんは、俺が異常者かどうかと聞いとるのか」

「いえ、そうじゃないです」と僕は過剰なぐらい否定してかぶりを振った。「確かに変わってますけど、その、ぜんぜんおかしいとは思いませんから」

「それはおまえさんに人を見る目がないからだ。俺は異常者ではないが、だからといって正気というわけでもない」

伊三郎はにべもなく言った。なかなか扱いづらい老人で、会話の正解がわからない。

僕は少し考え、老人の機嫌を損ねないように言葉を選びながら質問をした。

「伊三郎さんは、なんで紳士服専門なのにこれを作ろうと思ったんですか。たぶん、僕だけじゃなくてみんなの疑問だと思うんです。年齢も年齢ですし……」

「年齢だ？」

「あ、すみません。年齢は関係ないですよね、すみません」

冷や汗を流して身を縮こめる僕を見て、老人はふんっと鼻を鳴らした。伊三郎はボディに着せられたコール・バレネに熱のこもった目を向ける。

「ほとんどの年寄りは、自分はまだ若いと信じ切ってるだろうな。だが実際は、どんどん脳が萎縮《いしゅく》して感情の抑制が利かなくなる。物を忘れる。堪え性がなくなる。決まりを守らなくなる。考えなくなる。生物学的に見れば、年寄りが立派な人格者なんかにはなりようがないのさ。だからこれが出来上がった」

伊三郎は一気に喋り、口ひげを触りながらコルセットへあごをしゃくった。

「おまえさんは、このコール・バレネを見てどう思う？」

「単純に感動しました」と僕は身を乗り出した。「コルセットには、やっぱり建築と共通するものがあるんだなと思って。シャープなカットはゴシック様式の教会を意識してるようだし、S字のシルエットはアールヌーヴォー様式ですよね？」

「なるほど、おまえさんには評論家の素質がある。こじつけがうまい」

皮肉なのかそうでないのか、老人の表情からは読み取れない。伊三郎は金縁のメガネを手の甲で押し上げ、古そうな木の丸椅子にゆっくりと腰かけた。

「建築や絵画なんかと服飾が違うのは、作り手の発想がゴールではないところだ。ファッションというものは人の手に渡った瞬間から、予測もつかない方向へ成長しはじめる。コール・バレネが定着した時代もそうだ。結婚前の若い娘は、ウェストサイズを年齢数以下にしろと、お上が奨励するようになったぐらいだからな」

「二十歳なら二十インチ以下ということですか？」

「ああ。五十センチだよ。馬鹿げた話だが、ヒトの生理的機能と逆行するような服飾表現は数限りない。ハイヒールなんかもそうだろう？　医者だの識者だのがいくら批判して禁じてみても、一旦《いったん》できた流れを変えることはだれにもできないんだ。そういう意味で、服飾は革命に似ている」

確かに、あのルソーでさえ啓蒙には失敗している。母の漫画では、あっさりと自然に還しているのだが。

「あの、もしかして、伊三郎さんはファッションで革命を起こそうとしてるとか」

老人はメガネの奥の瞳をぎらぎらと光らせ、ことさら声を低くした。

「俺はな。八十二年間、社会という体制から抜け出すことができなかった。安全圏に居座って、ただひたすら従順に生きてきた。気がつけば、間抜けな体制側にまわっていたんだ。このありさまが、男として情けないとは思わんか」

「いえ、別に」

「馬鹿もん！ 情けなく思え！ 今こそ立ち上がるときだ！ 火炎瓶を女の下着に持ち替えるときだ！ 下着で世の中を粉砕していくときなんだ！」

なぜいきなり火炎瓶……。いったいこの老人は何と闘っているのだろうか。

僕は、拳《こぶし》を握り締めていきり立っている伊三郎をもてあまし気味に見つめた。なぜコルセットを作ったのか、という直接的な問いには答えたくない理由があるように感じる。何やら危険な思想が見え隠れしている老人だが、この非現実的な状況にさっきからわくわくが止まらない。今まで出会ってきた年寄りの話は、どれもありふれた説教か辛気臭い昔語りの二択しかなかった。けれども、伊三郎は八十二歳にして本気で革命を目論《もくろ》んでいる。過去ではなく未来を見つめている。しかも武器は十八世紀の特殊下着。いったいなんの革命なんだ？ めちゃくちゃすぎて笑いが込み上げてきた。

「ところで、おまえさんの名前は？」

急に名前を問われて、僕はたちまち現実に引き戻された。

「……津田です」

「それはわかってる。下の名前」

伊三郎は灰色味を帯びた瞳で見つめてくる。僕はコルセットの脇に突っ立ったまま身じろぎを繰り返し、咳払いの勢いを借りて早口で終わらせた。

「ア、アクアマリンです」

「なんだって？　悪魔鞠《まり》？」

「いえ、悪魔じゃなくてアクアマリンです。海色と書いてそう読ませるんですよ」

僕はやけっぱちになって言い切った。ブルーの透明な石の名前が由来だと説明し、ギリシャ神話では海の精がもっている宝物だともつけ加えた。これからの人生、あと何回、この説明をすることになるのだろう。そしてあと何回、憐れみや蔑《さげす》みの目を向けられるのか。しかし老人は、そっけなくひとつだけ頷《うなず》いた。

「いい名だ」

僕は本気でびっくりして顔を上げた。伊三郎の顔にお世辞や同情心はこれっぽっちもない。名前を素直に受け入れられるなど、生まれて初めての経験だった。僕は完全に舞い上がり、言葉が勝手に飛び出していた。

「伊三郎さん。革命を起こすんなら僕も参加させてください！」

「参加者を募る気はない」

にべもない即答にも僕は負けなかった。初めて引き下がりたくはないと思った。

「じゃあ、ただ近くで見ています。見させてください。伊三郎さんは本物のコルセティエですよ。何かの使命を負って現代に蘇《よみがえ》ったみたいに感じるんです。そして僕が見届け人に選ばれた。運命って、ホントにある日突然現れるんですね！」

「なんなんだ、その子どもじみた陳腐な言いぐさは」

「一応、まだ子どもなんで」

伊三郎は、ひときわむっつりとした。

「運命も輪廻《りんね》転生もこの世にはない。何をやろうが死んだら終わりだ。だいたい、コルセ……てのはなんなんだ。おまえさんは横文字が多い」

「コルセティエです。パティシエみたいなものですよ。男のコルセット職人を、当時のフランスではこう呼んでいたんです」

伊三郎は口の中でコルセティエという単語を何度かつぶやき、吟味でもするような長い間を取った。そしてうつむき、不機嫌ながらも口角をわずかに上げた反逆的な笑みを浮かべる。仕立て屋の老人が初めて見せた笑顔は、実に凛々《りり》しくて危うい魅力のあるものだった。

5

僕がまだ小学校低学年のころ、夏休みに家族三人で小名浜《おなはま》の海へ行くことになった。予定の一週間ぐらい前からそわそわとして、前日は目が冴えてほとんど眠れなかったのを覚えている。待ちに待った出発の朝は空気がひんやりとして心地よく、僕は車に浮き輪やビーチボールを積み込んで出発を今かと待ちわびた。ようやくクーラーボックスを担いだ父と母が現れ、エンジンをかけたと同時に僕は興奮しすぎて吐いていた。

　人との約束をこれほど心待ちにしていたのは、あの夏の朝以来なのは間違いない。土曜日のよく晴れた午後、僕は瓦町にある仕立て屋を訪れていた。

　今日の母は漫画のネタにするべく早朝から黙々とポルノ雑誌に付箋《ふせん》を貼りまくり、それが終わるとR指定のDVDを三倍速で再生しはじめた。音声のない映像を食い入るように見る目は鋭く、まるで悪党を追い詰める刑事だった。うんざりして外へ出ようとすれば、今度は真鍋女史とその一派が検問のごとく待ちかまえている。いつもならば悲観と諦《あきら》めのなかで自室に引きこもり、休日を無駄に過ごしているところだが今日からは違う。

　仕立て屋のドアを開けると、扉の角につけられたベルの音が響いて、ミシン油のつんとする臭いが押し寄せてきた。

「こんにちは」

　はやる気持ちを抑えながら、僕は奥へ向けて声をかけた。電動工具のようなモーター音が聞こえているが、これはあの小部屋にあった古いミシンだろうか。住居へ続くドアは開け放たれている。もう一度声をかけようとしたとき、いきなり戸口から浅黒い顔がにゅっと突き出されて僕はたじろいだ。近所のばあさんから「太一ちゃん」と呼ばれていた役所勤めの息子だった。母親似なのかスマートな長身で、体形から顔まで伊三郎のずんぐりした雰囲気とはかけ離れている。

「あの、あの、こんにちは。い、伊三郎さんはいらっしゃいますか？」

僕は情けないまでのしどろもどろで挨拶し、さらにおもねるような笑みまで浮かべた。ひょろりと背の高い息子は戸口に立ちはだかるような恰好で、じろじろと無遠慮に僕を見下ろしてくる。黒縁のメガネを中指で押し上げ、短く咳払いをした。

「きみはこないだの朝、うちの前にいた子だね。暁高の」

「ああ、はい。そうです」

「何か用かな」

痩せぎすの息子から発せられる警戒心が半端ではない。まるで年頃の娘にまとわりつく虫を、門前払いするつもり満々の父親だった。僕は身じろぎをしながら言った。

「伊三郎さんと会う約束をしたもので……」

「なんの用で？」

「ええと、いろんなお話をする予定なんです」

「だからなんの？」

息子の追い込みが厳しすぎる。どうやら僕は彼の気に障るタイプのようだった。意味もなく顔色を見てびくびくしているから、人を苛《いら》つかせることは自分でもよくわかっている。せめて普通に会話できるだけの自信がほしい。僕は落ち着けと繰り返し言い聞かせ、素直な思いを口にした。

「あの、もっと伊三郎さんのことを知りたいと思ってます。言葉とか生き様に触れてみたいんです」

「悪いけど、本当によくわからないな」

「え？　ああ、その、つまり、伊三郎さんは僕の人生に必要な人なんです」

いったい僕は何を言っているのだろうか。いつにも増して他人と意思の疎通が図れない。だいたい、なぜ堅物息子と八十二歳の老人を取り合うような真似を？

　意識とは裏腹に、顔が熱くなってみるみる赤面していく自分に慌てふためいた。僕の様子を窺っていた公務員の息子は、眉間に思い切りシワを刻んで不愉快さを隠さない。ちょっと待て。まさかとは思うが、おかしな誤解を与えてしまったのか？　僕は汗びっしょりになりながら、身振りを交えて必死に申し開きをした。

「いや、あの、そういう意味じゃないです。僕と伊三郎さんはいたって健全な関係で、ご想像されてるようなことは……」

「何言ってるの。そんなことはわかってるから」

　息子はことさら無感情に僕の話を遮った。

「わざわざ来てもらったのに悪いけど、父は体調がよくないんだ。たぶん、きみとの約束自体覚えてないんじゃないかな」

　まぎれもなく煙たがられている。が、僕は彼の様子からある程度のことを理解した。

息子はまだ伊三郎の認知症を疑っており、しかもそれを恥と捉《とら》えているようだった。僕だけではなく、今はだれにも会わせたくないと顔にはっきり書いてある。

「そういうことだからね、ごめんね」

息子は、潔いほどの作り笑いで僕を威圧する。なすすべもなく退散しはじめたとき、手前に見える部屋の戸ががらりと開かれた。

「何やってる。俺の客だぞ、勝手に帰すな」

モスグリーンのカーディガンを着てメジャーを首にかけている伊三郎は、息子を押しのけるようにして戸口まで出てきた。

「そんなとこに突っ立ってないで、おまえさんはさっさと入れ。勝手に上がってこいと言っただろ」

「ああ、はい、すみません……」

僕は二人の顔色を窺いつつスニーカーを脱ぎにかかった。すると息子はこれみよがしなため息を吐き出し、伊三郎に向き直った。

「父さん、この件については何回も話しただろう。妙なものを作ったり人さまの子どもを手なずけたり、いったい急にどうしたっていうんだよ。だいたい、昔から子どもが嫌いだったはずだろ?」

「言われるまでもなく、今でも子どもは嫌いだ。やつらはうるさくて馬鹿だからな。だが、地元の学生と話して何が悪い。単なる異世代交流だ」

「だから、子どもと交流したいんなら、手続きを踏んで児童館でシルバーボランティアでもやってくれよ。今の時代、むやみに子どもとかかわるのはリスクがありすぎる。昔とは違うんだから」

「リスクだ？」

伊三郎は語尾を上げ、ふんっと鼻を鳴らした。しかし息子は父親には喋らせず、矢継ぎ早にたたみかけた。

「市と教育委員会と警察で連携してる不審者情報も見せただろ？　こんな田舎でも、日に三十件以上は通報が入るんだ。役所に何度も電話してくる人間だっている。人の目はどこにでもあるし、子ども当人が突然被害に遭ったと名乗り出るケースだって少なくない。思春期っていうのは、そのぐらい不安定なものなんだよ」

「あの、通報とか絶対にしませんから大丈夫ですけど」

横から口を挟んだ僕を、息子はメガネの上からひと睨《にら》みした。

「もちろん、通報は第三者からがほとんどだ。問題は、どんな内容にしろ記録にしっかり残ってしまうことなんだよ」

息子は微《かす》かに震える息を細く吐き出した。

「これがどれほどの緊急事態か、きみは想像もつかないだろ？」

「ええと、どこに緊急性があるのかわからないです……すみません」

「なぜわからない！」

　いきなりの大声に、僕はびっくりして体が撥《は》ね上がった。

「いいか！　仕立て屋と男子高校生と女の下着を絡めた、下劣極まりない通報が入るかもしれないんだよ。いや、もう入っていてもおかしくはない。そうなればうちは市民のオモチャにされる。きみだって『炎上』って言葉ぐらい知ってるだろ。それと同じなんだよ。まったく、今をリスクアセスメントに当てはめれば、五段階評価の五レベルだ。全力で回避しなくては」

　公務員の息子は頭を抱えて嘆き、よろめきながら柱にもたれかかった。予測不能な激《げき》昂《こう》は伊三郎からの遺伝としか思えない。僕はおそるおそる息子を観察した。とはいえ、相互監視体制で成り立っている町では、決して大げさな話ではないから怖いとも言える。息子の慌てようから見るに、伊三郎の認知症疑惑などもすでに広がっているのは間違いなさそうだった。そして、年老いた仕立て屋と少年とコルセットという組み合わせは、いかにも母が喜んでネタにしそうなとんでもないシチュエーションになると不届きなことを思った。

　気苦労の絶えなそうな中年息子を伊三郎はひとしきり見つめ、僕に視線を投げてからそっけなく言った。

「ほら、行くぞ」

「父さん！　ちょっとは人の話を聞けって」

　息子が再び息巻いたけれども、先日と違って伊三郎は一切の感情を見せなかった。

「今喋ったことをよく考えてみろ」

「考える？　何をだよ。僕は長年の経験から言ってるんだ。役所での危機管理に当てはめるのは当然だろ。僕はだれよりも真面目に生きてきた。世の中と町のルールを熟知してるからこそ、今の事態は捨てておけないんだよ」

　すると伊三郎は、白い口ひげを触りながら息子を諭すように言った。

「いいか。これといった軸もなく漫然と過ごしてる人生は、真面目に生きてきたとは言わん。都合よくすり替えるな」

「やめてくれよ。非常識な父さんにだけは言われたくないね」

　息子はむっとしたが、伊三郎は表情を変えなかった。

「太一、おまえが心配してるのは自分のことだけだ。俺が女の下着を作ることでも、ましてや未成年の身を案じているわけでもない。世間体と役場勤めのメンツだけだな。いつものことだが、おまえは人と会話してるんじゃなくて自分と論じ合ってるだけだ。人の中にいる自分しか見ていない。俺は、おまえが里子にやったことを忘れんぞ」

　息子は反射的にメガネを押し上げ、薄い唇をぎゅっと引き結んだ。里子というのは、確か伊三郎の亡き妻だったろうか。どうやら、一瞬で息子の口を封じる決め台詞になっているらしい。根が深そうな親子の確執を見せられて帰りたくなったが、僕は愛嬌《あいきょう》のない伊三郎に促されるままスニーカーを脱いだ。

物であふれている小さな作業部屋は、異様な熱気に満ちていた。三台のミシンには小さな手許ライトが点けられ、縫いかけになった生地が押さえ金《がね》に挟まったままになっている。薄布が何枚か重ねられ、細かいダイヤ柄のキルトを作っている途中のようだった。作業台の上には、細々とした洋裁道具が投げ出されている。見慣れない恰好をした道具はどれも使い込まれて年季が入っているけれども、ほとんどすべてに補修や修繕の跡があって、主人と長い年月をともにしてきたことが伝わってきた。古いマチ針の背を糸と糊《のり》で固め、直しながら使う人間が世界中にいったい何人いるだろう。この部屋の空気は息苦しいほど濃密だ。老人の生き様があちこちに残像として漂っている。

小柄な伊三郎は部屋の引き戸をぴしゃりと閉め、口をへの字に曲げたままのしのしと歩いてきた。モスグリーンのカーディガンから乱暴に袖を抜き、裏返しのまま長いメジャーと一緒に椅子のほうへ放る。僕は背負っていたリュックをそろそろと下ろして、できる限り空気と同化することを意識した。

老人はむっつりと黙り込んだまま、壁際にある和箪笥《だんす》の引き出しを開けた。中から薄紙に包まれたものを取り上げ、そのまま僕に差し出してきた。

「見てみろ」

僕は言われるがままにそそくさと受け取り、作業台の上で薄紙を開いた。中身はコール・バレネだった。しかも前回見たものとは違う。

胸の高鳴りを抑えながら、僕は繊細な下着におそるおそる触れた。淡い紫色の縦縞《たてじま》が入った光沢のあるジャカード生地に、壁を這うような構図のバラが全面に刺繍されている。胸の下から腰にかかる程度の短いもので、前回のコルセットとは違って前紐締めが採用されていた。

僕はシルエットや仕立てをしげしげと見分した。そうしているうちに、頭の中では時代がどんどん遡《さかのぼ》って当時の情景がセピア色になって見えてきた。このコルセットは、取り澄ましてかしこまってはいない。女性らしさの概念を押しつけるものではなく、活動的で自由なものだ。僕はぱっと顔を上げた。

「これは十九世紀末ぐらいの形ですよね。当時、上流階級では自転車とか乗馬が大流行した。家の束縛から解放されたんですね。女がズボンを穿くようになって、コルセットの形も変わっていったんです。というか、スポーツのときぐらい外せよって話ですけど」

伊三郎は不機嫌ながらも、わずかに表情を緩めて満足げに頷いた。

「もう、このころにはコルセットを着けるのがあたりまえになったんだ。中流階級もそうだが、農家の娘まで自分で手作りしてたんだからな。ゴッホだのミレーなんかの絵にも、コルセットを着けて野良仕事をする娘が描かれてる」

「ブルジョアの世紀ってやつですね。それまでは国を動かすのもファッションリーダーも貴族階級だったけど、商売人の金持ちが政治とか文化に入ってきた。そのせいでいろんなものが庶民にも広がったと」

「まあ、世の中が決定的に変わったのは産業革命だろう。都会の工場に労働者が集まって急激に人が増えた。労働階級が金を手にした結果、ファッションに興味をもつ余裕ができたというわけだよ。で、爆発的に消費が増えて景気も技術力も上がる。今の日本とはまるっきり逆だわな」

　伊三郎は皮肉っぽく言い、細い金縁のメガネを押し上げる。すごく楽しい。僕は作業台に手をついて、身を乗り出しながら話を続けた。

「フランスはオーダーメイドの凝った物作りが中心で、アメリカとイギリスは合理性を重視しましたよね。コルセットの紐を通す穴を一気に十個開けられる機械の開発とか、金属のハトメとか、糊づけとプレス工程の機械化とか」

「ほう、そうなのか」

「はい。十九世紀中頃のロンドンでは、コルセット工場に勤める人が一万人以上もいて、庶民向けに大量生産されていたんですよ。アメリカではこの時代にカタログ通販も成功させていた。同じ時期の日本なんて、チョンマゲ結った役人たちが黒船に慌てふためいていたのに」

　僕は息つく暇もなく早口で喋り続けた。この手の知識は母の仕事に癒着している疎ましいもので、興味をもっている自分にすら嫌悪感が湧くものだった。できるだけ距離を取り、常に無関係をよそおった。けれども今は、目の前に理解してくれる人間がいる。しかも、こんな田舎町に存在したということが嬉しくてしょうがなかった。

機嫌が直ったらしい伊三郎は木の丸椅子に腰かけ、縫いかけになっていた生地をそっと掴《つか》んだ。ヒゲを揺らしてふうっとひと息ついたかと思えば、足許にあるコントロールペダルをいきなりベタ踏みにする。とたんにモーターが激しいうなりを上げ、すさまじい音と勢いでミシンが稼働しはじめた。まるで暴れ馬のようで、僕はあっけに取られた。家庭科の実習で触ったものとは比較にならないどころか、もう別の何かとしか言いようがない。狂ったように上下する針や天秤《てんびん》が目に見えないぐらい高速なのに、シワだらけの老人は無表情のまま手許の生地を淡々と送り出していく。シュールすぎる絵面だった。生き物のように生地が呑《の》み込まれていくさまに目が釘《くぎ》づけにされ、僕はミシンの脇にしゃがみ込んだ。激しい爆音も振動も、優雅にすら見える老人の動きもすべてが心地よく、どこか非現実的な世界に引きずり込まれるような不思議さがある。トランスというやつだ。このままいつまでも見ていたい。

ミシンの上で躍るように弾んでいる木製の糸巻きに手を伸ばそうとしたとき、急に音が止んで押さえ金が撥ね上がり、伊三郎は布を引き出して丁寧に上下の糸を切った。

「この部屋にあるミシンには絶対に触るなよ。工業用の古いもんだが、俺にしか動かせないように改造してある。死ぬぞ」

「死ぬって」

冗談かと思って笑った僕の目の前に、伊三郎はごつごつと節くれ立った手を突き出してきた。親指と人差し指の爪に入った何本もの縦筋が、真っ黒に沈着してひときわ目立っている。

「こいつを改造したばっかりのころ、暴走したミシンのスピードにおっつかなくて指を縫った痕《あと》だ。止める間もないほど、一瞬のうちに引きずり込まれた。生地と一緒にな」

僕は醜く変形した爪を恐々として見つめた。

「ミシンに安全装置的なものはないんですか？　一定以上の圧でストップする機能とか」

「そんな鬱陶《うっとう》しいもんは、いちばん初めに取っ払ってる。制限がある機械なんぞ、なんの役にも立たんガラクタと同じだ。爪の付け根に針が貫通するとな、次からは割れたまま生えてくるようになる。一生涯だぞ」

「ものすごく痛そう……想像するのもいやですよ。でも、このミシンは伊三郎さんにとって長年の相棒みたいなものなんですね。苦しいことも嬉しいことも、全部そばで見守ってきたみたいな」

意識して年相応の無邪気なことを言ったつもりだったが、伊三郎はぐっとあごを引き、金縁のメガネの上から僕をじろじろと見まわした。

「馬鹿言うな。こいつは相棒でもなんでもない。悪魔憑《つ》きの凶器だ。隙あらば主人を殺そうと狙ってるんだからな。馬力をむりやり極限まで上げたとき、モーターのベルトにズボンの裾《すそ》が巻き込まれて、脛《すね》の皮をごっそりもってかれたこともあるんだぞ。苦しいことは、全部こいつのせいだ」

「い、いや、魔改造しすぎてるからでしょ。完全に機械としてのリミッターが外れてるんですよ。危なすぎます」

僕は暴走ミシンから距離を取り、台の下にある巨大なモーターを覗き込んだ。なんのモーターを接続しているのかは知らないが、これだけでも軽く五、六十キロ以上はありそうな見た目をしている。もちろん、規格など無視しまくっているのは明らかだった。伊三郎はミシンのライトを消して電源を落とし、灰色をした鉄の塊を冷ややかに見下ろした。

「俺は最期まで勝ち抜いてやる。こいつの自由にはさせん」

「何と闘ってるんですか……」

僕はもごもごと言って顔をこすり上げた。この老人が独自の世界で生きているのは、手がけたコルセットを見てもわかる。いや、彼にまつわるものすべてが常識から大きく外れていると言ってもいいかもしれない。八十を過ぎても、全力で走り続ける理由が伊三郎にあるのは間違いなかった。

仕立て屋の老人は僕の脇をすり抜け、和箪笥から薄紙の包みをもうひとつ取り出した。作業台に置いて広げると、それは初日に見た生成り色のコール・バレネだった。老人は形の違う二つのコルセットを並べ、台の端へあごをしゃくった。

「そのアイロンをどかしてくれ」

僕は腰を低くして作業台をまわり込み、丁稚《でっち》のように伊三郎の指示に従った。銀色に輝く小ぶりなアイロンの柄を握ったけれども、ほとんど持ち上がらずにつんのめった。

「なんですかこれ。異常な重さなんですけど」

「おまえさんは、箸《はし》より重いもんを持ったことがないのか」

伊三郎は呆れ返ったように首を横に振った。

「小林《こばやし》アイロンを改造して三キロにしてあるだけだ。アイロンは重くないと使いものにならん。この業界では常識だぞ」

これも改造品か……。伊三郎の足腰がしっかりとしているのは、鉄アレイのようなアイロンを日々使って、凶悪な暴走ミシンと対峙《たいじ》しているからだろう。過酷な肉体労働だった。僕は鉄製のアイロン台ごと腰を入れて持ち上げ、ミシンの脇へ移動させた。

伊三郎はふたつのコルセットを何度か見くらべ、腕組みをして声を出した。

「おまえさんはこれを見てどう思った？」

「ええと、完璧な美しさだと思いました」

すると老人は横から真剣な目を向けてきた。

「率直な意見をくれ」

なんだろう、見たことがない種類の感情が浮かんでいる。不安……だろうか。

僕はコルセットに目を移した。初日に見て衝撃を受けた生成り色のコール・バレネは、柔らかなシルクサテンらしき生地の上に、同色でスズランの儚《はかな》げな刺繍がほどこされている。花びらや葉には絶妙な立体感があり、これだけでもじゅうぶんに見応《みごた》えのあるものだった。そこへ針でひと目ずつ編んだ細いニードルレースが加わることで、全体を芸術の域にまで押し上げている。ほぼすべてのパーツが曲線なのに、縫いジワひとつない仕立てのよさも見逃せなかった。

「これは博物館に飾られていてもおかしくないと思います。というか、もう下着ではないですよ。高レベルの技術が凝縮された芸術品です」

伊三郎は腕組みしたまま頷いた。続けて僕は、横に置かれている縦縞のコルセットを引き寄せた。これも素材は絹だろう。仕立ての精密さや高い技術は同じだが、スズランのコール・バレネとは何かが違う。僕は丈の短いコルセットを注意深く見まわした。

「もともと縞模様は、異教徒とか犯罪者が身につける忌まわしい柄だった。低い身分の象徴でもあります。でも、ロマン主義の時代に大流行して、上流階級が競って取り入れたと何かで読みました。そういう意味でも、これは異色だしすごく個性的だと思います。でも……」

「なんだ?」と伊三郎は急かすように口を開いた。

「ええと、なんというか、クオリティが高いのは間違いないんです。でも、バラの刺繍だけやけに抽象画っぽいですよね。ああ、あの、僕は専門家でもないし、悪い意味で言ってるんじゃないですよ」

「まわりくどい。はっきり言わんか」

伊三郎は、コルセットを見据えたまま焦《じ》れたように声を低くした。僕は老人の横顔を素早く盗み見た。突っ立ったまま微動だにせず、身震いが起きるほどの殺気を放っている。どう考えてもずぶの素人が職人の仕事に口出しできるはずもないし、はっきり言ったところで逆鱗《げきりん》に触れるのは目に見えていた。

頭に浮かんだ言葉を片っ端から吟味しているとき、伊三郎が横からいくぶん穏やかな口調で言った。

「心配せんでも、おまえさんを怒鳴りつけるようなことはしない。俺はな、他人の意見に耳を傾けんほど頑固ジジイじゃないつもりだ」

どこがだよ、と僕は心の中で素早く切り返した。昔のコルセットを再現して通学路に飾ること自体、頑固以外の何ものでもないだろう。とにかく、僕はせいいっぱい子どもらしく微笑んで悪意がないことをアピールした。

「じゃ、じゃあ、感想を言わせてもらいます。あくまでも個人的な感想です」

「わかった。で？」

「ええと、バラの刺繍がコルセットの造形に合ってないような気がしました。図案がという意味じゃなくて、本体とのクオリティに差がありすぎるという意味なんですけど」

「つまり？」

「あの、つまりは、刺繍だけ庶民の手芸っぽく見えるんです。洗練されたプロの技術じゃなくて、家でお母さんが縫ってくれたみたいな素朴な雰囲気で。ああ、すみません。わざとミスマッチを狙ったんなら成功してると思いますよ……ええと、こんなところです」

僕はちらちらと横目で老人の様子を窺いながら、額に浮いた冷や汗をパーカーの袖でぬぐった。が、案の定、伊三郎は口を結んで黙り込み、今まで見たなかでもいちばんの仏頂面を決め込んでいる。

だから言ったじゃないか！

僕は完全に落ち着きを失い、急用を理由に今すぐこの部屋から立ち去りたい衝動に駆られた。洋服作りに人生を捧《ささ》げてきた人間が、十七歳の口だけのガキにあれこれ言われて愉快なわけがない。いや、不愉快を通り越して無になるほどだろう。

伊三郎はじっと立ち尽くしたまま、バラ刺繍のコルセットをいつまでも見つめている。老人がしょんぼりと肩を落としている場面など、いたたまれなくて見ていられなかった。

僕には前からこういうところがある。人に少しでも受け入れてもらえると、嬉しくてついべらべらと喋りすぎてしまうのだ。つまりは気持ちの距離感が摑めないから、人付き合いの強弱にしょっちゅう誤作動が起こる。

僕は惚《ほう》けている伊三郎の姿に耐え切れなくなり、ただちに話題を変えなければと勢い込んだ。

「あ、あの、伊三郎さん。こないだ話したコルセット革命のことなんですけど、今後の予定はどんな感じなんですか」

老人は、ああ、とうわの空で答え、ようやくコルセットから目を離した。

「この二点を店に出す。客から注文を取るんだ。コール・バレネは採寸しないでは作れんからな。背広と同じでオーダーの一点ものになる」

「そうなりますよね。でも……いや、なんでもないです」

「なんなんだ。意見があるならはっきり言え」

間髪を容れずにそう返され、僕は慌てて先を口にした。

「ええと、その、オーダーは、見本のコルセットをある程度作ってからのほうがよくないかなと思って。いろんな種類をずらっと並べたほうが、インパクトありますよ」

「もちろん、そうしたほうがいいのはわかる。だがな、おまえさんと違って年寄りには先がない。七十を過ぎたあたりから、死がそこらをうろつきまわるようになるんだ。次々に同級生が死んで、家族が死んで、葬式で読経した坊主も予告なく死ぬ。待ったり考えたり躊躇《ちゅうちょ》したりするのは時間の無駄だ」

伊三郎はきっぱりと言い切り、いつものふてぶてしさを取り戻してあごを上げた。

「だがな、人生は終盤戦からが本番だ。年寄りは可能性が狭まったぶん、経験値だけは腐るほどある。いいか？　病院のベッドで『ありがとう』なんぞとほざいて、ぼんくらみたいに看取られることだけはやめておけ」

空元気ではないところを見て僕は心底ほっとしたが、実際問題、たった二着のコルセットを店に出したところで客が来るとは思えない。町の反応は前回の騒ぎでいやというほどわかっているのだから。

僕は考えながら口を開いた。

「ちなみに、コルセットを売る年齢層ってどのへんなんですか？　それによって価格帯も決まりますよね。こないだ学校の授業でやったんです。ものを売るためには、まずターゲットを決めてライフスタイルを考えて、オケージョンを絞るんだそうですよ。だれがどんな場面でこれを着るのか、みたいなことですけど」

「まあ、買ってもらいたいのは若い女だわな。あたりまえだが」

老人の渋面がたちまち緩み、宙を仰いでにやりとした。

「なるほど。二十代とか？」

「そんなもんは子どもだろ。俺が言ってんのは、六、七十代だ」

「……へ、へえ。確かに今の中高年は若々しいですもんね」

僕は顔が引きつらないように努力しながら笑ったけれども、伊三郎は無表情のまま手厳しく言った。

「おまえさんは、心にもないことを言わんでいい」

僕はいつもの流れで咄嗟《とっさ》にすみません、と口にしたが、すぐさま老人に「謝るな」と返される。反射的にまた謝りそうになる自分を抑え、僕は緊張しながら先を続けた。

「でも、ちょっと想像が難しいな。お金はもってるかもしれないですけど、売り方がわからないというか。六、七十代にコール・バレネが理解されますかね。というか、その年代の人たちがいつ着るのかな」

「それは俺に考えがある」

伊三郎は白い口ひげを触りながら、何かを企む悪党のようにすっと目を細めた。老人は胸の中にあることをなかなか話してくれないから、僕はまたあれこれと想像を巡らせることになる。伊三郎ならこう考えるだろうとか、こう思ってほしいとか。しかし、老人の思考は常識をはるかに超えているし、僕程度が推し量れるほど単純ではないのだった。このコルセット革命を見届けるには、自分から積極的にかかわるしかない。伊三郎に必要とされたかった。

僕は自身を奮い立たせ、下腹に力をこめて声を張った。

「伊三郎さん。明日も仕事を見学させてください。販売までの計画を教えてほしいんです。毎日学校の帰りにも寄ります。ご迷惑を承知で言ってます」

子どもになつかれるのは面倒だろう。鬱陶しいばかりの要求なのはわかってる。伊三郎は自分で仕立てたのであろうブルーのシャツの襟を整え、僕の顔をしげしげと見つめてくる。白い睫毛に縁取られた灰色がかった目は、すべてを見通しているかのようにすっきりと澄んでいた。

紳士服専門の伊三郎がコルセットを作るのは、おそらくそうせざるを得ないほどの理由があるからだろう。真剣勝負をしているのは、手がけたコール・バレネを見ても明らかだった。けれども僕は、辛気臭くてつまらない毎日に落とされた刺激的なイベントという意識のほうが強い。自分が変われるチャンスかもしれなかった。世代も感覚も違う二人の思いを中和させたら、ほどよく力が抜けてなんとなくいい感じになりそうではないか？

老人に拒否されたくない僕は、反論をいくつも用意して次の言葉を待ちわびた。すると伊三郎は、並べられたコルセットへ目を移しながらゆっくりと口を開いた。

「ここへ通うなら条件がある」

僕はいやな予感がした。まさか、無理難題を吹っかけて追い払うつもりでは……。伊三郎は僕へ視線を戻し、有無を言わさない口調で言った。

「人の顔色を見るな。人とくらべるな。意見を飲み込むな。自分の人生は、自分以外のだれにもゆだねるな」

簡単に言ってくれるが、それができていればもっと楽しく毎日を生きている。けれども僕は唇を嚙《か》み締め、伊三郎の真剣な目を見てこっくりと頷いた。

6

翌日の日曜日。伊三郎が宣言したように、ウィンドウには二着のコール・バレネが飾られていた。「ご相談、オーダー承り〼」と毛筆で書かれた紙が、ボディの脚許に置かれた木の台に貼られている。まるで寄席《よせ》のめくり台だ。

僕はどきどきしながら素早く通りに目を走らせ、人々の反応を探った。しかし、日曜日の真っ昼間だというのに人通りはまばらで、どの商店であれ目を向けている者がいない。僕は通りを少し小走りし、曲がり角の先を覗き込んだ。こっちにもたった数人だけ。

通りで目立っているのは、近所の者たちが店先で世間話に興じている姿だった。コルセットを飾った初日はあれほどの騒ぎになったのに、もうそんなものには興味がないしかかわらないと言わんばかりだ。

この反応のなさが逆に怖い。僕は気を揉《も》んでテーラー伊三郎の前を行きつ戻りつした。派手めの女が歩いてくるのが見えて電柱の陰にさっと隠れたが、ウィンドウをまったく見もせず、完璧なまでの素通りをされて舌打ちが漏れた。それと同時に、背筋にいやな汗が伝っていった。もしかしてすでに町には伝令がまわされ、この店は触れてはいけないものに認定されているのでは？　いやまさか、村八分的な扱いに……。

僕は邪推に翻弄《ほんろう》されて店先で右往左往し、なんだかひどく疲れてようやくテーラー伊三郎に足を向けた。

作業部屋に入ってからは、ただ黙って老人の作業を見つめていた。客がひとりも来ないことに、なんの不安も焦りも感じていないようだった。とにかく伊三郎の集中力はすさまじいものがあり、完全に自分の世界に入り込んでいる。それに目の前で繰り広げられる仕事ぶりは、何かのショーさながらだった。僕は洋裁そのものにはあまり興味がなかったけれども、思わずスマートフォンを出して撮影してしまうほど惹《ひ》きつけられている。背中を丸めて手先だけを動かす地味な針仕事とはほど遠く、まるで大きなカンバスに色を載せていくような大胆さがあった。

伊三郎はピンを何本も口にくわえ、つぎはぎだらけのボディに生成り色の粗野なシーチングを留めつけていった。これはコール・バレネの元になるもののようで、伊三郎は「まずはトワルを組む」と端的に語った。角度やカーブを計算しながら数値化して図面を引くのではなく、感覚で形を決めていく立体裁断というやつらしい。一枚の平面の布が、つまんだり切り込みを入れたり折りたたんだりしているうち、ボディに滑らかに沿う美しいラインへと変貌を遂げていく。見事だった。木の根っこのようにぼこぼこした老人の指先は、なんの迷いもなく自信に満ちている。

「地の目に逆らわないことだ」

　伊三郎は、かすれた声でぼそりとつぶやいた。

「どんな生地にも方向がある。これを一ミリでも間違うと、とたんに生地は言うことをきかなくなるからな。地の目に逆らってむりやり仕上げても、シワ、縫いつれ、型崩れになって、最終的に人間は服に復讐《ふくしゅう》される」

「服に復讐って……」

「体の中心線で一ヵ所でも地の目が通ってないと、着る人間のほうが影響されるんだ。どこか着づらいとか引っ張られるとか動きにくいって感覚は、体が警告を出してんのさ。仕立ての悪い服は、静かに骨と筋肉を歪めて神経にも障っていく。俺が国家諜報員《ちょうほういん》か殺し屋なら、洋服を武器に使う」

「なんでそうやって物騒なほうへもってくんですか」

　なぜか満足げににやりとしている伊三郎に言い、僕は自分が羽織っているチェックのネルシャツに目を這わせた。着古しているせいとは言えないほど、生地がよじれているのがわかる。縫い目もひどいし、サイズは合っているのに、肩甲骨あたりが窮屈で動きが制限されている気がした。すると老人は僕を肩越しに見やり、手を動かしながら口を開いた。

「工業用パターンは、量産するために引かれたもんだ。直線的にして無駄な切り替えを多く作れば、生地の取り都合は格段によくなる。工賃を極限まで削って粗悪な材料を使い、安い値段で大量に売りさばくことだけが目的だな。オーガニックだのカシミヤだのリサイクルだの、耳触りのいい言葉で客寄せする安い服屋は、間違いなく金儲《もう》け一点主義。口だけでなんのプライドもない」

「確かに、伊三郎さんの物作りとは対極ですよね。でも、安さは何よりも魅力だと思いますよ。このシャツなんか千円しなかったし」

伊三郎はピンを打つ手を止め、急にくるりと振り返った。あまりの威圧感に僕は思わず背筋を伸ばした。

「いいか。物には適正価格がある。馬鹿が安売りすれば、それ以上の馬鹿がさらに安い値をつけてくる。そうなれば価格も市場も崩壊して、業界全体の首を絞めるだけだ。安さに慣らされた者は、価値感覚が狂ったまま戻らない」

「そうは言っても、高いものは買えないし……」

「適正の意味をよく考えるんだな。おまえさんは安物のシャツを買う代わりに、体の成長を阻害されることを承諾した。悪魔の契約と同じで、ある意味、適正価格とも言える」

「いや、ちょっと」

さすがに反論しようとしたが、伊三郎は手をひと振りして僕を黙らせた。

「人間の腕は体の前側に傾いてついている。だが、おまえさんのシャツは生産効率だけを重視して、奴凧《やっこだこ》と同じ直線と平面の仕立てだ。背ヨークは横地の一枚で伸縮性もへったくれもない。体が動かしづらいだろ？」

「まあ、そうです。でも、生活に支障はないですよ」

「な？　そうやって自分を納得させるしかなくなる。安いからしょうがないし、すぐ駄目になってもまた買えばいいってな。俺は、粗悪品であふれる今の世の中に心底うんざりしてるんだ。特に衣料界隈《かいわい》は目も当てられん。俺の縄張りで好き放題やりやがって」

伊三郎は鼻息も荒くボディに向き直り、シーチングのピン打ちを再開した。まさに職人気質というやつだし、年寄り特有の頭の固さも全開だ。けれども、時代が変わったことをいつまでも受け入れようとしない類の滑稽《こっけい》さは感じなかった。それもこれも、伊三郎が今まで培ってきた技術をコルセットで解放しているせいだ。いくら考えても、老人の思考のロジックがわからない。

伊三郎は眉間に深いシワを寄せながら半身だけのトワルに打ち込み、たびたび後ろに下がって全体像に目を走らせては手直しすることを繰り返していた。どこか行き当たりばったりで大雑把な仕事に見えるのだが、ゆくゆくはあの緻密《ちみつ》なコルセットになるのだから驚きだ。三着目となるコール・バレネは、胸から腰骨あたりまでを覆うデザインらしい。胸の下には三角形のマチが入れられ、肩紐つきでリボンの装飾を考えているようだ。いかめしい赤ら顔の老人の手から、このロマンチックが生み出されているという事実が信じられなかった。

「伊三郎さんって、かわいいものが好きなんですか」

　僕は何気なく問うたが、「嫌いだ」と即答される。まあ、そうだろう。

「でも、日本は『かわいい』が氾濫してるでしょう？　ゆるキャラなんかもそうだし、洋服もやけにデザインされてるし、これがなきゃいいのにってものが多いんですよね」

「だから自分で作るんだ。洋服売り場なんぞへ行っても、どっかのアホがデザインしたようなもんしかない。すべてにおいて蛇足だ」

「なんとなくわかりますけど、現にそういうのが売れてるんですよね。伊三郎さんは、コルセットに売れ筋の要素を入れないんですか？」

「だから入れてるだろ。リボンだ」

なるほど、直接的でわかりやすいところにもっていったらしい。

　伊三郎は鉛筆でシーチングに印をつけていき、ボディからトワルを外した。今度は作業台の上にハトロン紙を広げ、中心線とバストラインを引いてから外したトワルを載せる。コルセットの立体造形になっている生地からピンを抜いて平面に戻すと、印を線でつないでいった。これを紙に書き写せばパターンになるようだ。僕は身を乗り出した。

「あの立体物を展開すると、こんな複雑な形になるってことか。なんか数学っぽい。洋服の製図って、寸法から何かの公式で割り出すんだと思ってました。中学のとき、家庭科で作ったエプロンとかそうだったし」

「数字には目安の意味しかない。ヒトの目は常に錯覚でものを見てるからな。縫製物は、数値の正しさよりも見た目の正しさが重要だ。直角の襟を作っても、目の錯覚で内側に入ってるように見える。直角に見せたいなら数度だけ外へ出すことが必要だが、たいがいの連中は数値を過信してるから機械的にパターンを引いて終わりだ。ここらの中学生が着てるセーラー服な。あれを見るたび、襟を直してやりたくてうずうずしてる」

いったい、この域に達するのにどれほどの経験と努力を積んだのだろう。伊三郎が持っている技術や知識は、おそらくだれにも伝えられずに消えてしまう運命にある。もっとも老人はそれを苦にしていないし、だれかに継承しなければというような使命感もない。ただ淡々と、自分の信じる道を歩いている。

けれども、ひとつだけ気になっていることがある。デザイン力だ。僕は、トワルからパターンを書き起こしていく伊三郎をしばらく見つめた。今、店に出されている縦縞のコルセットもそうだが、やはり感覚的な古さはぬぐえない。いくら十八世紀以降のコール・バレネを再現するとはいっても、商品として受け入れてもらうためには現代に融合させる何かが必要だろう。もちろん、僕にもその「何か」はわからないし、時代に媚《こ》びてへんに俗っぽくなるのはもってのほかだった。

伊三郎は考え込んでいる僕に視線をよこし、紙の上で五十センチ定規を動かしながら言った。

「ずっと聞こうと思って忘れてたんだが、おまえさんはなんでそんなにコルセットに詳しくなったんだ。異常性癖じゃないなら、いったい何がそうさせてる」

「何回も言いますけど、異常性癖じゃないことはわかってください。コルセットに詳しくなったのは、母の影響がありまして……」

僕は、いつもよりもあっさり答えられたことに自分でも驚いた。

「母は漫画家で、フランス革命前後を舞台にした作品を描いてるんです。それで時代背景とか文化に興味をもったというわけで」

「ほう、この町にそんな歴史漫画を描く人間がいたのか。町外れの美波《みなみ》本屋で買ってくるから、題名を教えてくれ」

「ああ、ええと！　それがですね！　絶望的に売れない漫画家なんで、町の本屋には置いてないと思います！　絶版になってるので取り寄せも無理です！」

僕は声を裏返しながら、かぶせ気味に捲し立てた。「サンテティエンヌ寄宿学校の処罰」なんてタイトルだけは絶対に教えられない。内容にいたっては、もう、申し開きが不可能の域だ。話題を変えようとしたとき、店のほうからドアベルの音が聞こえてきた。

「鈴村さん、いるかい？」

ヘビースモーカーにありがちな、がらがらの低い声。伊三郎はパターンを引く手を止めずに「誰だ？」と声を上げた。

「商工会だ。相馬《そうま》だよ。ちょっと出てきてくれっか」

部会か……と伊三郎は小さく言い、短いため息をついてから鉛筆と定規を置いた。紺色のVネックセーターの裾を引っ張り、白い口ひげを指で撫でつけてから部屋を出ていく。僕は妙な緊張感を察し、戸口に移動して聞き耳を立てた。

「忙しいとこ悪いね。ちょっと話さなきゃなんないことがあるんだわ」

僕は長いのれんの隙間から素早く店のほうを窺った。でっぷりと太った禿《は》げ頭の老人がひとりと、その脇を固めるように二人の地味な老人が立っている。みな伊三郎に近い年齢に見えた。商工会ということは、この商店街に店を構える経営者たちだろう。相馬金物屋の看板には見覚えがある。小柄で丸っこい伊三郎は、サンダルをつっかけて三人と相対していた。

「実は、あんたんとこで出してる売り物のことなんだ」

その言葉に反応して、僕はますます耳をそばだてた。

「ちょっとまずいねえ。いやあ、まずい。いろいろと問題になってんだよ」

相馬と名乗った太りすぎの老人は、振り返ってウィンドウのコルセットを指差した。

「隣組だからはっきり言うけど、瓦町商店街にあれがそぐわないってことがいちばんの理由だな。ここは昔ながらの小売が集まってる城下町で、とにかく結束が堅い。もちろん鈴村さんもわかってると思うがね」

「俺は十年以上も前に商工会なんて辞めてんだぞ。だいたい、人の店に口出しする特権なんか部会にはあるまい」

「まあ、まあ。そう頭っから喧嘩《けんか》腰になんないでさ。そういう意見があっちこっちで出てることを、事実として受け入れてほしいんだよ。今、商工会は地域活性と魅力ある街づくりに力を入れてんのに、あんたんとこの商品のせいで、商店街のイメージががらっと変わっちまうんだわ」

地域活性に力を入れた結果が、「カワラちゃん塗り絵ラリー」なる子どもだまし企画なのだろうか。周回遅れどころか、もうその手のレースは終わっている。

後ろ姿からもわかるほど、伊三郎の憤りがびりびりと伝わってくる。太った商工会の老人は痰《たん》を切るように何度も咳払いをし、両隣のしょぼくれた仲間に目配せをした。

「それにな、商工会を飛び越えていろんな問題にも発展しそうなんだ。まずここは通学路で、子どもらへの悪影響を心配する者がいる」

「婦人会とか商工会婦人部、あとは青年部な。今のままでは、おそらくここにＰＴＡも絡んでくっぺ。厄介だ」

横からひとりが合いの手を入れた。

「なんつうか、この派手でストリップみてえな下着が町んなかで浮き上がってんだよ。いったい、何に使うものなんだか。年寄り連中の間でも、ちょっとした騒ぎになってんだわ。紳士服屋なのに、なんであんなもんを店に出したんだべって」

「町内老人会と三町内合同老人会、そして老人連合会、白鷺《しろさぎ》老人連合総会でも議題に挙がったんだよ。鈴村さんは欠席だったね」

反対側の年寄りも口を開いた。いったいこの町は、老人会だけでどれだけデカいピラミッドを築いているのか。僕は頭が痛くなってこめかみを指で押した。

伊三郎は腕組みをし、商工会の話を無言のまま聞いている。その落ち着きが嵐の前の静けさのようで、ただひたすらおそろしい。顔をてかてかと光らせた太りすぎの老人は、たびたびコール・バレネに目を向けながら話を続けた。

「こないだあんたんとこの息子にも会ったけど、気の毒になるほど気を揉んでたよ。まあ、あたりまえだわな。この一件は、家族も知らなかったっていうじゃないの。鈴村さんは、いったいこの先どうしたいんだい？」

「どうもこうも、店で物を売る。あんたらと同じことをやってるだけだろ」

「だから、そうもいかないんだよ。わかってくんねえかな。この町でやってくにはルールってもんがあるんだから」

すると伊三郎は低い声で笑った。僕は反射的に身構えた。

「おまえさんらがルールを語るのか。不正会計、選挙の票集め、役場との癒着、田舎議員の接待、既得権益だけをひたすら守る隠蔽《いんぺい》体質、そのうえ、くだらんいじめと不倫の温床。地域の活性を、先頭立って阻害してる組織だって自覚はないのかね」

ああ、正面切って言ってしまった！　僕はのれんの陰であたふたとした。もっとやんわりと、自分の不利にならないように計算して立ちまわればいいのに！

僕は頭を抱えたり歯嚙みしたりしながら、おそるおそる店のほうへ目をやった。こちらに背を向けて仁王立ちしている伊三郎の先には、顔を強張らせた三人の老人たちが固まっている。これでもう、地域対テーラー伊三郎の図式は決定だ。さすがに、役所に勤める息子の太一を気の毒に思った。

「話になんないな」

ため息交じりの言葉が聞こえて、僕はのれんの隙間に素早く顔を押しつけた。太った禿げのじいさんが、脂の浮いた大きな顔に引きつった笑みを浮かべている。

「あの世で里子さんだって泣いてるぞ。一所懸命、町に尽くして婦人会でも活躍してたのに。あんたが人付き合いをしないから、代わりにどこへでも顔出して気い遣ってなあ」

「論点を逸らすな。俺が言いたいのは商工会、会議所が腐ってるってことと、違法でもないのに商売を規制されるいわれはないこと。そして、おまえさんはデブの不倫男だってことだ」

「何言ってんの！」

僕は、その場にうずくまって声を押し殺した。なんでそんなに攻撃性が高いの！　なんで全方位に喧嘩売ってんの！　というより、こんなんでテーラー伊三郎はどうやって今まで営業できていたの！

母ならますますロックだとか言って喜びそうだが、このままでは老人が命を燃やしているコルセット革命が遠のいてしまう。僕は、こんなことで火が消えてしまうのは絶対にいやだった。

　商工会の老人たちはしきりに顔を見合わせ、怒りと呆れを燻《くすぶ》らせながら踵を返した。立ち去り際、太った老人が振り返ってがらがら声を出す。

「後悔すんなよ。それにあんたは今すぐ医者に診てもらえ。おかしすぎる」

派手にドアベルを鳴らして、三人は荒々しく出ていった。

第二章　東北弁のスチームパンク

1

とにかく疲れている。僕は、夕焼けに染まった人気《ひとけ》のない裏通りを重い足取りで歩いていた。飴《あめ》色の太陽が山の向こうに溶け出して、急激に気温が下がっている。僕はチェックのネルシャツの前を閉め、背中を丸めながら歩を進めた。

伊三郎や商工会の老人から町の暗部を見せつけられたようで、少なからずショックを受けている。今まで僕が考えていた町のいやらしさとは質が違い、生々しいリアリティをもっている大人の閉鎖社会だった。世離れした母と二人だけの暮らしでは、ほとんど感じ取ることのできない部分。生活や将来の不安で手一杯のところに、さらなる憂鬱《ゆううつ》の種を植え付けられた気分だ。

僕は脇目も振らずに足早に進んでいたけれども、曲がり角に差しかかったところで立ち止まり、少しだけ考えてから右に曲がった。ジーンズのポケットに両手を突っ込んでしばらく歩くと、路地裏にぽっかりと広がる空き地の前に出る。住宅街の外れにある広々とした空間は、テニスコート六面ぶんぐらいはあるだろうか。背丈ほどもある雑草が伸び放題になってざわめき、秋の虫たちが騒がしく鳴いていた。

　僕はむっとするような草の匂いを吸い込んだ。

　かつてこの場所には「ひかり座」という木造の小さな映画館があった。スクリーンがひとつしかない昔ながらの粗末な劇場で、上映されるのは極道ものかアクションものばかり。たまに子ども向けのアニメがやってきたとき、母に連れられて観にくるのが楽しみでしょうがなかった。上映開始のけたたましいブザーの音を今でも思い出す。

　僕が小学校に上がるまでには潰《つぶ》れてしまったが、これといって地元住人から惜しまれることもなかったらしい。唯一の娯楽であり、そこそこ流行《はや》っていたのにもかかわらずだ。そう、この町は訪れる者には愛想がいいけれども、住む者と去る者に対しては異常なほど冷淡なのだ。今さっきの商工会のように。そんな映画館の隣に、父は店を構えていた。

「人生なんて気の持ちようでどうにでもなる……」

　草むらを見るともなしに見ながら、僕はぽつりと口に出した。十歳のとき、名前をからかわれて泣いていた僕に父が言った言葉だ。辺りには煙草と淹《い》れたてのコーヒーの匂いが漂っていたのをよく覚えている。

　父はジャズ喫茶を経営しており、こんな田舎には到底そぐわない洗練された雰囲気を醸し出していた。すらりと背が高くて彫りが深く、癖のある柔らかそうな長い髪をひとつに束ねている姿は、母が好んで漫画に描く美化された貴族に通じるものがある。何気ない仕種ひとつ取っても余裕や優雅さが感じられたのは、東京の山《やま》の手《て》で生まれたおぼっちゃまだからなのだろう。見た目と同様、穏やかで僕を叱ることはほとんどなかったけれども、いつもどこかよそよそしくて他人行儀だった。

六年前に蒸発した父の消息はわからないままだが、生きていれば六十八になっているはずだ。母との歳の差は三十一歳で、まあ、それだけを見ても問題のある男なのは間違いようがない。

僕はとぐろを巻いている葛《くず》を踏みしめ、黄色い花のセイタカアワダチソウやススキを乱暴にかき分けた。地面には、雑草にまみれて基礎らしきコンクリートブロックが残されている。

映画館の隣には古びた雑居ビルがあった。スナックやパブなんかのうらぶれた店が軒を連ね、夜になれば極彩色の看板に灯《あか》りが入って女たちが客を引く。そんな荒《すさ》んだ一角、間口の狭い半地下にジャズ喫茶はひっそりとたたずんでいた。

「このへんが階段」

僕はコンバースのスニーカーでコンクリートの欠片《かけら》を突っついた。地下へ下りる階段が五段ほど。僕は草だらけの地面を見つめたまま、記憶のなかにある階段を下りていった。突き当たりには、赤い色ガラスが入った重い木のドアがある。ノブを引いて開けると、カウンターとテーブル席がひとつだけの穴蔵のように狭い空間があった。六畳間の僕の部屋を、ひとまわり大きくした程度の広さしかない。

再びジーンズのポケットに手を突っ込み、僕は胸いっぱいに乾いた空気を吸い込んだ。昼間でも薄暗い店には気だるいジャズが流され、黒いエプロンを着けた父はいつも煙草をくゆらせながら物思いにふけっていた。

僕はブロックの残骸《ざんがい》をぴょんと飛び越え、潤いのない空き地に目を走らせてから細い市道を歩きはじめた。

クラスの女子によれば、こぢんまりとしたかわいい喫茶店でフリルのついたエプロンを着け、ウェイトレスのバイトをするアニメのような設定には憧《あこが》れがあるらしい。イケメンのバリスタがいればなおのことよい。母が高校二年生だった夏休み、ちょうど今の僕と同じ歳のときに、ここにあったジャズ喫茶でアルバイトを始めたと聞いている。

しかし、母がクラスの女子と同じ感覚であったはずがないと僕は確信していた。なにせ父が経営する喫茶店の壁は血のように赤く塗られ、しかも打ち抜かれた天井は配線が剝《む》き出しで、怪しいなんてものではなかったからだ。

「殺人鬼の地下室」と思わず店の印象を口に出した。

ブリキの笠がついた薄暗い電球や、肉切り台のような傷だらけのカウンター、そしてひと目でそれとわかるアンティークの重厚な装飾が一見《いちげん》客を遠ざける。どう見積もっても、十代の女子が初めてのバイト先に選ぶような店ではない。

僕は古い平屋が並ぶ路地裏をうつむきがちに歩いた。この一帯はサザンカの生垣が多く、散った花びらが沿道を赤紫色に染めている。花びらをわざと踏みつけながら、僕はむっつりと進んだ。

母は十八で同棲《どうせい》を始めた。三十歳以上も歳の離れたバイトの雇い主の家に、高校を卒業したと同時に転がり込んだのだ。このあたりはいかにも後先を考えない十代の行動なのかもしれないが、いくらなんでも五十近かった父は止めろよと思う。

母の両親はこの町からひと駅先に住む村会議員で、地元で幅を利かせている農業従事者でもある。もちろん、娘の同棲や結婚を許すはずもなかったが、母はどっちにしろ成人したら出て行くのだから同じことだときっぱり宣言したらしい。

聞いた話によれば、当時の母は成績も素行もよく大学にも合格していたそうだ。漫画の締め切りすら守れず、だらしない今の姿を見ているせいでまったく想像はつかないが……。なのにすべてを捨てて胡《う》散《さん》臭いジャズ喫茶の主人と結婚し、二十歳で僕を産んで苦労だらけの道を選んだ。父は、ひとりの少女の未来をねじ曲げたのだ。

僕は猛犬注意の札を横目に、団地へ続く小《こ》径《みち》に入った。

何かの本で読んだことがある。家庭での親子関係が満たされなかった場合、恋愛相手に対して父母性を強く求める心理が働くことがあるのだと。母の場合はまるっきりこれだ。祖父は議員にありがちの演説好きな目立ちたがり屋で、政治の文句、対抗派閥の文句、農協の文句、若者の文句、妻の文句と、思考のほとんどが不平不満でできている。

結局のところ、意に沿わない娘や孫を煩わしく思っているのだろう。自分自身にしか興味のない尊大な男にしか見えなかった。

幼稚園に上がったばかりのころ、祖父に「名は体を表す」とそっけなく言われたことを僕は今でも忘れない。意味はずっとあとになって知ったが、マイナスの解釈なのはもちろんのことだ。

花びらを踏んだ瞬間、つるりと滑って僕は小さくののしった。自分がこれほどじれったい性格になったのは、生まれと環境のせいだと言い切ってもいいのではないか。ただ、それに囚《とら》われて悶々《もんもん》としているのが馬鹿らしく感じはじめている。

なんとかモチベーションを上げようと苦心しているとき、甲高い声が聞こえて僕はびくりと体を震わせた。

「アクア！」

すぐさま顔を上げると、一台の自転車が猛スピードで細い道を爆走してくるところだった。黒縁のメガネをかけてマスクで顔の半分を覆い、頭のてっぺんで髪を団子に結った母が手を振っている。ペダルを漕《こ》ぐたびに自転車は歯ぎしりのようなきしみを上げ、耳障りな騒音を辺りにまき散らしていた。

母が急ブレーキをかけるなり、さらにひどい音が耳をつんざいて僕は奥歯を噛《か》み締めた。はあはあと息を上げ、母は暑いと言いながらマスクをあごのあたりまでずらした。

「なんかさ、町なかでばったり会うとすごく嬉《うれ》しくない？」

「別に嬉しくないよ。それよりその自転車、もういい加減ヤバいって。いくら油差しても音がひどいし、そのうち苦情がくると思うんだけど」

「まだまだいけるよ。こないだの錆《さび》落としで、だいぶ音が小さくなったからね。隼人くんとこ行ってきたの？」

母は鼻先までずり下がったメガネを押し上げた。僕は母親の全身に目を走らせてから、周りを素早く窺《うかが》いつつ声を潜めた。

「ねえ、頼むからそのジャージのまま外に出ないでよ。部屋着も寝巻きも外着も一緒って、人として完全にどうかしてる。だいたい、どう見ても一万個以上は毛玉がついてんだけど。しかも『ＦＢＩ』って、どんな服なんだよ……」

母は紺色のジャージを引っ張って伸ばし、でかでかとプリントされた米国連邦捜査局のロゴを見下ろした。

「そこまで買い物に行くだけだし、だれも見てやしないよ。ほら、こうやってマスクすれば顔もわかんないしね」

マスクを着け直して、母はなぜか親指を立ててきた。そういう問題ではないし、もちろん、だれも見ていないなんてことはあり得ない。現に今も、民家の生垣の奥から視線と気配を痛いほど感じている。そう考えただけで、じわりと手に汗がにじんで心拍数が急激に上がった。

「どうしたの？　顔蒼《あお》いけど」

母は顔を覗《のぞ》き込んできたが、僕は反射的に後ずさった。

「ちょっと離れてって」

「何、どっか具合悪いの？」

「悪くない。いいから早く行けってば」

無性に苛々《いらいら》して語気を強めると、母はいささか驚いたような顔をした。

父は公安にマークされていたという。いわゆる思想に問題がある過激な活動家で、東京では暴力的な学生運動に血道を上げていた過去がある。父がもつ静けさの裏側にあった、得体の知れない不穏の正体はこれなのだろう。この町に住み着いたのも母と結婚したのも突然蒸発したのも、すべては水面下で蠢《うごめ》く反体制的な活動を隠すためではなかったのか？　ともかく、今となっては消えてよかったとしか思わない。僕に起こった悲劇に父親をカウントしない理由は、どうやっても笑えないからだった。

息子の様子を窺っていた母は、ペダルに足をかけて僕の腕をぽんと叩《たた》いた。

「わかった、わかった。じゃあ、行くね。政一《せいいち》パンでチョココロネ買ってくる。アクアも好きでしょ？　あと、森崎屋《もりさきや》で夕飯の買い出しもして、その足で仕立て屋を偵察してくるからさ。今日こそはお目にかかりたいよ。完璧《かんぺき》なコール・バレネに」

そう言い終わらないうちに、神経を逆撫《さかな》でするような音を発しながら、母は勢いよく自転車を漕ぎ出した。

なぜあれほど人の目をおそれないのかが理解できない。けれども、自分のあり方を疑わず、まったく恥じていないところが伊三郎と母の共通点だった。そしていろんな意味で不器用だ。

僕は大きく深呼吸をして一気に吐き出した。頭を占領していたマイナス思考を押しのけると、負けん気が沸々と湧き上がってくるのを感じる。みずから行動するわけでもないくせに、自分はいつも漠然と何かを欲しがっていた。伊三郎の言うコルセット革命がなんなのかをいまだ摑《つか》みかねているけれども、「是が非でも結末が見たいもの」という位置づけに揺るぎはない。

夕日で長々と伸ばされた影を踏みつけながら、僕は大股《おおまた》で裏通りを進んだ。

2

老婆はしゃがれた声を極端に潜め、すっぽりと頭を覆っている緑色のスカーフに白髪をたくし込んだ。今日はそれほど寒くはないはずだが、腰の下まであるモヘアの厚ぼったいカーディガンを着込んでいる。

「伊三郎さん、あんた商工会の連中とやり合ったんだって？」

「どこで聞いた？」

「今朝方、豆腐屋が騒いでたんだよ。あすこの嫁さんは早耳の拡声器だから」

火曜日の夕方。僕はいつものごとく出入り口にかけられているのれんの陰に陣取り、聞き耳を立てながら制服の前ボタンを外した。学校の帰りにテーラー伊三郎に寄ってすぐ、近所のばあさんが杖《つえ》をつきながら訪ねてきた。初めてコルセットに出会った朝にも見かけた老婆で、どうやら隣に店を構える大澤《おおさわ》カメラの人間らしい。

　隙間もないほどシワだらけの顔をした老婆は、のろのろと後ろを振り返って、ウィンドウに並んでいる二着のコール・バレネに目をやった。首を横に振りながら細いため息をついている。

「商工会はかんかんらしい。特に相馬のじいさんな。あの男は気が荒くて有名だかんね」

「気の荒さだけなら、あんたんとこの犬のが上だろう。チビのくせに、だれかれかまわず吠《ほ》えまくって手に負えん」

　伊三郎が飄々《ひょうひょう》と言うと、老婆は軽口を叩くなとばかりに手をひと振りした。確か商工会の相馬のじいさんとは、伊三郎が言うところのデブの不倫男だろう。脂ぎったどす黒い顔を思い浮かべているうちに、老人の不貞行為まで想像してしまって心底ぞっとした。どうやっても信じたくない話だが、だれも否定しないのだから事実ということなのだ。店では老婆が杖に体重をかけて腰を曲げ、日が暮れた通りを忙《せわ》しなく窺っている。

「伊三郎さんもわかってるだろうが、相馬のじいさんはマムシみたいに執念深い。尋常じゃないほどにな。もっきり屋の話はあんただって知ってるだろ？」

「この界隈《かいわい》で知らんやつはいまい」

「ああ。裏で手えまわして店の仕入れができないようにしたり、あそこの旦那《だんな》が首括《くく》って死ぬまで徹底的に営業妨害したって話だ。もっきり屋が妾《めかけ》に手え出したとかなんとか、そんな下衆《げす》な理由でな。まったく、今は後家さん荒らしだし、相馬のじいさんの女狂いもどうしょもねえなあ」

「それもこれも、たかが相馬風情を返り討ちにできなかった、もっきり屋のていたらくだろう。自業自得だ」

「これ！　そんな死者に鞭《むち》打つようなこと言いなさんな！」

写真屋のばあさんは、咎《とが》めるように目の前の老人をねめつけた。老婆は伊三郎にはっきり物申せる仲らしい。神妙な面持ちで先を続けた。

「今回の一件は、部会通り越して理事会に挙げる気だよ」

「そのあとは総代会だろう。代わり映えしない、連中のいつものやり方だな」

「よくわかってんじゃないか。あんたが商工会を辞めるときも揉《も》めたけど、あんときは里子さんがいた。うまいこと立ちまわって、商店街といい関係を続けられるようにしたんだ。里子さんはみんなから頼りにされてたし、賢くて敵を作らなかった。あたしの数少ない友だちだったよ」

伊三郎が口を開きかけたけれども、それよりも早く老婆が後を継いだ。

「なあ、伊三郎さん。あたしは気が気じゃないんだよ。町を怒らせたらここでは生きていけないんだ。残された時間を、ひとりぼっちで寂しく過ごすつもりか？」

老婆はくしゃくしゃの紙のような顔をさらにぎゅっとしかめ、瞼《まぶた》の垂れ下がった目で伊三郎を不安げに見上げた。ただの野次馬根性でも偵察でもなく、本気で心配しているのが伝わってくる。

僕はのれんの隙間から顔を離し、もやもやした気持ちのまま鶯《うぐいす》色の土壁にもたれかかった。およそ町とは馴《な》れ合う気のない仕立て屋の老人が、この閉塞した土地でやっていけたのも妻の存在が大きかったからなのだろう。老人と出会ってからの短い期間で、「里子」という名を何度も耳にしていた。顔も知らないけれども、偏屈な伊三郎のそばでいつも屈託なく笑っていた場面が浮かんで胸がちくりとした。

それにしても、この町は考えていた以上に真っ黒く染まっているらしい。僕は壁によりかかったまま、手《て》許《もと》ライトが点けっぱなしになっているミシンをぼんやりと眺めた。団地に目に見えない階層や派閥があるのと同じで、商売をするにも筋を通さなければやっていけないということだ。それがいくら不条理でばかばかしくて非道であっても、目をつむって受け入れなければ共同体での安息はない。

「これが社会ってやつか……」

なんかいやだ。僕は長めの前髪を乱暴にかき上げた。

伊三郎と出会ってまだ日も浅いというのに、町の水面下に沈殿しているどろどろした汚いものを、すくっては次々と目の前に突きつけられているような気分だった。結局、学校でしつこいほど教わる道徳なんてものにはほとんど意味がない。それどころか、世の中は正反対のベクトルが幅を利かせているではないか。建前の裏側にある本音を読み取らなければ潰されるゲームだった。けれども、これが秩序というやつなのだと僕は驚くほどすんなり受け入れている。社会に出たとき、喜んで体制側にまわる自分を簡単に想像できてしまうからだった。情けないとは思うものの、多勢には妙な安心感がある。

　僕は古ぼけたミシンを脱力しながら見つめ続けた。伊三郎がよく「闘う」と言っている意味はこれなのかもしれない。かといって今さら世直しを考えているわけではなく、もうだれにも邪魔されたくはないのだ。長い人生を歩んで最後にたどり着いた魂の単独闘争。討ち死にを覚悟しているのではないだろうか。

　店では、大澤カメラの老婆が「今は負けるが勝ちだ」と繰り返し伊三郎を諭し、鼻の頭に汗までにじませている。このばあさんも、心の底では町のやり方にうんざりしているのがわかった。伊三郎は首からメジャーを下げたまま、さっきからじっと押し黙っている。そしてウィンドウへ目をやり、二着のコルセットを眺めながら口を開いた。

「うちのことは、商店街で大問題になってるか？」

「そりゃあもう、なってるなんてもんじゃない。あんたの話題でもちきりだよ。連中はまるでイナゴだ。よってたかって根も葉もない噂を喰《く》い荒らしてる」

「そうか。じゃあ、素直に従うよ。明日からあれを下げることにする」

「え？」

　僕は思わず声を上げ、慌てて口を手で押さえた。ちょっと待って！　一歩も引かないと断言していたのに！　火炎瓶をコルセットに持ち替えて闘うと言い切っていたのに！

いつでも憎らしいほどの余裕を見せていたのに！　こんなにも早く諦《あきら》めてしまうのか！

僕は飛び出していきたい衝動を必死になって堪《こら》え、ひとり置き去りにされたような気持ちのまま戸口にへたり込んだ。伊三郎は一瞬だけ僕のほうへ目をくれ、細い金縁のメガネをゆっくりと外してセーターの裾《すそ》でレンズをぬぐった。

「今や連中の生活は、野次馬根性と怒りを中心にまわっている。退屈な暮らしに落とされた鮮度のいい刺激だからな。貴重な娯楽だ」

「何暢気《のんき》なこと言ってんだい」

「俺はな、部会の連中をわざと怒らせたのさ」

老婆は訝《いぶか》しげな面持ちをし、僕も疑問符をいくつも頭に浮かべた。

「これは心理戦だ。相馬が店に来たときに俺があっさりと折れていれば、連中はさらなる要求を突きつけてきたはずだ。普段から特権意識で凝り固まってるやつらだからな」

「実際に特権があるようなもんだよ」

「そんなもんはないが、長年、連中に寄りかかりすぎた俺らの責任だわな。町ぐるみで勘違いの片棒を担いできたんだ」

伊三郎はカラシ色のセーターの袖《そで》をまくり上げた。

「いいか？　まず俺は、連中をわざと激怒させて追っ払った。それで後日、『やっぱり部会の意見には一理ある……』とかなんとか神妙に詫《わ》びてみせれば、向こうはしぶしぶでも受け入れるしかなくなるだろ」

「まあ、それはそうだろうな。あんたは部会にとんでもない暴言を吐いたそうじゃないか。もう町じゅうに知れわたってっから、伊三郎さんもよくよく考えて反省したんだとみんなも思うだろうさ。いくらなんでも、頭を下げてる人間を鬼みたいに突っぱねるわけにはいかないよ」

ばあさんと一緒に、僕も小刻みに頷《うなず》いた。伊三郎は少しだけ間を置き、まるで自分に言い聞かせているように静かに喋《しゃべ》った。

「そして、こっからが本番だ。俺は今後、子どもらの通学時間帯にコルセットを飾らないことを約束する。連中は、俺が要求のひとつを呑《の》んだことでまずは溜飲《りゅういん》を下げるはずだ。そうなれば、仕事そのものを問題にしようって気も失《う》せるだろう。もともと越権行為だし、お互いの妥協点は一致する。やつらのメンツも立つ。おそらくこれで全部が手打ちになるはずだな」

大澤カメラのばあさんはしばし考え、急に勢いよく顔を上げたかと思えば、たるんだ瞼でしばたたいた。

「ちょっと待った。あんたまさか、わざと朝っぱらからあれを飾って騒ぎになるように仕向けたのかい。こうなることを初めから見越して」

「そういうことだ。あれは駆け引きに使うための仕込み、いわゆる演出だ。本来の仕事に口出しさせないための囮《おとり》だな。子どもらへの悪影響って一点に目を向けさせたんだよ」

伊三郎はメガネをかけ直し、白い口ひげを撫でつけながらにやりと笑った。

「だが、これで遊びは終わりだ。俺はもう引かん」

僕はどきどきと暴走する胸をさすって、よろめきながら立ち上がった。いったい、なんて年寄りなんだ。すべて計算ずくであの朝にコール・バレネを飾ったということか。町内や学区で問題になることを逆手に取って、長期的な戦略を練っていた。老人の言葉が悪意に満ちて強烈であればあるほど、非を認めて引き下がったときの印象は強く心に刻まれる。一種のゲインロス効果ではないか。

僕は興奮しすぎて顔が熱くなり、鼻息が荒くなるのを感じていた。そして、数分前まで抱いていた伊三郎に対する不安や疑念の類《たぐい》をすべて捨て去った。老人にとって、本当にこれは真剣な闘いなのだ。やみくもに突き進んでも媚《こ》びへつらっても、ましてや泣き落としても保守で凝り固まった町には通用しない。常に先手を取って立ちまわることこそ必要な手段なのだった。

「まったく、突然女の下着を作るわ、部会には食ってかかるわ、伊三郎さんの頭んなかはいったいどうなってんのかね。正直、半分ボケてんのかと思ったよ。でも、太一ちゃんもひとまず安心するんじゃないかい。板挟みでかわいそうなほどだったからねえ」

老婆は呆《あき》れ返ったように腰をとんとんと叩いていたかと思えば、しゃがれ声の音量をひときわ落として先を続けた。

「だが、相馬のじいさんには用心するこった。なんせ陰湿だし恨みは絶対に忘れない」

「やつの頭は後家さんのことでいっぱいだ。それより、あんたの腰は前よりも悪くなってるな」

伊三郎は、たびたび腰に手をやる大澤のばあさんに言った。

「骨粗鬆症《こつそしょうしょう》からくる腰椎《ようつい》圧迫骨折ってやつだよ。椅子に座っただけなのに骨がボキッと折れたんだ。三年前にやってから、腰がどんどん曲がってな。医者に言わせれば、寝たきりになんないだけましなんだとさ」

「今着けてるコルセットはマジックテープのやつか？」

「そうだ。医者から買わされたけど、まあ気休めだな。膏薬《こうやく》も鍼《はり》も灸《きゅう》もさっぱり効かないよ」

伊三郎は老婆の腰に手を当てて何かを探っているようだったが、急にくるりと振り返り、のれんの隙間から覗いている僕と目を合わせた。

「アクア、ノートと鉛筆を持ってちょっと来い」

「え？　なんでしょう……」

警戒しながら戸口から顔を出すと、大澤のばあさんが獲物を狙うトカゲのように首をにゅっと突き出した。

「なんだい、このややは。あんたんとこの孫はみんな成人してたよな？　どっから湧いて出た」

「俺の戦友だ」

「戦友？　何言ってんだい。まだ中学のわっぱだろ」

「いえ、高校生です」

　僕はすかさず訂正をした。ばあさんはじろじろと見まわして目を離さず、もっとよく見ようと一歩前に踏み出している。あまりの迫力と湿布臭さに、僕は顔を引きつらせながら後ずさった。伊三郎は首に下げていたメジャーを外し、癖を取るように何度も手でしごいてから僕に指示を出した。

「おまえさんは、俺が言った寸法をノートに書き取ってくれ。ばあさん、あんたはそのやぼったい上っ張りをただちに脱げ」

「なんなんだい、急に失礼だね」

　そうぼやきつつも、老婆は茶色いタヌキのようなカーディガンを脱いで作業台に置いた。伊三郎は、着膨れしているばあさんのウェストのあたりにメジャーをまわして数値を読み上げる。

「あんたはいったい何枚着込んでるんだ。まだ十月だぞ」

「たった五枚しか着てないよ」

「着すぎだ。だから体に余計な負担がかかる。しかも着けてるコルセットを締めてないだろ。これじゃあただの飾りと同じだ。腹巻にもならん」

「締めると苦しいんだよ」

　老婆はわけもわからずされるがままになり、両腕を上げてアンダーバストを測らせた。

「あの、伊三郎さん。もしかして、こちらの方のコール・バレネを作るんでしょうか」

僕はせっせと数字を書き留めながら、さまざまな角度から寸法を測っていくいかめしい伊三郎に問うた。

「突然なんですが、ちょっと根本的な質問してもいいですか？」

「なんだ」

「ええと、質がよくて着やすい服を提供するのが伊三郎さんのモットーじゃないですか。でも、コルセットは体を締めるものだし、こないだ話してた服作りの信念に反するんじゃないかと思って」

「反しはせん」

伊三郎は老婆にメジャーを当てながら即答した。

「体にぴったり合ったコルセットは、外骨格と同じ役割を果たす。内臓と筋肉、骨を外側から無理なく支えるんだ。息苦しさもないし、腰痛なんかの鬱陶《うっとう》しい痛みからも解放されるはずだな」

「ああ、なるほど。確か十九世紀のコール・バレネにも外科用がありました。曲がった背骨の矯正《きょうせい》にも使われていたような」

「そうだ。コルセットは体に害があると言われ続けてきたが、当時多かった骨が変形する病気の人間にとっては体を楽に支えられるものだった」

「でも、当時はコルセットの締めつけで気絶した人が大勢いたみたいですけど」

仕立て屋の老人は手を動かしながら盛大に鼻を鳴らし、ちらりと僕を見やった。

「それはほとんどがクリノリンのせいだ。巨大なスカートを膨らませるために、ペチコートを何枚も重ねて穿《は》いてたわけだからな。クリノリンは馬の毛と麻の混紡で、クジラのひげも通してあるからとにかく重い。立ちっぱなしで座れもしないようなデザインだし、そりゃあ卒倒もする」

　当時は不自然なモードとしてコール・バレネばかりが槍玉《やりだま》に挙げられていたけれども、ドレスも靴も髪型にしても、確かにすべてが常識からは大きく外れていた。ふと母の漫画にあった、脱がせても脱がせても無限にペチコートが登場するシーンを思い出した。

　せかせかと動きまわって採寸を終わらせた伊三郎は、続けざまに店の奥の棚からいくつかの端切れを見繕ってきた。

「なんだ、いったい何が始まるっていうんだい。あんたらが喋ってる言葉も、さっぱり意味がわかんないよ。なんだよ、クリノリとかコールバレーとか」

　いささか戸惑っていた老婆も、伊三郎が作業台にサンプル生地を広げていくなり、目に見えてぱっと顔を明るくした。

「うわあ！　どれもきれいな布だねえ！　こんなのは見たこともないよ！　女ものの生地なんてあんたの店にあったのかい！」

「ばあさんは、この中から好きなもんを選べ」

「ええ？　だって、これは高級な舶来の布だろう？　これなんか花の地模様が入ってる。こっちのは細かい水玉だ。ああ、これは玉虫みたいに光って見えるよ。変わった絣《かすり》みたいのもある。きれいだねえ、ホントにきれいだねえ」

老婆はきらきらと目を輝かせ、三十センチ四方ぐらいの生地におそるおそる触れている。声のトーンは確実に今までよりも上がっていた。はにかんだような表情がなんともかわいらしくて、僕は奥に片付けてあった大きな姿見を急いで引きずってきた。すると老婆は端切れを遠慮がちに顔の下にあてがい、鏡に映った自分ににこにこと微笑みかけている。なんだろう、こっちまで嬉しくなるような笑みだった。さっきまでの疲れ切った風情がすっかり吹き飛んでいる。

「……あたしはこれが好きだな。桃色の花柄のやつ。娘時代に、こんな色のワンピースを友だちが仕立ててもらったんだよ。あたしは羨《うらや》ましかった。すごくきれいだったよ。風が吹くたんびに、ひらひらとなびいてな」

老婆は懐かしむようにしばらく生地を撫でていたけれども、急に短くため息をついたかと思えば寂しげな苦笑いを浮かべた。

「でも、こんなシワだらけで腰が曲がった年寄りにはみっともないよな。似合う似合わない以前の問題だ。ご近所さんにも笑われる」

「そんなことないです」

僕は咄嗟《とっさ》に声を張り上げた。

「すごく雰囲気に合ってます。くすんだ色よりも僕はこっちのほうが好きです。き、きれいです！」

僕が勢い込みすぎてむせ返ると、老婆はあっけに取られたような顔を少しだけ赤らめた。そして僕はその勢いのまま先を続けた。

「あの、大澤さんには、ぜひテーラー伊三郎のモニターをお願いします。絶対にご満足いただけるはずです。そうですよね、伊三郎さん」

仕立て屋の老人は再びメジャーを首にかけ、無言のまま僕の腕をぽんと叩いた。

3

仕立て屋をあとにしたときには、もうとっぷりと日が落ちて星が瞬いていた。僕は人気のない裏通りを小走りし、制服のポケットからスマートフォンを出して時計を表示した。もうすぐ七時になる。湿り気を帯びた冷たい夜気がジャケットの襟許から入り込み、鳥肌が立って身震いが起きた。

小さな町工場が点々とする一帯は街灯もまばらで、しかも照らし出される範囲が著しく狭い。昼間とは景色が一変し、工具や機械の音もなく辺りはしんと静まり返っていた。僕は無意識に何度も後ろを振り返って暗がりに目を配り、八幡《はちまん》小路の坂を駆け下りた。

川のせせらぎと虫の声を浴びるようにして歩き、苔だらけのごつごつした石橋を渡る。そのとき、前方から白いライトが迫ってくるのが見えて僕は路肩に寄った。原付バイクらしい。甲高いエンジン音を響かせながら横を通り過ぎたが、すぐにブレーキのかかる音が聞こえて僕は歩調を緩めた。そして、無邪気に振り返ってしまったことを心の底から後悔した。

「津田くんじゃないか。ずいぶん遅い下校だけど、部活かい？　まさかとは思うけど、バイトはしてないよな」

真鍋女史だった。赤紫色のヘルメットをかぶり、透明のフェイスシールドを上げている。頬のこけた顔は寒さで赤黒く強張《こわば》っていた。

「こ、こんばんは。部活でもバイトでもないんですが……」

「じゃあ寄り道か？　暁高は寄り道禁止だよ。バイトは停学の審議にかけられる。校則は厳守しなきゃダメだ」

なぜ高校の校則まで把握しているのだろう。完全に生徒指導の口調だった。黒っぽいナイロンジャンパーの襟を立て、真鍋女史は暗がりで僕をじろじろと見まわした。

「ところで、津田くんはなんの部活に入ってんだ」

「ああ、ええと、帰宅部です」

真鍋女史は燻《くすぶ》るようにアイドリングするバイクを支え、僕にプレッシャーを与えるだけの間をじゅうぶんすぎるほど取った。

「そんなんじゃダメだな。学生は勉強と運動が本分だろう。暁高の野球部顧問はわたしの教え子だから、今度頼んでやるよ」

「え？　いや、野球はホントに無理です。というか、運動が苦手なんですよ」

「なんで？」

なんでって、その質問には答えようがないだろう。僕はじりじりと後退しながら、情けないまでの弱々しい笑みを浮かべた。よりにもよって、なぜこの道を通ってしまったのか。あと五分、いや、三分でも遅くテーラー伊三郎を出ていれば回避できたものを……。僕は自分の間の悪さにうんざりした。

「ともかく、もう寄り道はしないって先生と約束だからな」

なんで先生だよ、と思いながらも僕は曖昧《あいまい》に頷き、さよならを言ってからそそくさと歩きはじめた。後ろから「野球部のことは、前からお母さんにも言ってあるんだけどね」というぶっきらぼうな声が聞こえ、続けてバイクの走り去る音が響きわたる。僕はほっとして肩越しに振り返り、だれもいないことを確かめてから川沿いの道を進んだ。

真鍋女史は、森崎屋スーパーの値引き時には必ず姿を現すらしい。今もちょうどその頃合いだ。事細かに賞味期限や調理時間をチェックし、少しでも遅れようものなら投書箱にクレームを入れている。母も値引き時を狙ってよくスーパーへ行っていたのだが、真鍋女史との遭遇率の高さに今は時間をずらしているようだった。家計にも優しくない真鍋女史……。僕は頭に浮かんだ標語らしきものをつぶやいた。

どこからともなく魚を焼く香ばしい匂いが漂ってきて、急に空腹感を覚えた。軒の低い木造の民家からは、テレビや子どもの笑い声が漏れ聞こえてくる。そこからしばらく歩き、僕はようやく日向《ひゅうが》団地の敷地に入っていった。

四階建ての箱型の建物が、二棟ずつ四列並んでいるのがぼんやりと浮かび上がってくる。およそ三分の一は玄関脇の外灯が切れかかっており、蒼白い灯りがちかちかと瞬いていた。僕は家に着いた安堵《あんど》感と同時に、少しだけ重い気持ちにもなった。冷たい夜に沈む劣化したコンクリートの塊は、これでもかというほど気を滅入《めい》らせてくるからだ。

僕は巨大化したケヤキの下を通り過ぎ、C棟へ続くすり減った石だたみを足早に進んだ。そのとき、枝葉がざわめく音に混じって微《かす》かな金属音が耳に入り、僕ははたと足を止めた。素早く周りを見まわしてみても、粗末な木のベンチや色褪《あ》せた遊具があるだけだ。まだその時間ではないけれども、ここは団地に生息する古典的ヤンキーと暴走族の溜《た》まり場でもあるから注意する必要がある。今年は年明け早々に、一大勢力となっているブラジル人入居者との抗争もあった。残念なことに、日向団地は町の中でも一、二を争うほど治安も評判も悪い。

辺りを警戒しながら再び歩きはじめたとき、明らかな人の気配を感じて僕は勢いよく振り返った。やっぱりだれかいる。闇に溶け込んだ広場では、塗装の剝《は》げたブランコが風に揺れていた。僕は枯葉を踏みしめ、外灯の灯りが届かない奥まった場所へじっと目を凝らした。そして動くものを視界に捉えた瞬間、「ひっ……」とおかしな声を出していた。

バネのついたパンダの遊具にまたがっている者がいる。僕は闇に目が慣れるまで、食い入るようにその一ヵ所を見続けた。背丈からして子どもではない。件《くだん》のヤンキーでもないようだが、ここは見なかったことにするのが得策だろう。下手にかかわっても、ろくなことにはならない予感でいっぱいだ。

僕はパンダにまたがる者を意識しながら、ぎくしゃくと踵《きびす》を返そうとした。けれども、闇夜でくるりと振り返った白い顔を見た刹那《せつな》、さっきよりも大きな声を上げていた。

二つの目が真っ黒い空洞だ。いや、違う。僕はごくりと喉《のど》を鳴らした。黒いレンズの入った丸いゴーグルを着けているのだった。昔のパイロットのような革製の飛行帽をかぶり、黒っぽいシャツを着込んでいる。手首にはめられた金属製らしきごついリストバンドからは、鎖や歯車、六角ナットのようなものがおびただしいほどぶら下がっているのが確認できた。耳に障る音を立てていた正体はあれだろう。腰ぐらいまでありそうな長い三つ編みの髪が揺れているが、まさか女なのか……。

これはまずい。ヤンキーよりも族よりも、本気でヤバそうなやつだった。

僕は山でクマに出くわしたときの基本動作に則《のっと》り、目を逸《そ》らさずにそろそろと後ずさりした。それと同時に、パイロット女がパンダの遊具からさっと立ち上がって僕は震えた。膝上《ひざうえ》二十センチ以上の黒い超ミニスカートはフリルだらけで、腰には幅の広い革ベルトが巻きついている。サスペンダーかと思ったものは、どうやら銃や手榴弾《しゅりゅうだん》などの武器を収めるホルスターのようなものだった。いったいなぜそんなものを？　女は編み上げブーツで砂地を踏みしめ、ゆっくりとゴーグルを外した。

蒼白く浮かび上がった顔を見て、僕は驚きながらも舌打ちが止められなかった。そばかすの散った白い肌と目尻《めじり》の切れ上がった野性的な鋭い瞳《ひとみ》。この女をよく知っている。三木明日香《みきあすか》だ。小学校のとき同じクラスにいた同級生だった。そして、日向団地B棟の住人でもある。

明日香は及び腰になっている情けない僕を、見下したように逐一目で追っている。急にすべてがばかばかしく思え、翻って歩き出した。

「気持ち悪いな」

いつもなら、絶対に言わないであろう言葉をあえて口にした。

この女がやったことを忘れもしない。小学六年のとき、明日香はなんの前触れもなく学校に母の漫画を持ってきた。僕の母親の仕事を嬉々《きき》として暴露し、クラスじゅうに漫画をまわして騒然とさせた挙句に、担任に見つかって事を深刻化させたのだ。が、最悪なのはここからだった。

教師というのは、つくづく自分に酔っていなければできない仕事だと思う。芸術活動をするお母さんに、ぜひありがとうと伝えてね……などと意味不明な感謝の言葉を語りはじめ、学級会という名の追い打ちの場を設けたのだから。僕は、クラス全員からほしくもない謝罪を押しつけられる羽目になった。そのうえ教壇に立たされて、なぜか母への思いの丈をむりやり告白させられたりもした。幸いひどいいじめには発展しなかったものの、ポルノ漫画家の息子としてずっと語られる発端となった。

あのときの冷え冷えとした空気を思い出すだけで、胃のあたりが締めつけられるように痛くなる。僕は苛々をため息に混ぜて吐き出した。とりあえず、あの女は今後も無視の方向でいく。外灯に群らがる羽虫を手荒に払いながら階段に足をかけたとき、甲高い声が団地の壁に跳ね返って鼓膜を震わせた。

「津田アクアマリン！」

いきなりフルネームで呼ばれ、僕はぎょっとして振り返った。続けざまに、ばたばたというけたたましい音が辺りに反響する。見れば、ゴーグルを額に着け直した明日香が、僕めがけて猛然と突っ込んでくるではないか。

「ちょっと待った！　な、なんなんだよ！」

僕は階段でよろめいた。彼女の首から下げられているブロンズの懐中時計が走るたびに跳ね上がり、アクセサリーだか機械の部品だかわからないものが派手に音を立てている。そして明日香は走りながら脇の下に手をやり、ホルスターからおもむろに銃を引き抜いた。僕は目を剝《む》いた。

「待てって！　なんだよその銃は！　まさかホンモノじゃないよな！　つうか、こっちくんな！」

明日香は僕を見据えたままパンジーの植えられた花壇を飛び越え、まっすぐに銃口を向けてくる。状況がまったく飲み込めないけれども、僕はコンクリートの階段を二段抜かしで駆け上がった。とにかく逃げるしかない。

階段を勢いよく折り返しながら上へ向かったが、明日香も執拗《しつよう》にあとを追ってくるのがわかる。僕は転びそうになりながら四階まで一気に上って、埃《ほこり》が吹き溜まっている薄暗い廊下に滑り込んだ。端から二番目のドアめがけて全力で走り、鞄《かばん》のポケットに入れてある鍵《かぎ》を引っ張り出す。焦りながら鍵穴に突っ込んだとき、階段口に勢いよく人影が躍り出てきた。

明日香は肩を上下させながらぐっとあごを引き、手に余るほど大きな銃を下ろして仁王立ちしている。異常だ。それ以外に言うべき言葉が見つからない。

僕はひときわ重く感じる扉を開けて倒れ込むように家へ入り、すぐさま鍵をまわしてチェーンをかけた。

「あ、アクアお帰りー。遅かったじゃん」

珍しく台所に立っている母が、腹立たしいほど能天気な声を出している。僕ははあはあと息を上げ、肩口に顔を押しつけて汗をぬぐってからドアスコープを覗いた。とたんに眼球のどアップが目に飛び込み、驚いて飛びすさった拍子に下駄箱に腰を強打した。

「くっそ、あの女……」

盛大に毒づき、僕は腰を押さえてうずくまった。

「何やってんの。まさか、またA棟のヤンキーくんに追っかけられた？　こないだ駅前の床屋でさ、あの子がパーマかけてんの見たんだ。アイパーって今でも普通にやってんだね」

どうでもいい話をしながら母が玄関ドアに近づこうとしたのを、僕は屈《かが》んだまま手を上げて止めた。

「頭おかしいパイロット女が外にいるから、今は出ちゃダメだって」

「は？　パイロット女？　何それ、新しい髪型？」

「違うっつうの。出た瞬間に狙い撃ちされる。ドアスコープもヤバいな。とにかくこっから離れたほうがいい。早く」

痛む腰をさすりながらローファーを脱ぎ、明日香の狙撃を警戒して部屋の電気を消した。母は突っ立ったまま僕の顔をまじまじと見つめた。

「アクア、ホントに何やってんの。あんたこそ頭大丈夫？」

「大丈夫だよ。イカれた女に追いかけまわされたんだ。古い型のリボルバーを持ってる。モデルガンかもしれないけど、一応、通報したほうがいいんじゃないかな。ネットでホンモノを密輸したのかもしれないし」

「なるほど、やっぱりおかしいね」

母はそう言い、暗がりの台所でダイニングテーブルに手を向けた。座れということらしい。紺色の鞄を下ろして座面の硬い木の椅子に腰かけると、母は水を注いだ湯呑みを目の前に置いた。僕は一気に半分まで飲み干し、口許を手でぬぐってから顔を上げた。

「B棟の三木明日香だよ。小学校のとき、同じクラスになったことがある」

「三木？」と母は首を傾げて考え込んだ。

「ほら、病弱でよく学校休んでた女子がいたでしょ。人形みたいにまっすぐの長い髪で、ものすごいズーズー弁で」

「そんな子いたっけ。覚えてないなあ」

「そいつが今、外をうろついてんだよ。昔のパイロットみたいなゴーグル着けて、三つ編みにニーハイソックスにふりふりの超ミニスカ。おまけに武装してんだから完全にイカれてる。なんなんだよ、あいつ」

　すると母は「あー」と声を上げて手をぽんと叩き、コンロにかけてある鍋の火を落とした。今日はカレーらしい。

「わかった、思い出した。あのスチームパンクっ娘《こ》ね。会ったことあるわ」

「何、スチームパンクっ娘って」

「イギリスのビクトリア朝時代のアレンジって感じかなあ。ＳＦのジャンルのひとつだよ。あの子はそれをロリータっぽくまとめてる。蒸気機関とか飛行船とか煙突とか、レトロで凝ったメカのあるファンタジックな世界観ね。わたしもそっち系はあんまり詳しくないけど、その子、それっぽくなかった？」

　確かに、歯車とかナットなんかをジャラジャラと身に着けていた。

「つうか、いきなり銃で襲いかかってくんのはパンク関係ないでしょ」

「それはきっとあれだよ。『ドロケイ』みたいな遊びじゃないの。ちっちゃいころ、よく団地の子どもらでやってたじゃん。ジャンケン弱いから、アクアがいっつも泥棒役になっててさ。ヤンキーくんが敏腕デカね。逮捕の天才だから、あの子はホントに刑事になればいいと思うんだよ」

　母が台所の電気を点けると急激に疲労感が押し寄せ、僕はテーブルに突っ伏した。伊三郎にカメラ屋のばあさんに真鍋女史に三木明日香に、今日は濃厚なメンツがそろいすぎて根こそぎ体力をもっていかれる。あの女には小学校以来会っていなかったけれども、いったいどこで何をやっているのだろうか。あの手の異常な存在感を放っているのに、姿を見かけた記憶がないし噂も聞いたことがなかった。

「もしかして、実際にファンタジー世界の住人になってんのかも。目が完全にイッてたし、もう二度と向こう側から戻ってこられないレベルで……」

　僕は腕に顔を埋《うず》めながらぼそぼそと喋った。心を病んでいて自分ではどうすることもできないのだとすれば、さっきはひどい態度を取ってしまった。明日香は何かを求めて僕の名前を呼んだのかもしれないのに……口の中が急に苦くなった。だいたい僕は、昔のことをいつまでも根にもちすぎる陰湿な人間だ。だからなかなか前に進めない。

　前髪の隙間から母を見やると、棚から食器を出しながら笑っていた。何も考えていなそうでいて、実はいろんなことをわかっているような笑みだと思った。悔しいけれども、ほっとしている自分がいる。

「まあ、ファンタジーの世界とこっちを、うまく行き来してんじゃないの。だってあの子、アクアと同じ高校じゃん」

「うそ」

僕は顔を撥《は》ね上げた。

「中学から今まで一回も見たことないんだけど」

「そうなの？　まあ、遅刻の常習犯みたいだからねえ。かわいそうに、真鍋女史に目をつけられてるよ。制服のスカートが短すぎて、ふしだらだし校則違反だってさ」

さっきのノリで制服を着ているのだとすれば、目のやり場に困る短さなのは間違いない。あまり目立たなかった印象しかないが、高校デビューというやつだろうか。

「母さんはどこで会ったの？　例のスチームパンクとかいうカッコしてたんでしょ？」

「そう、そう。甘ロリとかゴスロリよりも主張があってかっこいいよね。なんだかよくわかんないけど、今までに何回もあの子にピンポンダッシュされてるんだよ」

「やっぱイカれてんじゃん」

「いや、最高だって。なんと真鍋女史んとこでもやったんだからね。一時期、掲示板にでっかく警告が張り出されてたの見なかった？　『いたずらした者に告ぐ！』みたいなおっかない文面で。わたしはさ、あの子のそんな向こう見ずな勇気を買ってるんだ。なんていうか、甘酸っぱい青春だよねえ」

「どこがだよ」

母は満足げに頷きながら、器にごはんをよそった。僕は体の重さを感じながらのろのろと立ち上がり、鞄を自室に放り込んでからジャージに着替えて洗面所で手を洗った。僕の周りにおかしなやつが集まってくるのは、自分自身に問題があるせいだろうか。それとも、この町がおかしなやつを育成する地盤になっているから、そっち側の人間が大多数というだけなのか。いや、僕が群を抜いておかしいという線もある。

悶々としながら台所に戻ると、母がなみなみとカレーをかけているところだった。

「ちくわと油揚げとコンニャクと、野菜もたっぷり入れた贅沢《ぜいたく》カレーだよ。ばあちゃんちからジャガイモいっぱいもらったから、芽が出る前に食べちゃわないと。肉は次の原稿料が入ってから食べさせてあげる」

「マジで頼みます」

僕はたいした期待もしないで言った。そのまま玄関へ向かい、ドアスコープを覗く。扉の前に明日香はいない。鍵とチェーンを外し、僕はドアを開けておそるおそる顔を出した。けれども、攻撃を仕掛けてきた女は気配もろとも夜のなかへ消えていた。

4

学校の帰りにテーラー伊三郎へ寄り、真鍋女史を警戒しながら帰宅することを、僕はここのところの日課にしていた。伊三郎のコルセットは二着しか完成していないけれども、その代わり、モニター商品の仮縫い段階に入っている。大澤カメラのばあさん用だ。試着による微調整をしてから本縫いに入るらしかった。

「隼人、今日も店に寄ってくから先帰ってて」

　僕は夕焼けに染まる商店街を歩きながら、一緒に下校している友人に声をかけた。隼人は今日も胡《う》散《さん》臭いと言わんばかりに僕の顔を見まわし、ペットボトルの炭酸飲料を豪快に呷《あお》っている。買い食いが趣味である友人は口許をぬぐい、丸い腹を揺らしながら窮屈そうにズボンをずり上げた。

「おまえって、実はかなりへんなやつだったんだな」

「なんだよ急に」

「勉強もできるし人の悪口も言わないし、でしゃばらないしカッコつけないしいつも落ち着いてるし、なんつぅか常識あるオトナだと思ってたよ」

「そのポジションを死守してきたんだよ。おまえだってわかってるだろ？　ほかがいろいろとまともじゃないんだから、できるだけ中和しとかないとヤバいんだよ」

「あいかわらず心配性というかなんというか。だいたい、何がおもしろくて毎日年寄りと一緒にいるんだよ。あの店のじいさん、いっつも怒ってねえか？」

　隼人は大げさに首をひねり、またペットボトルに口をつけた。

「俺さ、小学生んときに、あの店のじいさんに怒鳴られたことあるんだよ。アイス食いながら店のウィンドウにべたべた触ってたら、ジジイが飛び出してきていきなりひっぱたかれたんだ」

　そのときの絵が簡単に浮かんで僕は噴き出した。

「普通、知らない子どもに手を出すか？　親にもひっぱたかれたことなんかないのによ。

容赦ねえ」

「世界じゅうを敵にまわしても平気な人だから」

「ますます近寄りたくねえな。でもまあ、アクアが何かに熱中してっとこなんて初めて見たからびっくりしてんだ。基本的に冷めてるやつだから」

僕は小太りの隼人と並んで、日が短くなった瓦町商店街をゆっくりと歩いた。

その他大勢のなかに埋もれているのは気が楽だ。漫画で言うところのモブというやつで、個性を消しておけばだれからも興味をもたれないし、いきなり内面に踏み込まれて慌てふためくこともない。けれども、親友とも呼べる隼人にすら距離を置いて接していることを思うと、自分の弱さとか小賢《こざか》しさに嫌気がさしてくる。僕は、傷つくことをおそれない意志というやつをもってみたかった。

テーラー伊三郎の前で隼人と別れ、僕はウィンドウから店の中を覗き込んだ。ずっと置きっぱなしだった段ボールなどはすべて片付けられ、時代を感じる足踏みミシンや使い込まれた古道具の数々がディスプレイとして残されている。これは、店をきれいに改装しようとしていた老人へ僕からの提案だった。時間が熟成されているような濃密な空気を残したい。蒼白い蛍光灯でまんべんなく照らし出された、生活の延長線上にある味気なさだけは避けたかった。ミシンの隣には白い布で覆われた二体のボディらしきものがある。伊三郎は宣言通り、学生の登下校時にはコルセットを下げていた。今のところ、
僕は、老人の策がほぼ思惑通りに進んでいることにもほっとしている。

商工会やその他の寄り合いも表立って事を荒立てるつもりはないらしい。それ以上に嬉しいのは、伊三郎が僕に店のプロデュースを任せてくれたことだった。好きにすればい……とそっけなく言った言葉は投げやりではなく、間違いなく対等な信頼関係があった。

僕はスマートフォンでさまざまな角度から店を撮影し、イメージをどんどん膨らませていった。漫画の背景で描いたこともある、イギリスのリーズ城の内装を図書館で調べ直してみたらどうだろうか。気品に満ちた薄暗い重厚感に、日本独特の庶民派レトロを混ぜたらおもしろいような気がする。どこかジャンクっぽい雰囲気だ。単なるヨーロッパアンティーク風味の寄せ集めだけではつまらない。

僕は意気揚々と店のドアに手をかけた。そのとき、隣から押し殺したようなしゃがれ声が聞こえてきた。

「これ、ちょっと待ちな。アクマリーちゃん、こっちだよ」

見れば大澤カメラのばあさんが店のドアを少しだけ開けて、隙間からおいでおいでとシワだらけの腕で手招きをしているところだった。まるで子どもを取って喰らう民話のワンシーンだ。僕はそそくさと老婆のほうへ小走りした。

「アクマリーちゃん、お帰んなさい。今日も一日勉強ご苦労さんだったねえ。すごくおなかすいてっぺ」

もう老婆には「アクマリー」とインプットされてしまったようなので、僕は名前の訂正をしないことにした。

「これ、中にいろいろ入ってっかんね。持ってって伊三郎さんとこで食べておっきくなりなよ。あんたは痩《や》せっぽちだから」

「いつもすみません。ありがとうございます」

僕はばあさんが差し出したティッシュの包みを受け取った。中身は落雁《らくがん》やモナカやニッキ飴といったスイーツだった。多くの年寄りが買い溜めている謎のカテゴリーだ。そこへキャンキャンと小うるさいポメラニアンが飛び出してきたけれども、老婆は素早く捕らえて片手で抱きかかえた。首輪に書かれた「ラピスラズリ」という犬の名前を見て、僕にかなり近いではないかと落ち込んだ。

すると老婆はますます声を潜め、家の中にいる家族に聞かれたらまずいとばかりに、僕に一歩近づいてきた。

「例のアレ、こないだ試着してきたんだ。こっそり隣に忍んで行ってな。ちょびっとだけ寸法を詰めるみたいだよ」

「そうですね。もう一回合わせてから本縫いに入るって伊三郎さんが言ってました」

「そうかい。なんだか久しぶりにわくわくするねえ。着物じゃないものを仕立てるなんて、新婚旅行のとき以来だからさ。あのころは熱海《あたみ》が大人気だったんだ。あたしも行ったんだよ、千鳥格子《ごうし》のツーピース着てね」

ばあさんは服の色やデザインを事細かに説明しはじめ、駅で映画女優に間違われたくだりでは、はしゃいだように何度も首をすくめてみせた。老婆にとってコルセットのモニターは、非日常的で華やかな出来事らしい。待ち遠しさが痛いほど伝わってくるし、もっと喜ばせたいと思う。僕は遮ることなく最後まで老婆の話に耳を傾け、仕上がりをもう少しお待ちくださいと頭を下げてから、ようやく仕立て屋のドアをくぐった。

店に入るなり、家の奥から何かをこすりつけるような鈍い音が聞こえてきた。刃物を研ぐような硬い音だ。僕はおじゃましますと言いながらローファーを脱ぎ、戸口のすぐ脇にある作業部屋を覗いた。煌々《こうこう》と電気が点けられているのに伊三郎はおらず、仮縫いと補正段階のコルセットが台の上に載せられている。薄暗い廊下の奥からは、大根とイカの煮物らしき醤油《しょうゆ》と出汁《だし》の匂いが漂っていた。

「こんばんは、アクアです」

僕は遠慮がちに口を開いた。するとすぐに「こっちだ」というこもった声が返される。住まいの玄関のほうだろうか。僕はきしむ床板を踏みながら、古い木造家屋を遠慮がちに進んだ。玉のれんの奥にある台所では、息子の嫁らしきふくよかな女性が、コンロにかけられた鍋《なべ》をかきまわしている。もう夕食の準備に取りかかっているらしい。台所を通り過ぎて廊下を曲がると、玄関の三和土《たたき》に伊三郎がしゃがみ込んでいた。

「何やってんですか」

僕は磨き込まれて黒光りしている廊下に滑り込んだ。玄関先には新聞紙が広げられ、黒っぽい何かの塊がいくつか転がっている。周りには鉈《なた》や鉋《かんな》、ハサミやヤスリなどの工具がとっ散らかっていた。伊三郎は細い棒状のものをしならせ、細かい目のヤスリをかけながら、たびたび触って滑らかさを確認しているようだった。

「日曜大工？」

玄関先に屈むと、伊三郎は手の甲でメガネを上げて僕をちらりと見やった。ベージュ色のシャツの袖を肘《ひじ》の上までまくり上げ、棒状のものを目の前に突き出した。

「コール・バレネの芯だ」

「え！」と僕は声を出し、床に手をついて身を乗り出した。「これがコルセットの張り骨？　じゃあ、この黒い塊がクジラのひげなんですね」

僕はくしゃくしゃの新聞紙に載せられた黒い物体を指差した。生まれて初めて見るものだ。三つほどある固形物はそれぞれ無造作な三角形をしていて、どこか鼈甲《べっこう》にも似たツヤがある。けれども塊の端からは、馬の毛のように太い繊維がぼさぼさと飛び出していた。

「マッコウクジラのひげだ。ひげとは言っても、このひげじゃないぞ」

そう言って伊三郎は、自分の白い口ひげをひと撫でした。

「クジラの口に生えている薄板のことだ。あごの皮膚が変質してできている。クジラが餌にしてる小魚なんかを、濾《こ》したり蓄えたりする器官だな」

「ああ。クジラの絵を描くとき、必ず口に縦線を入れますもんね。ブラシみたいに」

「エンバ材は弾力があって加工しやすい。そのうえ強くて軽いとくる。弦楽器の弓とか釣竿《つりざお》の先、刀の鞘《さや》に巻く糸なんかにもこれが使われることがあるんだ」

伊三郎は丁寧に面取りした棒をタオルでぬぐい、瀬戸物の花瓶に挿し込んだ。すでに十本以上が出来上がっている。僕は薄くて細い板状になった一本を抜いて触れてみた。あたたかみとしなやかさがあり、まるで羽根のように軽い。

「こんな素材、どこに売ってるんですか？　見たことないですよ」

「魚忠《うおちゅう》に頼んで手に入れてもらったんだ。魚屋だから、やつは昔からそういうルートをもってる。北海《ほっかい》産のもんは質が落ちるから、南氷洋《なんぴょうよう》で揚がったクジラ限定でな」

「なんていうか、見るからに高級そうですね」

「時価だな。長さ一メートル、幅三十センチ程度の塊で、軽く一枚一万は超える」

「じゃあ、この三つで三万円以上……」

僕は新聞紙の上にあるものに目を落とした。

「成長したクジラからは、一頭あたり長さ四メートルぐらいのひげが二百五十本ぐらいとれる。昔は王室の衣装に使うためだけに、かなりの量がストックされてたな」

「確か、十九世紀の後半にはクジラのひげが値上がりして、張り骨の材料は籐《とう》とか硬質ゴムとかスチールなんかに変わっていきましたよね。でも、戦争が起きてコルセットに使われていたスチールは全部回収された。武器なんかに再利用するために」

僕はしゃがみながら考え込んだ。世の中のことをほとんど知らないとはいえ、捕鯨《ほげい》には厳しい規定や制限があることぐらいは知っている。伊三郎には特殊な仕入れルートがあるとはいっても、どんなときでも変わらず材料を調達することは難しいのではないか。何より値段はしょっちゅう変動しそうだし、そのすべてが商品価格に跳ね返ってくるだろう。だれも手が出せないほど高価すぎるコルセットは、単なる見世物にしかならない。

「伊三郎さん。コール・バレネの販売価格はどれぐらいで考えてるんですか？」

　僕は神妙な調子で質問をした。老人は手を動かしつつ、かすれた声を出した。

「ものにもよるが、だいたい簡単なもんで五万から六万台だな。その上は際限がない」

　本格仕様で手が込んでいる完全オーダーメイドとはいえ、五、六万も出してコール・バレネを買う人間がざらにいるとは思えない。一部の金持ちやマニアならプレミア価格として受け入れるのかもしれないが、伊三郎が熱く語っていた「コルセット革命」とはその意味合いではないはずだ。

　僕はますます考え込んで、薄ら寒い上がり框《がまち》で体育座りをした。今までの自分ならばここで口をつぐんで流されてしまうところだが、老人は僕に意見を飲み込むなと言ったし戦友とも言った。もうただの見物人ではない。ごくりと喉を鳴らした。

「あの、伊三郎さん。意見があります」

「なんだ」

「このコルセットを大勢の女性に使ってもらいたいんですよね」

「そうだ」

「だとしたら、ちょっと値段が高すぎると思うんですけど」

老人はごつごつとした手でクジラのひげをしならせながら、一瞬だけ鋭い視線を僕に送ってよこした。

「生地や付属の原価と工賃から割り出せばそんなもんだ。それに、値段に見合うだけの付加価値はじゅうぶんにある。着物の帯なんかを見ろ。百万を超えるもんだってざらにあるだろ」

「もちろん価値はあります。伊三郎さんが作ったコール・バレネは、帯と同じく芸術品の域なんで。でもコルセットは下着です。一般的に、表に出ない特殊なものに何万も出せる人は少ないんじゃないかな。ネット通販を見たら、レース付きのコルセットが二千円ぐらいからあるし」

「そんなものと一緒にするな」

伊三郎はひと言で終わらせたけれども、どこか踏ん切りの悪さが漂っているのは思い違いではなかった。紳士服の仕立て業が立ち行かなくなったのも、おそらく同じ理由からなのは明らかだ。品質のよさは折り紙つきだが、庶民には手が出ない代物になったうえに、世の中は安価なものであふれている。もちろん、伊三郎もそれを理解していた。

僕は床に手をついて身を乗り出し、なおも食い下がった。

「張り骨に使うクジラのひげを、スチールかプラスチックに変えるなんてどうですか」

「スチールは汗で錆《さ》びる。プラスチックは体のラインに沿わないし、着心地が悪くなる」

「じゃあ、レースの品質を少し落とすのは？」

「一気に見た目がちゃちになるぞ」

「なら刺繍はどうですか。手刺繍の分量を減らして、そのぶんをステッチなんかで水増しするとか」

「もはや何を目的に作るのかわからんな」

伊三郎は手をぱんぱんと叩いて細かいクズを払い、立ち上がって首の関節を派手に鳴らした。

「だが、おまえさんの指摘はもっともだ。おそらく、このあたりのハードルを越えられなけりゃ、いくら騒いでもコルセット革命は不発に終わる。だがな、安く売るためだけに手を抜いていったところで、結局革命は失敗するんだ。そんなもんは量販店に任せるべき仕事で、わざわざ俺がやることじゃない」

「でも、僕は絶対にこれを成功させたいんです」

伊三郎を睨みつけるように言うと、老人は綿毛のような白髪頭を困ったように触った。

「もちろん、俺だって同じだ。だが、価値さえあれば高くても売れる時代は終わったんだとすれば、打つ手立てがないのも事実なんだろう。ずっと考えてるんだが、なかなかこれといった打開策が浮かばない。今のまま、質を落とさないで直球勝負に出るってことぐらいしかかな。俺も老いぼれた」

「やめてください」

どこか気弱になっている伊三郎に、僕は怒られることを覚悟で言った。

「老いぼれてるわけないでしょ。だいたい、八十二歳でコール・バレネを作って、町じゅうを敵にまわしてもかまわず突き進むなんて、十代のガキだってできませんよ」

突然の強気な反論に老人は少しだけぽかんとし、うつむきがちに笑いを噛み殺した。

「おまえさんもなかなか言うようになったな」

「あ、ええと、生意気ですみません……いや、謝ってすみません。ああ、ダメだ、また謝った」

まごついて口ごもっている僕に、伊三郎は落ち着けと釘を刺した。

「まあ、無謀なのは若いもんじゃなくて、むしろ年寄りのほうなのさ。歳をとるごとに馬鹿そのものに変わっていく。俺はな、夢と生きがいのためなら、儲《もう》けなんぞなくたって幸せみたいな考えはクソ喰らえなんだ。そんなもんは、認められなかったときの予防線にすぎん。物に見合った対価を得て初めて革命は成功する」

「僕としては、ええと、商品をヒットさせることだけが革命じゃないと思ってます」

玄関先で立ち上がり、三和土で腕組みしている赤ら顔の伊三郎を見下ろした。

「何かが起きるときのわくわく感とか、もうだれにも止められない昂《たかぶ》りとか、町を埋め尽くすみたいな熱気とか、コール・バレネを巡ってできる実体のない渦が革命だと思うんです。大澤カメラのおばあさんは、もうその渦の中にいる。商工会だって飲み込まれてるんじゃないかな」

伊三郎はあごを上げて僕と相対した。灰色がかった瞳《ひとみ》が揺れている。生意気なのは百も承知だが、今、どうしても僕の本音を伝えたかった。伊三郎が商売だけでこんなことをしていないことぐらいわかっているのに、老人は心をひた隠しにしている。いちばん大事なことを知らないままでいるのが、少しずつ苦しくなりはじめていた。僕をもっと信用してほしいし、この生殺しのような気持ちをわかってほしい。

伊三郎は、あいかわらず内面を見透かすような視線を浴びせてくる。僕もなんとか負けずに見返したとき、店のドアベルの音に続いて間延びした女の声が耳に入った。

「ごめんくださあい、おばんですー」

僕と伊三郎は、同時に店へと続く薄暗い廊下へ目をやった。声の質からいっても大澤カメラのばあさんではなさそうだ。伊三郎はまくり上げていたシャツの袖を下ろし、台所から顔を出した息子の嫁に出なくていい旨を伝えてから、のしのしと店のほうへ歩いていった。僕は気ばやに老人のあとを追い、いつものようにのれんをはぐって作業部屋に滑り込む。伊三郎はそのままつっかけを履いて店に出た。

「いらっしゃい」

「コルセット一個、包んでくれっかい？」

僕はのれんの陰で「は？」と反射的に声を出し、隙間から店のほうを窺った。そしてすぐにうめき声を漏らして、両手で頭を抱え込んだ。謎のスチームパンク娘であり、僕のトラウマ発生装置でもある三木明日香ではないか！　なんだってこんなところに？

制服のスカートの丈を短く詰め、首には赤いタータンチェックのマフラーをぐるぐる巻きにしている。腰までありそうなおそろしげな黒髪をひとつに束ね、まっすぐに切りそろえられた前髪の下では、目尻の切れ上がったネコ科動物のような目が光っていた。

伊三郎は、寒さで鼻の頭を赤くしている明日香を見まわしながら口を開いた。

「一個くれって、なんだ、おまえさんは。ここは駄菓子屋じゃないぞ」

「そだこと、わかってるよお。ここは背広の仕立て屋さんで、最近はコルセットも始めたんだっぺ？　ちょいっと噂さ聞いたから、学校帰りに寄ってみたんだわ」

町中ではおよそ聞かない種類のズーズー弁だ。イントネーションが複雑すぎて、すんなりと頭に入ってこない。喋っているところを見たのは小学生以来だが、まったく直っていないどころかさらなる濃密な東北弁を身につけているのはなぜなのか。とても十七歳の女子高生とは思えない。

さすがの伊三郎もすぐには言葉が出てこないようだったが、急にくるりと振り返って僕にあごをしゃくった。出てこいということらしい。僕の顔がどんどん引きつっていくのがわかった。本当に勘弁してくれ。この女にかかわるとろくなことがなさそうだし、何より、僕がここにいることをいちばん知られたくない人間だ。あることないこと吹聴するに違いない。

のれんの陰で半ばパニックを起こしていると、伊三郎は焦《じ》れたように声を上げた。

「アクア、ちょっと来い」

「ああ、はい、ただいま……」

日常的に起こる不運を呪いながら、僕は足を引きずるようにして店に出た。すると明日香は目に見えるほどたじろぎ、一歩だけ後ずさった。

「津田アクアマリン……」

「なんだ、おまえらは知り合いか？　こっちのも暁高だな」

伊三郎は訝しげに僕たちを見くらべた。黒目がちな目を見開いていた明日香は、一瞬だけバツが悪そうな顔を作った。けれども、急に仕切り直すような大げさな咳払《せきばら》いをしてから、伊三郎に向き直った。

「ええっと、この男っ子とは幼なじみなんだわ。おんなじ日向団地に住んでっから」

確かめるような視線を送ってよこした伊三郎に、僕はきわめて曖昧な笑みを投げかけた。幼なじみと言えるほどの交流もないのに、心の奥底に棲《す》み着いて出ていきそうにない女だ。もちろん、愉快ではない。

明日香は何度か大きく息を吸い込み、無邪気に見えなくもない笑みをたたえている。

伊三郎は表情を変えず、淡々と質問をした。

「おまえさんは、どこでコルセットのことを聞いた？」

「ずいぶん前に、クラスの女っ子らが話してんの聞いたんだ。仕立て屋にＳＭグッズが飾ってあるって」

「え、ＳＭグッズ？　どこがだよ！」

僕はむっとして口を挟んだけれども、明日香は気にも留めずに先を続けた。

「そだもんがあるって聞けば、見にくるに決まってっぺ？　でもな、なんべん店の前通ってもぜんぜんめっかんねえべし、今日こそ中さ入るしかないって思ったんだわ」

「ほう。ちなみに、おまえさんが喋ってる言葉はどこで教わった？」

「教わってねえよ。じいちゃんとばあちゃんといたら、自然にこうなってたんだわ。ちっこいころから、しょっちゅうばあちゃんげさ預けらっちゃかんね。んだから、町の言葉とはちいっと違ってんだべな」

　ちょっとどころの話ではない。僕も伊三郎も語尾上がりな東北弁で会話している自覚はあるけれども、明日香の言葉は無形文化財に登録されるレベルではないだろうか。伊三郎は無遠慮に女子高生を見まわし、わずかに口角を上げている。明日香に興味を抱いているのがわかり、焦りとも嫉妬《しっと》ともつかない感情が湧き上がって僕は苛々した。

　老人は足踏みミシンの隣にあるボディに近づき、覆っていた白い布を勢いよくはぐった。たちまち明日香は目を鋭く光らせ、コール・バレネの前に立った。まずは真正面からしばらく見つめ、まるで見分でもするように少しずつ視線を這わせていく。かわいいものやきれいなものに飛びつく女子高生の顔ではなく、仕上がりを厳しく吟味する検査技師のような顔つきだった。

　明日香は長い髪を後ろに払い、腕組みしている伊三郎を振り返った。

「じいちゃん、これいくら？」

「学生にはとても買えん値段だ。売るつもりもないが」

「じゃあ、いったいだれに売っ払うんだべ」

「必要としている者にだな」

　明日香は自分よりも小柄な老人と目を合わせ、考えるように首を傾げた。

「おかしなこと言うんだなあ。必要か必要じゃないかは、客じゃなくてじいちゃんが決めてんの？」

「そうだ」

　すると明日香はぱっと表情を明るくし、大口を開けて笑った。そばかすの散った白い顔には幼さが戻り、ようやくごく普通の女子高生に見えた。

「了解、了解。つまりは、わたしがじいちゃんに必要とされる女っ子になればいいんだべな。んでも、かわいそだよ」

「何がだ」

「このコルセット、下着の顔してねえのに、むりやり下着にさせられてんだもん」

　彼女は意味ありげにそう言い、くるりと翻った。

「んじゃあ、わたし、引き揚げっから。世話かけて悪かったない。ありがとうございましたあ」

「ちょっと待て」

　伊三郎はドアに手をかけた明日香を呼び止め、僕と目を合わせた。

「おまえさんも帰れ。日が暮れた日向団地で、女子どもがちょろちょろするもんじゃない。送ってってやれ」
なんで僕が……という言葉をなんとか飲み込み、しぶしぶと荷物を手に取った。外へ出たとたんに冷気にさらされ、高校生二人は同時に腕をこすり上げた。

5

山から降りてきた風がうなりながら吹きつけ、僕は寒さをやり過ごすために奥歯を噛み締めた。冬の匂いが立ちこめる夜の町は、いつものごとく憂鬱でしょうがない。真っ黒い影になった木々が不気味にざわめき、あちこちでヒヨドリがけたたましく絶叫している。僕は制服のジャケットの前をかき合わせながら、前のめりになって川沿いの道を黙々と歩いていた。

後ろには明日香の気配があり、時折り鼻唄《はなうた》のような声が風に流されてくる。とにかく、この女を家に送り届けるまでの辛抱だ。明日香の能天気な風情は腹立たしいばかりだが、それを吹き飛ばすほどの勢いで、彼女を過剰に意識してしまう自分にもうんざりしていた。なにせ、女子と二人きりで下校するのは初めてなのだ。しかも周りには人っ子ひとりいないし、夜だし、裏道だし、民家もないし、この辺りは携帯電話の電波も入らないし……。いや、自分がへんな気を起こすことなど絶対にないと言えるのだが、その手の警戒心をもたれるのがどうしてもいやだった。特にこの女にだけは。

緊張しながらますます歩調を速めていると、後ろから抑揚のある方言が聞こえて僕は反射的に身構えた。

「なんでこだに遠まわりしてんだっぺな。八幡小路さ入ったほうが早いのに」

僕は肩越しにちらりと後ろを見て、すぐさま前に向き直った。明日香はタータンチェックのマフラーで鼻のあたりまですっぽりと覆っている。僕は無意味な咳払いをした。

「は、八幡を通るよりも、こっちのほうがいろいろと安全なんだよ」

「安全？」

明日香がかぶせ気味に返してくる。どうやっても、何かを怪しがっているような声色にしか聞こえない。僕はたまらず振り返り、忙しなく申し開きをした。

「言っとくけど、僕におかしな気はないからな。土橋《どばし》のほうを通ると面倒な人間に会いそうなんだよ。だからこの時間帯はいつも避けるようにしてる。たぶん、僕にとっても明日香……いや、三木にとっても愉快な人間じゃないことだけは確かだから」

僕は不必要なほど何度も咳払いをした。小学校まではクラス全員が名前で呼び合っていたけれども、今は口に出すことにとんでもない抵抗感があった。明日香は街灯がまばらな川沿いを歩きながら僕をじろじろと見まわし、マフラーを引っ張って口許から外した。

「もしかすっとさ、おめさんが言う面倒な人間っつうのは真鍋女史のことか？」

僕はびっくりして明日香と目を合わせた。

「なんで『真鍋女史』って呼び方を知ってんだよ」

「おめさんげの母ちゃんがそう言ってたんだわ。んで、ピンポンダッシュすんだったら、真鍋女史にめっかんねえようにうまいことやんなってさ。あんまし連続でやっとバレっちまうから、放置期間を挟んだほうがいいって」

「何おかしな入れ知恵してんだよ、あの親は」

爛々《らんらん》と目を輝かせている母親を思い浮かべ、僕は冷え切った顔をこすり上げた。明日香はひとつに束ねた長い髪を指先でもてあそんでいたかと思えば、急に小走りして僕の横にぴたりと並んだ。

「よし。おめさんと母ちゃんに有力情報をくれてやっかんな」

同じぐらいの身長の明日香が近づくと、今にも肩が触れ合いそうになった。僕は飛びすさるようにして一定の距離を保った。

「真鍋女史が閉店間際の森崎屋さ行くのは、ほとんど月水金の三日間。特に金曜は特売があっから昼間も行ってる確率が高い。タイムセールの三時ごろと閉店間際は警戒が必要だべな。毎月最後の火曜は公民館で『女性の生き方』みたいな勉強会やってて、それが終わっと、おばちゃん連中引き連れてガストさ入り浸ってる。ドリンクバーだけでさ。そのほかの日は奉仕作業っつう名目の諜報《ちょうほう》活動。日向団地婦人会は相互監視で成り立ってっから、一回首を突っ込んだらもう二度と抜け出せない。現代の魔女狩りシステムだかんね」

よどみなくすらすらと話す明日香を、僕はあっけに取られて見た。真鍋女史が何をやっているのかは見当がついていたけれども、日程や内容まで細かく把握しているのはすごいというよりも異様だ。明日香は両手に息を吹きかけながらこすり、吹きさらしの北風で赤くなった顔を向けてきた。僕はすぐに視線を逸らして、口ごもりつつ質問をした。

「な、なんでそんなに真鍋女史に詳しいんだよ」

「そりゃあ、つけまわしたからに決まってんべな。夏休みに二週間ぐらいぴっちり張り込んだかんね」

「大いばりで言うことか……」

僕はズボンがこすれるほどガードレールに近寄り、隣を歩く明日香からできる限り離れた。やはりこの女はおかしい。しかし、なぜそれほど真鍋女史に絡むのかには興味がある。スチームパンクとかいう、あのおかしな恰好《かっこう》と夜のこともだ。

「真鍋女史になんか恨みでもあんのか？」

「別に」

明日香はそっけなく即答して、長いまっすぐの黒髪をまたもてあそびはじめた。

「邪魔されたくないだけだよ。今んとこ、わたしの日常をぶっ壊せるいちばんの要注意人物だかんね」

意味がわからない。明日香は大きく夜気を吸い込み、さらに先を続けた。

「わたしバイトやってんだ。だいたいは週一だけど、自分にとってものすごく大事な仕事なんだわ。真鍋女史はどっかから噂を聞きつけたみたいで、いきなり尋問されっちまったよ。暁高はバイト禁止だから、校則違反してんなら厳しい罰を受けてもらうってさ」

「まさか、学校に告げ口されたとか」

「そうやりたくってうずうずしてんだっぺなあ。でも、わたしは最後までしらばっくれたしよ。現場でも押さえなけりゃ、さすがにどうにもできないんべ」

「いや、そんな状況なのに、なんでピンポンダッシュなんて危ない橋渡ってんだよ。見つかったら火に油だろうに」

呆れ返って言うと、明日香は真っ黒い空を仰いでにやりと笑った。

「これは真鍋女史の目をくらます作戦なんだわ。夜中とか朝っぱらからピンポン押されたら、ものすごくごせやけっぺ？　だから、わたしのことなんかすぐ忘れんべな」

「ちょっと待った。『ごせやける』ってどういう意味？」

「頭さくるの意味。なんだっぺ。おめさんはこの町で生まっちゃのに、そんなのもわかんねえんだべか」

明日香ほど濃厚な方言は町なかで使われないし、今までに聞いたこともない。僕はそれについて突っ込んだ話はせずに、とりあえず先を進めた。

「ピンポンダッシュは間違いなく犯人捜しになってるな。真鍋女史は、自分に刃向かう者を許さない性格だと思う」

「そこが狙いなんだべよ。なんせ日向団地には容疑者が山ほどそろってっかんね。ヤンキーだの族だのレディースだのブラジルだの、簡単に足なんかつくわけない。弱い者にはどこまでも強くて、強い者とは目を合わせないっつうのが真鍋女史だっぺ」

　僕はため息をついて首を横に振った。

「その作戦は、うちの親に見つかってる時点で失敗してんだよ。ほかの住人にも見られてるかもしれない。つうか、なんでうちまでピンポンダッシュしたんだよ。もう真鍋女史関係ないだろ」

　勢いのまま非難するやいなや、饒舌《じょうぜつ》だった明日香はぱったりと口をつぐんだ。とたんに北風の音や木々のざわめきが主導権を取り戻し、僕の言葉はそのまま置き去りになった。少しばかりきつすぎただろうか。明日香はマフラーを口許まで引き上げて、なぜか戸惑いとも怯《おび》えともつかない姿勢を見せはじめている。その妙な緊張が僕にも伝わり、二人ともぎくしゃくしながら夜の川べりを歩く羽目になった。

　枝葉の隙間から覗いているオリオン座は、冷たい風に磨き抜かれて鋭い光を放っている。川の流れは寒々しく、緩やかにカーブする暗い道はずっと先まで続いていた。団地までまだ距離があるというのに、このいたたまれない空気のまま歩くのはつらすぎる。僕は隣の明日香をちらちらと盗み見て、焦りに翻弄《ほんろう》されていた。なぜこうも自分は落ち着きがなく、どっしりと構えてはいられないのだろうか。小学生以来、ずっと会話なんてなかったのだから沈黙をおそれる理由がないだろう。だいたい、おかしなことをやっているのは明日香のほうだし、僕が気に病む筋合いはない。

通学用の鞄を何度も持ち替えたり髪をかき上げたりして、僕は平常心を欠いたまま歩を進めていた。すると、隣から控えめな声が聞こえた。

「あのさ。その、ずっと前から言おうと思ってたことがあんだけど」

「何」と僕は努めてそっけなく返した。

「津田げの母ちゃんのこと」

うつむきがちな明日香は、またしばらく間を置いてから思い切るように口を開いた。

「わたし、小学校んときに漫画を学校さ持ってったんべ？　あれ、そういう意味じゃないんだ。おめさんが考えてるようなことじゃないんだ。おもしろがってたんじゃないよ」

彼女はごくりと喉を鳴らしてふいに立ち止まり、顔を上げて僕と目を合わせた。

「あのときはごめん」

「な、なんだよ急に……」

僕は予告なく謝られてうろたえた。

「わたし、みんなに自慢したかったんだ。こんなすごい漫画家が、このクラスにいる男っ子の母ちゃんなんだよって」

「いや、ちょっと待てって。なんであれが自慢になるんだよ。漫画の内容わかって言ってんのか？」

「わかってるよ。でも、そんなもんぜんぜん関係ない。フランス革命後のヨーロッパとか、ものすごく細かく描かれたドレスとか下着とかお城とか、貴族だけじゃなくてお針子とか庭師とかいろんな職人のギルドとか、あの漫画にはものすごくわくわくするもんばっかり詰まってた。わたしさ、あんな世界に行ってみたいって憧れたんだわ」

「は？　どうしようもなくイカれた世界でしかないだろ」

　僕は漫画に描かれた性描写の数々を思い浮かべて恥ずかしくなり、夜道を再び歩きはじめた。明日香の言葉をどう捉えたらいいのかわからない。何より、母の漫画を嘲笑《ちょうしょう》もなく真面目に語る人間に会ったのは初めてかもしれなかった。しかもそれは、僕の秘密を暴露して生きづらさを決定づけた女だ。何を今さら……という思いとは裏腹に、真っ向から母を褒めてもらえたくすぐったさが、僕の心を大きく揺さぶった。

　明日香は僕を追いかけるように小走りし、隣から顔を覗き込んでくる。

「わたし、津田げの母ちゃんのこと尊敬してる。だれが何言っても動じないし、自分のやるべきことをわかってる人だ。ものすごいエネルギーもってる人なんだ」

「そのエネルギーの放出がエロ漫画ってわけだよ。家族にしたら喜べる仕事じゃない。尊敬なんて、他人だから簡単に言えることだよな」

「なんだそれ。津田の言ってることは矛盾してる。母ちゃんの仕事が恥ずかしいんなら、なんでおめさんは仕立て屋のコルセットなんかに興味もってんだ？」

「それは……」

　いちばん突っ込まれたくないところに、この女は昔からずけずけと入り込んでくる。

確かに僕は母から影響を受け、感性というべきものが特殊な方向へ曲がって育ってしまった。それを恥じて隠していた自分を、豪快に打ち壊したのが伊三郎だ。

むっつりと早歩きをしている僕と歩調を合わせ、明日香は息を上げながら捲《まく》し立てた。

「わたし、津田にずっと謝りたかった！　あれは誤解だって言いたかった！　あんとき言えればよかったんだけど、騒ぎがでっかくなって黙っちまった！　何回も家さ謝りにいったんだけど、母ちゃんが出てきたからぶったまげて逃げたんだ！」

「まずそこがおかしいだろ」

「学校で謝ったらまたみんなが騒ぐかもしんねえべし、話す機会をじっと窺ってるうちに高校生になっちまったんだわ」

「へえ。じゃあ、こないだの夜、いきなり追っかけてきて狙撃しようとしたのも謝りたいからと？」

僕がわざと皮肉っぽく言うと、明日香は髪を振り乱しながら首を大きく縦に振った。

「あんときのピストルな。引き金引くと、先っぽからメモ紙が飛び出てくる仕掛けなんだ。そこに『あのときはごめんなさい』ってメッセージ入れといたんだよ。大胆な行動で伝わるってこと、よくあっぺ？」

「意味不明すぎる。まったく何も伝わってない。どう考えても逆効果でしかないと思う」

手厳しくそう答えながらも、僕は堪え切れずに噴き出した。こんな群を抜いてわけのわからない女が、身近にいたことに驚く。しかも最悪の因縁でつながっているというのがどこか運命的にも思え、少しだけ体の力が抜けた。

僕は、そばかすの散った不安げな明日香の顔を見た。

「別にもう怒ってないし、昔のことだしそんなに気にしないでいいよ。むしろ真相がわかってすっきりした」

「ホントか？」

僕はこっくりと頷いてみせた。が、半分は本当でも半分はうそだった。僕はまだあのとき負った傷を引きずっているし、いまだ夢に見て泣きながら起きたりもする。けれども、いつまでもそこにとどまるのは時間の無駄だ。

川沿いの道を歩いて古くからの住宅地を抜け、僕たちは日向団地が見えるところまできた。いつも気を滅入らせてくる無機質なコンクリート群が、二人だと軽く受け流せるのは不思議だった。小さな羽虫や蛾を集めている蒼白い街灯の下を通り過ぎたとき、明日香が探るような声を出した。

「おめさんは、あの仕立て屋で何やってんだべ」

もっともな質問だ。僕は適当にはぐらかそうかと考えたけれども、なんとなく全部話して明日香の反応を見てみたくなった。八十過ぎの老人が急にコール・バレネを作りはじめたこと。母の漫画の影響で、僕もコルセットの背景には通じていること。そして商品として売り出し、老人は何かの意志を遂げようとしていること。明日香は黙って最後まで耳を傾け、団地の入り口にある車止めの前で立ち止まった。

「まるで地下組織だな。そのレジスタンスさ入隊すんのに試験はあったの？」

「強引さと伊三郎さんの気分」

「おめさんの階級は？」

「階級ってなんなんだよ……。いちおう、僕は店のプロデュースを任されてるけど」

明日香はずいと一歩を踏み出し、同時に僕は後ずさった。

「今すぐ必要な役職は？」

「役職も何も、スタッフ募集なんかしてないって。だいたい伊三郎さんにその気がない。でも、僕はデザイナーとかスタイリストが必要だとは思ってる。正直なところ、テーラー伊三郎はそのあたりが弱いから」

たちまち明日香はにんまりと笑い、タータンチェックのマフラーを勢いよく外してさらに一歩近づいてきた。

「わたし、コルセット革命軍伊三郎元帥《げんすい》の入隊試験受けっから。スチームパンカーとして、こんなおもしろそうなのボケッと見てらんないべな。わたしさ、店でコルセット見たときから、どきどきしっぱなしだったんだ！」

短いプリーツスカートを翻した明日香は、そのままばたばたとB棟のほうへ走っていった。途中で振り返り、盛大にマフラーを振りまわして「ばいばい！」と声を張り上げる。なかば気圧《けお》されている僕は明日香にのせられ、ばいばいと返して手を振った。

6

翌日の土曜日は朝から雨だった。しかも体にまとわりつくような霧雨で、町をどんよりと沈ませている。真っ昼間から点灯した街灯の灯りはにじみ、居並ぶ商店の窓やウィンドウが曇って中が見えないほどだった。

白い息を吐きながら商店街を小走りし、僕はビニール傘を閉じて店先に立てかけた。テーラー伊三郎のドアを開けると同時に、三人の人間が目に飛び込んでくる。昨日に続いての三木明日香と、伊三郎の息子である役所勤めの太一とその妻だ。僕は思わず戸口で動きを止めた。ほとんど理解し合えないであろう者たちがそろっている。

後ろ手にドアを閉めていそいそと前に進み、鶯色とも黄土色ともつかない横縞《よこじま》のセーターを着込んでいる長身の男を見上げた。

「こんにちは」

今日も隙なくきちんとしており、見るからに段取りと規則の鬼といった風情がある。丸っこい妻はやまぶき色のエプロンで何気なく手をぬぐっているけれども、明日香が気になってしょうがないようだった。それはそうだろう。真っ黒いポンチョみたいな雨合《あまがっ》羽《ぱ》ですっぽりと全身を覆い、頭にはあの夜に見た革の飛行帽と黒いレンズの入ったゴーグルが装着されている。いったいどの時代のさすらい人だよ……。それに昨日の今日で早速ここを訪れるあたり、並々ならぬやる気や興奮が窺えた。

いくつも歯車がついた三つ編みの髪を手でもてあそびながら、明日香は僕を振り返ってまるで馴染《なじ》みのように言った。

「もうそろそろ来っぺなと思ってたんだよ。伊三郎元帥は今留守だってさ」

「ちょ、ちょっと待って」

役所勤めの息子がつっかえながら口を挟んだ。

「まさか、父はきみらに『元帥』なんて呼ばせてるんじゃ……」

「いや、違います」

僕は間髪を容《い》れずに訂正した。が、息子とその妻の不安感が半端ではない。せめて自分だけは模範的な高校生に見えるように、長めの前髪を払って背筋を伸ばした。

「ええと、今日は一時に伊三郎さんと約束をしてるんです。また仕事を見学させていただきたくて」

「ああ、そうだったの。先に来たきみの友だちが重要な試験があるなんて言うから、いったい何事かと思ってね」

息子は隣に並んだ小太りの妻と顔を見合わせ、明日香に素早く視線を走らせた。

「父は今、病院へ薬をもらいに行ってるんだよ。この時間に帰ってこないとなると、もしかして午後の診療へまわされたのかもしれないな。そうなるとまだかかると思うけど、きみらは待ってられるの？」

「はい。ご迷惑でなければ」

「まあ、うん。迷惑ではないんだけどね」

中年息子は、どこか歯切れ悪く言った。なるほど、今までと同じく手放しで歓迎はできないものの、やみくもに追っ払うことはやめたようだった。伊三郎が留守というのもうそではなさそうで、コルセットに対するあからさまな拒否反応は今のところ影を潜めている。通学時間帯にはウィンドウに飾らないという老人の交換条件を呑み、譲歩するしかなくなったのかもしれない。

明日香はボディに着せつけられている二着のコール・バレネをいろんな角度から見まわし、真剣な面持ちで何事かをじっと考えている。その様子を盗み見ていた息子は、妻に意味ありげな目配せをしてから声のトーンを落とした。

「きみは津田くんって言ったよね。父のことなんだけど、なんていうか、その、この機会に聞いておきたいんだよ。何か普通じゃないことをしたり言ったりしてないかな？」

「それはないですけど」

すぐにそうは返したものの、どこを切り取っても伊三郎に普通という概念は当てはまらない。すると今度はふくよかな妻が顔を寄せてきて、口許に手を当てながら極端に声を潜めた。

「あのね。はっきり言っちゃうけど、ちょっとでもおかしいと思ったら教えてほしいの。たぶん、今いちばんお義父《とう》さんと会話してるのが津田くんだと思うのね。わたしもすごく心配なのよ。だって急に女の人の下着を作りはじめたり、高校生と仲良くしたり、今まで何十年もそんなことなかったから」

さらに息子があらたまって話を継いだ。

「きみはしっかりしてると思うから言うんだ。父にはじゅうぶん気をつけてほしい」

「はい？　気をつける？」

「そう。ここのところ思想が過激になってきてるみたいだし、何か病気の可能性も考えてるんだよ。精神的なものも含めてね。本当なら家族が父を止めるべきなんだけど、正直、それがなかなか難しい」

妻は小刻みに頷きながら口を開いた。

「津田くんも、あんまりのめり込まないでほしいの。ここでのおかしな経験が、今後あなたに悪い影響を及ぼしたらどうしようって心配してるのよ。だから、何かあったらすぐに教えてね」

悪影響の類なら親からさんざん受けているし、今さらひとつ二つ増えたところでどうってことはない。むしろ伊三郎と出会えたから、今までどうやってもぬぐえなかった劣等感やひがみ根性が薄らいでいるのだ。この二人は、なぜ父親の新たな側面を頑《かたく》なに見ようとしないのだろう。なぜ真剣な姿を恥とか病気と捉えるのだろうか。結局のところ、世間さまに顔向けできない、という言葉がこの町では異常に幅を利かせていて、人々をきつく縛り上げている。

とにかく「気をつけてほしい」とばかり繰り返す息子夫婦は、以前話したときとは違う意味で伊三郎を危惧《きぐ》しているようだった。そのとき、急に明日香がくるりと振り返り、丸い鼻先を人差し指で触りながら声を出した。

「要するに、わたしらに革命軍の内通者になれってことを言ってんだっぺ？」

とたんに場の空気が凍りついた。明日香は無邪気に見えなくもない笑顔をつくり、息子夫婦を目で往復している。

「危険思想の年寄りを監視しなくちゃなんない。もしかして、カルト教団みたいに子どもらを洗脳してんのかもしんない。でも、むやみに事を荒立てて騒ぎにでもなったら、この町では暮らしていけない。だからこの際、子どもら使って探りを入れよう。心配なのは身内と世間体だけだし」

「な、何言ってんだよ」

僕は思わず明日香の腕を引っ張った。もちろん息子夫婦にその手の思惑はあるだろうが、わざわざ言い立てる必要はないではないか。

息子夫婦は一瞬だけバツが悪そうに顔を見合わせたけれども、わけのわからない女子高生からの断定に気持ちが穏やかでないことだけは明らかだ。明日香はあいかわらずにこにこと笑いながら喋り続けた。

「わたしさ、いろんな職人仕事に興味あんだ。経験と勘と人には真似できないような技を使って、伊三郎じいちゃんはぶったまげるようなもんを作ってる。おじさんってさ、まるっきり服に興味ないんべ？」

　明日香は、息子が着ている濁った色合いのセーターをまじまじと見た。件の息子はメガネをしきりに押し上げて、どう答えたものやらわからないでいる。

「きっと独身のころは、母ちゃんが簞笥《たんす》から出してくる服を自動的に着てたんだっぺな。今は、奥さんが十字屋《じゅうじや》で買ってきた服をそのまんま着てる。着るものに疑問なんかもったことないべし、考えたこともない。んだもん、こだわりの強いじいちゃんがイカれて見えんのは当然だよ。今までの人生になかったもんを、急に理解しろっつうのも酷だわなあ。まあ、こればっかりはしょうがねえことだべ。生き方のジャンルが違うんだわ。わたしは、おじさんの難しい立場をよっくわかってっかんね」

　どっから目線なんだよ。僕は明日香を黙らせるために、ひとまず出直したほうがいいと判断した。すみませんと無礼を詫《わ》びながら彼女の腕を取ったとき、店のドアが開いて不機嫌そうな伊三郎がぬっと入ってきた。自身で仕立てたのであろうベージュ色のステンカラーコートを羽織り、ツィードのハンチング帽をかぶっている。まさに英国紳士といった雰囲気を漂わせ、こなれていて実に粋だった。

　伊三郎は曇ったメガネを外してハンカチでぬぐい、かけ直して店内に目を走らせた。

「なんだ、おまえら。喧嘩《けんか》なら表でやれ」

「だれも喧嘩なんてしてないよ。彼らが父さんを待ってたんだ」

　息子はひどくくたびれた様子でそう言い、逃げるように奥へ引っ込んだ妻を充血した目で追った。なんだか、余計な心労を増やしていることが、とても申し訳なくなってくる。立ち去り際、彼が僕に意味ありげな視線を送ってきたのは思い違いではないだろう。伊三郎を監視しろというより、できるだけ気を配ってほしいということなのかもしれない。

伊三郎はハンチング帽とコートを脱いで作業台に置き、死神のように真っ黒い出《い》で立ちの明日香をメガネの上から見やった。頭からつま先までゆっくりと目を這わせ、白い口ひげを指で触る。

「飛行機乗りになりたいなら、おまえさんが来る場所はここじゃない」

「飛行機乗りにも憧れっけど、わたしがやりたいのはそれじゃないんだ。じいちゃん、わたしもコルセット革命軍に入れてくいよ」

そう宣言した明日香は、黒い雨合羽を脱いで伊三郎にバレリーナのようなお辞儀をした。フリルつきの白いブラウスの上に革製の丈の短いコルセットをつけ、細かいチェック柄のミニスカートをパニエで膨らませている。レンチやハンマーなどの工具が入ったケースが腰に下がり、黒いエンジニアブーツには歯車や装飾されたバックルが取りつけられていた。なんというか、複雑でややこしい世界観だ。

伊三郎は気の済むまで明日香を眺めてから、ようやくひと言だけ口にした。

「それは？」

「スチームパンクっつうジャンルだよ。わたしはアビエーター兼ウォッチメイカーだから、技術者として動けなきゃダメなんだ。ただきれいでかわいいだけの人形にはなりたくない」

「スチームパンク？　アビエーター？　ウォッチメイカー？」

　老人は繰り返した。もちろん、そうなるだろう。明日香は胸許に下がるブロンズの懐中時計を握り締めながら、切れ上がった大きな瞳をきらきらと輝かせた。

「スチームパンクをひと言で説明すんのは難しい。今じゃ、いろんな要素が混じって枝分かれしてっかんね。人によって解釈もすごく変わる。でも、元になってんのは十九世紀から二十世紀頭にかけての時代だべなあ。この一世紀の間には、あらゆる分野の技術とか文化がみっちり詰まってっから」

「産業革命あたりか？　確かにその時代は着る物もめまぐるしく変わった。シュミーズドレス、コルセット、クリノリン、バッスル、ブルーマー。まあ、結局は政治と思想に引きずられていたんだが、活気があってどの時代よりもおもしろ味はあったかもしれんな」

「そう！　やっぱ伊三郎じいちゃんはそこらの年寄りとは違う！　だって、わたしの世界に入ってきてくれんだもん！　しかもひょいっと世間話みたいにさ！」

　ごついエンジニアブーツで一歩踏み出し、明日香は興奮して顔を赤くした。

「空には熱とガスで浮かぶ乗り物があって、地上には蒸気機関車が走ってた。プロペラとエンジン積んだ空飛ぶ機械は大発明だよ。ジファールが蒸気機関の飛行船を飛ばして、そのあとにはガストン兄弟が蓄電池を飛行船に載っけたんだ！　風船は水素で膨らましてな！　わたしはアビエーターだから操縦士なんだよ！　クロッカーも兼ねてて、時計の修理も整備もやっかんね！」

明日香は身振りを交えながら早口で説明した。まるでその時代を生きているかのような語りっぷりで、いろいろとめちゃくちゃだ。そこまで熱狂する魅力が僕にはいまひとつわからないけれども、ビクトリア朝あたりの時代は、いろんなガラクタを寄せ集めたボロ市みたいなわくわく感があるのは理解できる。資本主義の始まりだ。明日香の場合、ファッションという括《くく》りではなく、時代に漂う空気感みたいなものに惹きつけられているようだった。

彼女は小さな歯車がいくつもついた三つ編みの髪を払い、急《せ》くように先を続けた。

「スチームパンクは蒸気機関とか歯車とかスタッズとか、真鍮《しんちゅう》と鉄の機械が町を支配してるブロンズ色の世界なんだわ。わたしは原理主義を貫いてっから、エネルギー源は蒸気機関しか認めてない」

「認めないのはおまえさんの勝手だが、コルセット革命になんの関係もないだろ」

「関係あるよ」

明日香は即座に切り返した。

「なんでコルセットを作んのか。作ってどうしたいのか。着た人はどう見えんのか。どう見えてほしいのか。町の様子は？　その町で流行《はや》ってるものは？　政治は？　経済は？　産業は？　伊三郎じいちゃんのコルセットを見て思ったのは、すごくきれいで完《かん》璧《ぺき》なんだけど、町の景色がまるっきり見えないってことなんだ」

やっぱりこの女は、軽々しく人の気に障ることを言ってしまうという迂闊《うかつ》さがある。しかし……。僕は伊三郎の様子を窺いながらも、明日香の言葉が猛烈に気にかかっていた。

老人と僕は、コール・バレネという点の部分しか見ていない。ほかを考えたとしても、どの年齢層にいくらで売るかということぐらいがせいぜいだろう。けれども明日香が力説しているのは、それを取り巻く物語が絶対に必要だということだ。必ずしも現実的でなくてもいいし、むしろ人を惹きつけるほどの壮大な脚色がいる。単に商店として物を売るだけではなく、世界観そのものをセットにして提供するということか。

伊三郎は生意気すぎる小娘から目を離さず、見慣れてしまった仏頂面を崩さない。いつ沸点に達するのかと僕はひやひや通しだったが、老人がどう出るのかにとても興味があった。明日香は僕たちにはない切り口をもってきたのだ。

伊三郎は白いシャツの第一ボタンを外し、深緑色のカーディガンの袖をまくり上げた。明日香のほうへあごをしゃくる。

「おまえさんが着てるその服とコルセットは、自分で作ったのか？」

「まさかあ。挑戦したことはあっけど、ぜんぜんダメだったな。でもさ、買った服とか小物は必ず手直しすんだよ。ボタン取っ替えたりレースつけたり、ばあちゃんげでもらってきたタマネギで染めたりな。このコルセットについてるハトメも、一個一個ブロンズ色に塗ったんだ。鋲《びょう》も自分で打ったんだわ」

明日香は身に着けているものを指差しながら説明し、両手首に巻かれた重そうな時計を上げた。まるで鉄くずの塊だ。

「この腕時計は、父ちゃんが使ってた古いやつを分解してリメイクしたんだよ。八幡にある山本《やまもと》板金のじいちゃんとこでさ、アルミとか銅を切り出してもらったんだわ。山本のじいちゃんも、神の手もってる職人だかんね。あとはアクリル樹脂を固めて色を塗った。これだけで何ヵ月もかかったわ」

僕は明日香の腕にある時計や、全身にちりばめられている細々した装飾品に目を凝らした。歯車やナットのような機械部品のほかにも、アールヌーヴォー的な金属のコガネムシなんかがつけられている。が、よくよく見れば金属をそっくり模した樹脂性のものらしかった。側面にカバーのついたゴーグルには錆のような劣化加工が施されているし、斜めがけした鞄の底を覆っている古木も、おそらく何か別の素材をそれらしくペイントしたものだろう。執拗な作り込みと巧みな細工は、僕と同じ歳の女子高生が手がけたとは思えない。驚くほど完成度が高かった。

明日香は二人の前でゆっくりとまわって見せ、伊三郎と真っ向から目を合わせた。

「わたし、ここで何かをやってみたい。革命軍に入隊させてください」

「だめだな」

即答されるとは思っていなかったらしい明日香は、びっくりして口をぽかんと開けている。僕も素早く老人の顔を見た。

「何を勘違いしてんのか知らんが、ここは学校に馴染めない子どもの託児所じゃない」

「そだことわかってる！　つうか、じゅうぶん馴染めてっぺよ！　学校さ友だちだっていんだから！」

「じゃあ、その子ども集めて自分の世界とやらを作るんだな」

伊三郎は、言葉を探して慌てふためいている明日香から目を離さなかった。

「おまえさんがやってんのは、ファッションじゃなくて仮装だ。実用性の類は完全に無視して、自分の世界から出てくる気がない。商売と物作りっていうのは、そんな安易なもんじゃないんだ。おまえさんのは、ただただマニアックな趣味。その域からは出ない」

「で、でも、だって、だってさ……。伊三郎じいちゃんだってコルセット作ってんじゃん。高価な下着だし、完全に趣味の世界だっぺ？」

「それを模索して商品に落とし込むのが俺の仕事だ。おまえさんがいいと思ってるもんは、俺の感覚から離れすぎている」

明日香は完全に言葉を失った。伊三郎の言うこともわからないではないけれども、必要以上に厳しくはないだろうか。老人に完全否定された明日香は、ショックを隠せないまま黒い雨合羽を取り上げてゆっくりと羽織った。

「わかった。ちょっとわげさ帰って考えてみる。邪魔して悪かったない」

明日香は緑色のドアを開けて、霧雨の舞う薄暗い通りへ出ていった。僕はどっちつかずのままその場でうろうろし、コートを持って奥の作業部屋へ引っ込もうとしている伊三郎を慌てて呼び止めた。

「あの、伊三郎さん。ちょっと言いすぎじゃないですかね。女こどもに容赦ないというかなんというか……」

「容赦する必要があるまい」

老人は戸口で振り返った。

「おまえさんは、あの同級生に納得してるのか」

「正直、スチームパンクとかいう世界観には、あんまり共感できないです。とにかく突飛だし凝りすぎてるんで。でも、言ってる意味はすごくわかる。コール・バレネには物語が必要だってところです。ウィンドウに飾ってあるコルセットを見ただけで、何かの情景とか匂いとか温度とか、そんなものが浮かんだら説得力あるだろうなって。要はイメージ戦略ですね」

「商品に対して、そういう見方をしたことがないな。曖昧なイメージなんかじゃなくて、人が納得する上質で正確なものを作る。それが買ってくれる人間に対する敬意だ」

伊三郎は、手に持っていたステンカラーコートと帽子を上がり框に置いた。

「あの娘を追っ払ったのは、世界が完結してるからだよ。おそらく、ここにいたら期待が大きいぶん、現実とのギャップに落胆するだけだ。あの娘は夢の中にいたいだけだろう。商売人じゃなくて、芸術家のほうなのさ」

そうだろうとは思う。けれども、明日香の口からぽんぽんと飛び出す言葉は、なんの枠にも囚われないヒントの詰め合わせのように感じていた。伊三郎はコール・バレネという突拍子もないものを作りはしたものの、やっぱり根は生真面目な職人なのだ。明日香の非常識さと老人の職人気質が混じり合うと、化学反応を起こしたテーラー伊三郎はどうなるのだろう。ちょっと想像はつかないが、怖いもの見たさで覗いてみたくもある。

伊三郎は上がり框に腰を下ろし、きれいに磨かれた茶色い革靴の紐をほどいた。

「今日はこれから、写真屋のばあさんが来るだけだ。仮縫いの最終だな」

老人は顔を上げ、座ったまま膝の上で手を組み合わせた。

「おまえさんが見ててもしょうがない。それに、店を任せると言ったはずだ。まだ何も変わっとらんが」

「ええと、まだ構想の途中でして……」

僕は言い訳がましく語尾をにごした。

「俺とおまえさんとでは、ものの考え方が違う。当然だがな。おまえさんはここへ顔を出す以上、自分が必要だと思ったもんを真剣に吟味して追究する義務がある。周りに流されないで、今やるべきことは自分で見つけろ。まあ、最終決定権は俺にあるがな」

伊三郎は、壁で体を支えながら立ち上がった。本当に、憎らしいぐらい僕の心の内を見透かしてくる老人だ。今気にかかっているのは、明日香の頭に広がる小宇宙のことだった。もう少しだけ彼女の話を聞いてみたい。

僕はさっさと作業部屋に入ってしまった伊三郎にひと声かけ、うすら寒い店先で透明のビニール傘を勢いよく開いた。

第三章　ジャポニスムと平行世界

1

人通りの少ない商店街に素早く目を走らせると、真っ黒い亡霊のようなものが、ずっと先のほうを歩いているのを見つけた。すっぽりと雨合羽《あまがっぱ》を着込んだ明日香が、角を曲がってふらりと姿を消している。今入っていった裏道は、団地とはまったくの逆方向へ延びていたはずだ。今日は真鍋女史の出現率が低いと明日香は語っていたはずだが、大事を取ったのだろうか。

僕は傘を揺すりながら霧雨のなかを走り、シャッターの閉まった軒の低い商店を通り過ぎた。水たまりを派手に蹴散《けち》らし、急いで明日香が折れた小径《こみち》へ入った。けれども、彼女はさらに先の角を曲がろうとしている。

あそこは迷路のように路地が入り組む古くからの「のんべい横丁」で、僕が滅多《めった》に近づかない一帯だ。昔、袋小路で大きなイノシシが檻《おり》で飼われていたのだが、数日後には剝《は》がれた皮だけが吊《つ》るされているのを見てしまったからだった。ペットではなく店で出す食材だったのだ。今でも、こっそりと与えたスナック菓子を、喜んで食べていたイノシシを思い出して気落ちしてしまう。

「三木！」

僕は走りながら声を上げていた。追いかけなくても団地に先まわりして待っていればいいだけだし、別に吞《の》み屋街が危険地帯だと思っているわけでもない。けれどもなぜか、このままひとりで帰らせるのにはひどく抵抗があった。

走ったせいで暑くなり、厚ぼったいパーカーの袖《そで》を乱暴にまくり上げた。僕の声が聞こえていないらしい明日香は、そのまま人気のない通りを折れている。息を上げながらもう一度名前を呼んだとき、ややあってから黒ずくめの女がひょっこりと顔を出した。

明日香は僕を見つけてきょとんとし、反射的に周りを見まわしている。僕はそのまま彼女に駆け寄り、ぜいぜいと喘《あえ》ぎながらむせ返った。

「なんだい、何事だっぺ」

明日香は訝《いぶか》しげな顔をしながら、黒い雨合羽のフードを脱いだ。飛行帽やゴーグルはすでに外されており、長い睫毛《まつげ》には霧雨が白くまとわりついている。僕は体を二つ折りにして上がった息を整え、こめかみを伝う汗をパーカーの肩口に押しつけた。

「あ、あのさ。ちょっと話がしたいというかなんというか」

「なんの？」

「さっきの続き」

すると明日香はまた合羽のフードをかぶり直し、そばかすの散った顔で恥ずかしそうに笑った。

「いやはや、入隊試験には見事に落っこっちまったなあ。プレゼン間違えたんだべか。自分ではかなりよかっぺと思ったんだけど、現実はなかなかうまくいかないな」

「間違えてはいないと思う。個人的には」

「ああ、やめれ、やめれ」

明日香は顔の前で手をぶんぶんと振った。

「なんだっぺ。おめさんはまさか、わたしを慰めるために跳ねてきたのかい？」

「それもある」

僕は自分でも驚くぐらい素直に答えた。明日香はまじまじと僕の顔を見つめ、少しだけ覗《のぞ》かせていた警戒心を解いたようだった。

「津田は優しいんだな。あんときもそうだった。クラスじゅうが大騒ぎんなったのに、わたしのこと一回だって責めなかったもんな」

それは優しいのではなく、単なる自己保身というやつだ。こんなことを言ったらあとあと不利になるだろうとか、こうやっておけば当たり障りなく場が流れるはずだとか、行動の前に姑息《こそく》な計算を巡らせるのが僕という人間だ。けれども今は、心配という気持ちが先走っていた。自分がこつこつと作り上げた精神世界を人に打ち明けるのは、博打《ばくち》と同じだと思う。受け入れてもらえなかったときには、どん底まで叩《たた》き落とされる。

明日香は黒い雨合羽についた雨粒を払い落とし、舗装されていないぬかるんだ路地へ目をやった。それぞれの店の勝手口には瓶ビールのケースが積み上げられ、汚れたゴミバケツやクモの巣だらけの植木なんかが雑然と放り出されている。薄暗い霧雨の午後と相まって、ますます気分が落ち込む光景としか言いようがなかった。僕はじっと立ち尽くしている明日香を窺《うかが》い、頃合いを見てから口を開いた。

「なんでこんなとこに来てんの？」

今投げかける質問としては、いちばん妥当だろう。明日香はくるりと振り返った。

「今日みたいな条件そろう日はなかなかないんだわ。一年で三日あるかないかだかんね」

「答えになってないけど」

明日香は「こっちさ来てみらっし」と言ったかと思えば、道とも路地ともつかない建物の間に入り込んだ。いや、もはや単なる隙間だった。木造家屋とトタンの塀に挟まれた空間はゴミだらけで、巨大なドブネズミらしきものが蠢《うごめ》いていてぞっとする。もちろん入りたくはなかったけれども、行きがかり上、進むしかなさそうだった。

僕は覚悟を決めてビニール傘を閉じ、人ひとりがようやく通れるほどの細い隙間に体をねじ込んだ。

「壁から針金出てっから気いつけんだよ。配線なんかも剝《む》き出しだかんね」

前のほうから明日香のこもった声が聞こえてくる。僕は錆《さ》びたトタンや苔《こけ》だらけの壁に体をこすりつけながら、わけもわからず明日香のあとについていった。そして息の詰まるような隙間を抜けた瞬間、さらによくわからないものが目の前に広がって息を呑んだ。

　そこは、古い雑居ビルに囲まれた圧迫感のある場所だった。四メートル四方ぐらいの空間が、急にぽっかりと口を開けている。周りにある四、五階建てのビルには、今にも落ちてきそうなほど無造作にエアコンの室外機が取りつけられ、劣化したダクトや鉄骨がヘビのように絡んで隙間もないほどだった。穴の開いたトタンが鋲《びょう》でパッチワークされ、もう使われていないであろう赤茶けた螺《ら》旋《せん》階段が中央で存在を主張している。まるで異空間に迷い込んだようで、僕は軽くめまいがした。

「何ここ……」

　それしか感想が出てこない。明日香が指を差した方向へ顔を向けると、黒っぽい煙突から煙がもくもくと吹き上がっているのが見えた。煙突には「亀《かめ》の湯《ゆ》」という消えかけの屋号が書かれている。

「ここはさ、ビルだの呑み屋だのを無計画にどんどこ建ててったら、何にも使えない空間がぽんと残っちまったみたいなとこなんだよ。たぶん、町の連中も知らないんべな」

「いや、だって。全方位が建物で塞《ふさ》がれてんだから、知りようがない。ここまでの道もないし」

「うん。奇跡的に昔っから残ってんだわ。この辺りの古いビルが壊されたら終わる場所だ。おめさんは、ここさ立ってみ」

僕は手招きする明日香に言われるがまま、彼女の隣に立って同じ方角へ目を向けた。シミだらけの四角いコンクリートビルとダクトとトタンと螺旋階段。そこでおびただしい室外機のプロペラがくるくるとまわっていた。ひどく薄汚くて乱雑なのに、なぜか統制が取れている。茶色く染まった雑居ビルの先には古びた煙突があり、そのさらに先のほうに尖《とが》った塔の頭が見えた。あれは友月山《ゆうげつさん》にある時計台だろう。ここから見える景色は現代とは思えないどころか、もはや日本ですらない何かだった。

「空見てみ」

隣で明日香がそう言い、僕はそのまま空を仰いだ。霧雨がさらさらと顔に降りかかる。ビルの上に立つ避雷針や丸い給水タンクの隙間から、赤とも紫ともつかない濁った雲が低く垂れ込めていた。

「太陽の光が霧に散乱して、あり得ない空の色になってんだわ。天気と時間がいいあんばいに合致すっと現れるんだ。真っ赤な夕焼けもいいけど、こんなのもいいんべ？　風《ふ》呂《ろ》屋の煙突と時計塔と錆《さび》だらけの金属が融合してる。この場所はスチームパンクだよ」

こんな状況をディストピアと言うのかもしれない。ここに美を見出《みいだ》せるほど通ではないけれども、記憶に刻まれる風景だった。

「わたしさ、あの時計台でバイトしてんだ」

明日香は、中途半端に覗いている尖塔《せんとう》の建物を指差した。

「バイトって、あそこは確か文化財指定されてたよな。かなり古いみたいだけど」

「明治三十六年生まれで、アメリカのハワード製。納屋町《なやちょう》の間宮《まみや》時計が、親子二代で修理と巻き上げをやってんだよ。その前は間宮時計の師匠が代々やってきたんだと」

「それならなおさら、高校生がバイトなんかできるような場所じゃないと思うけど。なんの仕事？」

すると明日香は、遠くに見える時計台にすっと目を細めた。

「小学校んとき、町内子ども会で友月山の時計台に見学さいったっぺ？　普段は開放してないけど、そんときは塔ん中に入れてもらえてさ。狭い階段を上ったっけねえ」

あまり興味がなかったせいかうろ覚えだ。明日香は先を続けた。

「そんときに見たでっかい歯車とかワイヤーとか鐘とか、もうたまげて声も出ないぐらいだったわ。ただ時を刻むだけなのに、中にはあんな複雑な仕掛けがあって、しかも電気も使ってないっつうんだからすごいんべ」

「そうだったっけ。じゃあ、あの時計台は手動？」

「んだよ。動力は重り。重りが下に落ちる力で歯車を動かしてんだ。あの時計台は五階建てで、四階から二階の間に重りが吊るしてあんだわ。あとはでっかい振り子な。あんな古い時計なのに、一日で一秒か二秒しか遅れないっつうのもすごいもんだべ」

明日香は僕に顔を向けてにこりと笑った。が、すぐにその笑みを引っ込める。

「でもさ、震災で止まっちまったんだわ。あたりまえだわな。あんなおっかない体験、生まれて初めてだった。いっぱいの人が死んで、町がめちゃくちゃになって、福島っつうだけでみんな顔色変えるようになった。ネットでさ、名前も知らないやつから震災成金って言われたことあんだ」

「成金になれたらよかったけどな」

「まったくだわなあ。成金どころか、父ちゃんが勤めてた会社は潰《つぶ》れちまったわ」

明日香は苦笑いを浮かべ、細く息を吐き出した。

「みんなホントは、震災のことなんてもう頭さないんだよ。ひと昔前の終わった出来事になってっから、今さら蒸し返されんのがめんどくさいんだ。慰めんのも励ますのも飽きてて、いつまでも被害者面してんなって心んなかではうんざりしてる。わたしら、完全に厄介者になった」

「震災は死ぬまで終わらない。僕のなかでは」

「うん。でもまあ、いろんなことにいちいち傷ついたり突っかかったりしたのは初めだけ。もう慣れた。でもさ、こっちが慣れっちまったのがいちばん問題だと思う。言われてもしょうがねえんだって、頭んなかであやふやにしちまったんだ。そのほうが楽だった。ホントはそんなこと思いたくない。わたしはなんにも諦《あきら》めたくないのに」

　この女の感覚にはついていけないところもあるけれども、虚勢ではない強さがある。そして僕のような揺らぎがなかった。同じ高校生なのに、しかもおかしな空想世界に取り憑《つ》かれている変人なのに、だれよりも現実を見据えているような風格さえある。さっきから胸の奥がもやもやしているのは、僕にはないものをたくさんもっている明日香に嫉妬《しっと》しているかららしい。情けない。

　彼女は、気持ちを切り替えるようにゆっくりとまばたきをした。

「震災のしばらくあとに、時計台さ行ってみたんだわ。そしたら、年寄りがひとりっきりで修理しててなあ。いろんな工具持って、黙々と動きまわってんだよ。復興とか絆《きずな》とか世の中は東北盛り上げんのに必死だったけど、じいちゃんにはそんなもん眼中にねえんだ。自分のやるべきことをやってた。それが町を立て直すことだって信じてた」

「ああ、ちょっとわかる気がする。正直、復興に絡めた騒ぎに入っていけないとこあったな。他人《ひと》事《ごと》みたいに見てた」

「だべ？　時計職人は今七十三歳で、枯れ木みたいに細いんだ。で、見事なつるっぱげ。それが間宮時計のじいちゃんだよ」

　明日香は僕の手からビニール傘を取り上げ、開いてからまた差し出してきた。妙な色合いだった空はもう汚れた灰色に戻り、雨の粒が大きくなりはじめている。

「あの時計はさ、四日にいっぺん、ワイヤーを巻き上げる必要があるんだ。でっかい歯車を動かすために五十キロの重りをぶら下げてっから、ものすごい重労働なんだよ」

「五十キロ？」

「そう、そう。それをずっと続けてる人がいたから、時計は動いてたんだわ。五十六回巻き上げんのに、だいたい一時間半はかかっぺなあ。友月山の石段上ってってっぺんまで行って、そっから時計台の梯子《はしご》を四階ぶん上がる。で、重い鉄のハンドル握って重りの巻き上げ。年寄りには骨が折れる仕事だし、間宮のじいちゃんには弟子も後継ぎもいない」

「もしかして、その巻き上げを三木がやってるの？」

明日香が大きく頷《うなず》くと、雨合羽についた水滴が辺りに弾け飛んだ。

「わたしのスチームパンクの入り口は、明治に造られた時計台。いろんな想像させてくれるんだ。このカッコしてカビ臭い木造の塔で重りを巻き上げてっと、別の人生を生きてる自分になれる。平行世界っつうやつだ」

なんとなくそのＳＦ的な感覚はわかる。この場所に立っているだけでも、退廃した別次元に取り残されたような妙な気持ちになった。僕は傘に当たる雨粒の音を聞きながら考えた。伊三郎の作るコール・バレネには、どんな情景が織り込まれているのだろう。八十を過ぎた老人が、真剣に女性用コルセットを手がけるにふさわしい舞台とは……。

僕は、頭のなかに居座る常識や固定観念の類《たぐい》をできる限り遠ざけた。

「日本での洋装は、明治時代にまず男から始まった。ちょうど、あの時計台が建てられた時代だよ」

「突然どうした？」

明日香は首を傾げつつも、唐突な僕の話に聞く体勢を取った。

「政府が欧化政策を重視して、軍服とか官服なんかを西洋式に変えた。女の洋装はそっから十年遅れ。鹿鳴館《ろくめいかん》時代からで、当時ヨーロッパで大流行《はや》りだったバッスルスタイルが貴婦人たちに受け入れられたんだ。腰の後ろを膨らませるやつ」

「文明開化だね」

「うん、そう。コルセットとかペチコートも輸入されて、華やかな鹿鳴館モードは憧《あこが》れの的になった」

　黒い雨合羽のフードの中で、ひときわ白く見える明日香の顔を見て、僕はごくりと喉《のど》を鳴らした。現実的でない空想や妄想を口にするのは、かなり勇気がいることらしい。僕は再び湿った空気を呑み込んだ。

「もし、もしもなんだけどさ。ええと、明治時代の文化が今も続いてたら、日本はどうなってたかな……」

　明日香はきょとんとして目を合わせた。僕は咳払《せきばら》いをしてから思い切って言葉にした。

「産業革命から世界大戦までの風俗がベースになってて、蒸気機関っていうテクノロジーだけが異常に発達した、エレクトロニクスもデジタルもない世界。コンピュータに代わる別の何かが発明されてたら、今この現代も違ってたかなと思って。たぶん、服装も変わってたはずだよ」

「津田！」

　いきなりそう叫んだ明日香が目の前まで近づいてきて、僕はよろめいた。

「もっと、もっと続けてみ！　もっと細かく！　たとえばその世界の住人は、どんなカッコして歩いてんの！」

「そうだな……」

僕は気圧《けお》されながらも想像をさらに膨らませていった。

「鹿鳴館モードとは言っても、それは上流階級だけの話で、当時の庶民はあいかわらず粗末な着物を着ていた。もしその時代で日本が鎖国状態に戻ったとしたら、海外の文化をシャットアウトしたぶん、着物は形を変えて進化したかもしれない。和装とバッスルの洋装が合わさって、そこにコルセットが組み合わせられてもおかしくはないかな」

「うん、それで？　じいちゃんはそのパラレルワールドで何やってんの？」

「伊三郎さんは、そんな時代に生きる腕利き仕立て屋兼コルセティエで、革命活動家としての裏の顔ももっている。メンバーは、あらゆる業種の職人たち」

「なんだっぺ！　おめさんは最高かよ！　やっぱ、コルセットは下着じゃないんだ！　その文明下では下着から進化して、完全に服として扱われてたんだよ！　伊三郎じいちゃんが作るもんには、もともとそんな雰囲気があっぺ！　主張が強いんだわ！」

「ちょっと待った……」

僕は頭の隅でわずかに瞬いた想像を、消えてしまわないうちに急いで口に出した。

「もしかして、着物地とか帯のコール・バレネがあったらおもしろいかも。新しいジャポニスム発祥みたいな。エヴェレットの多世界解釈だよ！」

「なんだそれ？」

首をひねった明日香に、量子力学で平行世界を唱えた人物だと教えた。すると彼女は目をきらきらと輝かせ、真正面から僕の腕をがっちりと鷲掴《わしづか》みしてきた。

「津田、ＬＩＮＥ交換すっぺよ！」

かなりの本降りになった雨のなか、しかも薄汚い雑居ビルに囲まれた閉塞《へいそく》空間で、僕と明日香は向かい合っていそいそとＩＤを交換した。

2

「で、津田はこないだの進路調査で就職希望って書いてたよな」

眠そうな顔をした担任が、数週間前に提出したプリントを見ながら言った。三十そこそこの化学担当で、この学校いちばんの若手だ。線が細い端整な顔立ちを武器に、女子たちの人気を一身に集めている。

だれもいない西日が射し込む教室で、担任と僕は向かい合って座っていた。今年に入って二度目の個人面談は、進路の方向性を明確にすることが目的らしい。校庭からは野球部のかけ声と、金属バットで球を打つ音がひっきりなしに聞こえてくる。あたたかな陽だまりのなかでぼうっとしていると、担任は黒いファイルをめくって顔を上げた。

「進学する気は？　成績も悪くないんだし、今からがんばればかなり上のランクも狙えると思うぞ」

「たぶん進学はしないと思います」

「この時期にもう決めてるわけか。理由は？」

「……家に余裕がないというかなんというか」

担任は片方の眉《まゆ》を上げ、ファイルに綴《と》じてある書類に目を落とした。

「おまえんとこはお母さんと二人暮らしだな。お母さんは進路についてなんて言ってるんだ？」

「自分で決めなさいってことです」

「なるほど。もちろん、奨学金のことはわかってるよな。家庭の事情で進学を諦めてんなら、救済措置もいろいろとあるんだぞ」

「ああ、そういうのともちょっと違うんです。今のところ、奨学金を借りてまで学びたいことがないので」

余裕があればとりあえず適当な大学へ行くだろうが、自分の場合は切実だ。よくクラスメイトが話している、やりたいことがないから進学するとか、学歴がないと困るから進学するとか、まるで別世界の話にしか聞こえなかった。僕には非現実的すぎる。

担任は癖のある髪をかき上げ、内面を探るように僕の顔を見まわしてからファイルをぴしゃりと閉じた。

「まあ、日本の大学進学率だの高卒の待遇だのも含めて、今はネットで簡単に調べられるしな。それを知ったうえでの発言だと受け取るよ。だいたい教師しかやったことない俺に、進路指導なんかできるかっての。東北から出たことねえし、世の中のことなんて何も知らねえし」

「いや、ちょっと先生。なんでいきなり投げやりに……」

「津田には、指導マニュアルにあるようなこと言ってもしょうがないかと思ってさ。俺は人を見て話も態度も変えるから」

「あの、それって問題ないんですかね」

「ない。当然のことだろ、人は平等じゃない」

担任は表情を変えずに言い切った。

「このまま田舎で働くんなら、公務員かゼネコンか電力関連の三択だ。見たところ、津田は安定安心を何より重視してるみたいだからな。それと、これは俺の意見だ。まだ時間はあるんだし、なんでも結論ありきで考えないほうがいい」

担任はこういうキャラだったのか……。当たり障りのないのんびりした性格だと思っていたが、どうやらそれは一般向けの外面らしい。でもまあ、毒にも薬にもならない建前を滔々《とうとう》と語られるよりはましかもしれなかった。

なんだかよくわからないうちに面談は終わり、次の順番のクラスメイトに声をかけてから僕は校舎の外に出た。

気づけば十月も終わってしまったし、学生としてのリミットが近づいてくる音がする。もう、テストでそこそこいい点数を取ればよかった今までとは違うのだ。いきなり社会に放り出され、まったく別の評価基準のもとで生きなければならない。不安しかなかった。みんなだいたいの進路は決まっているというのに、いったい僕は、毎日テーラー伊三郎で何をやっているのだろう。

うつむきがちに通学路をとぼとぼと歩き、僕は深いため息を吐き出した。個人面談で夢のなかから引きずり出され、ねずみ色のシケた現実を突きつけられた気分だ。今日は伊三郎のところへ行くのはやめようか。店のプロデュースも何も、まず僕にはそんな能力も素質もないうえに、手にあまるほどの責任を負わされるのも怖い。

ここ最近にはないほどのネガティブをまといながら、僕は民家が建ち並ぶ裏道を進んだ。強烈な西日が真正面から目を刺し、通りを歩く高校生たちの影を長く伸ばしている。辺りには柊《ひいらぎ》のよい匂いが漂っているのだが、まったく心惹《ひ》かれない。

そのとき、古びた煎餅《せんべい》屋の前に立っている人間が急に振り返った。以前、無縁墓地に出没した小さな老婆ではないか。異様に目力のある視線から逃げるように、僕はさっとうつむいた。怖すぎる……。今日も赤いスカーフでほっかむりして、布製の人形を大事そうに抱えている。不気味なばあさんはぎくしゃくと通り過ぎる僕を逐一目で追い、あの日と同じくぶつぶつとひとりで会話していた。

「いやあ、まだだ、まだだ。もうちいっと先だねえ。ええ？　そうなのか？　へえ、そりゃあ難儀なことだわなあ……」

下校している高校生は大勢いるのに、なぜ僕から目を離さない？

僕は背中に視線を感じながら小走りし、角を折れて瓦町商店街へ入る。たびたび後ろを振り返り、ばあさんが追ってこないことを確認してからテーラー伊三郎に近づいた。とりあえず、今日は顔だけ出してすぐに引き揚げよう。将来の不安とばあさんの禍々《まがまが》しさが一緒くたになって、とても伊三郎と向き合う気力がない。

店のドアノブに手をかけたとき、横からしゃがれ声が聞こえた。

「これ、アクマリーちゃん」

ラピスラズリを抱いた大澤カメラのばあさんだった。どういうわけかいつも僕が来るのを待ちわびており、下校時間になると店先で待機しているらしい。僕は走って隣へ行き、敵対心を剝き出しにしている犬をかわしながら、いつものように差し出された菓子を受け取った。

「すみません、いつもありがとうございます」

「遠慮しなさんな。今日はちょいっと遅かったね。もう来ないのかと思ったよ」

そう話す老婆は、珍しく着物を着ているらしい。いや、違う。僕は思わず前屈《かが》みになり、ばあさんの着ているものをじっと見た。着物ではなく、深い紫色に乱菊模様の綿入り半纏《はんてん》だった。そして、その上から締められているのはコール・バレネではないか！

「大澤のおばあちゃん、それ！　その腰に着けてるやつ！」

ばあさんはシワだらけの顔で、自身の腹のあたりに目をくれた。

「ああ、これかい。今朝方、伊三郎さんがもってきてくれたんだよ。早速、着けてみたんだ。ホントにきれいだよねえ、見たこともないような柔らかい布でな」

「いや、コルセットよりもその着け方は！」

急に声を張ったせいで派手にむせ返り、それに驚いた犬も牙《きば》を剝いてうなっている。

僕はばあさんに背中をさすられ、促されるままカメラ屋の中へ入った。古びた赤外線ヒーターが煌々《こうこう》と点けられ、薄暗くて狭い店内はむっとするほど暑い。壁に貼られているポスターや販促物はことごとく色褪《あ》せており、テーラー伊三郎と同じく完全に時代から取り残されていた。

ばあさんは奥にある自宅へやかましいポメラニアンを放ち、よちよちと小刻みに歩いて戻ってきた。紫色の半纏の上に、胸の下から腰までの桃色をしたコール・バレネが着けられている。さらにその上から市松模様の細い帯締めが巻かれ、脇のほうで水引のような凝った結び目が作られていた。

僕はごくりと喉を鳴らした。あのとき、霧雨の降る空き地で浮かんだ空想と一緒だ。もし明治から戦前の文化が現在の主流になっていたら、服飾はどんなふうに進化を遂げたのか……。半纏にコルセットというめちゃくちゃな合わせ方なのに、みっともないどころかむしろ引き立て合って不思議な魅力を醸し出している。

「おばあちゃん、そのコーディネイトはどうしてそうなったんですか？」

勢い込んで問うと、老婆は目《め》尻《じり》にいっそうシワを寄せながら嬉《うれ》しそうに微笑んだ。

「このコルセット、どうにも下着にすんのがもったいなくってねえ。すごくきれいな桃色で、菊の花びらみたいな細かい刺繍《ししゅう》が入ってて、縫い目にはちょこっとだけレースが挟んであんだ。上品で上等、だれが見たってひと目でそれがわかる」

ばあさんは、絹と思われるコルセットを愛おしげに触った。ひとりで脱ぎ着ができるように、スプリングホックが採用されているらしい。フロントバスクだ。

「この半纏はな、あたしが娘時代に着てたお気に入りの羽織りなんだよ。虫喰《く》いになっちまったから、綿入りにして直したんだ。なんとなく、この上からコルセットしたらどうなんだっぺと思ってな。若い娘みたいに飾り結びで帯締めまでしちまったよ。さすがにみっともないかい?」

「そ、そんなことないです、独創的です、写真撮らせてください!」

僕はスマートフォンを出して、さまざまな角度から老婆を撮り下ろした。ばあさんは少しだけはにかみ、カールした白髪頭を手櫛《てぐし》で整えている。画像をすぐさま明日香に送ると、たちまち彼女からの返事が届けられた。感嘆符と疑問符とハートマークがおびただしいほど並んでいるのを見て、僕はますます胸が躍った。

老婆は帯締めの結び目を直しながら口を開いた。

「着物っていうのはな。ぜんぜん違う柄と柄、色と色を全部ばらばらに合わせてひとつにまとめ上げるもんなんだ。羽織り、着物、襦袢《じゅばん》、帯、半襟、帯締め、帯揚げ……。考えてみれば、なかなか高度なことを無意識にやってんだよ。案外、昔の人間のほうが頭が柔らかいのかもな。まあ、着物自体がすごく高価だったし、いくつも買えるもんじゃなかったから着方を工夫したんだよ」

「なるほど」僕は相槌《あいづち》を打った。

大正ロマン調の絵などを思い浮かべても、ふんだんに色柄が使われているのに目にうるさくはない。柄のうえにまったく異なる柄を合わせるというのは、一見するとめちゃくちゃで異常性すら感じさせるけれども、そのぎりぎりのラインに際立つ美しさが潜んでいるのは間違いなかった。この感覚こそ日本独特の服飾文化だろう。

そしておそらく、長年、紳士服を手がけてきた伊三郎に女の下着作りは向いていない。体に染みついている堅牢《けんろう》な技術が、柔らかな雰囲気を打ち消してしまうからだ。レースや刺繍でどんなに装飾をほどこしても、どこか強さのようなものを漂わせていたのはそのせいだった。明日香が一瞬で見抜いたのもこの部分で、伊三郎が作るコール・バレネは下着ではなく、正統派紳士服の延長線上にある女性服なのだった。なんとなく先が見えた。僕はさっきから胸がどきどきし通しだった。

僕はあらためて老婆に向き直り、あることに気づいて全身に目を走らせた。心なしか今までよりも足許《あしもと》がしっかりとして、とても調子がよさそうに見える。

「腰のほうはどんな具合ですか？　まだ痛いですか？」

「ああ、それなんだけどな」

ばあさんはいきなり手をひとつ叩いた。

「なんだか、医者から買ったコルセットよりもこっちのほうが楽なんだ。自然に背筋が伸びてそのまんま安定して、どこにも負担がかかんないんだよ。こんなに軽くて柔らかいのに、しっかり体に馴染《なじ》んでな。こりゃあいいよ、体の中心に芯《しん》が通ったみてえな感じだ」

　ということは、肌に近いところに着けなくても、コルセット本来の役割は保たれるのかもしれない。美しさと機能を兼ねそなえているということだ。ひょっとして、これはすごいことではないのか？

　僕は、いくぶん身長が伸びたようにも見える老婆と目を合わせた。

「あの、おばあちゃん。今から僕とテーラー伊三郎に行ってもらえませんか？」

「いいけど、なんだい。一緒に伊三郎さんに謝ってほしいことでもあんのかい？　いったい何やらかしたんだ」

「いや、謝るようなことはしてませんよ。おばあちゃんの今の着こなしを見てもらいたいなと思って。家の中に引っ込んでるのはもったいないですよ」

「な、何言ってんだか！」

　老婆は急に声を裏返し、白い髪を乱しながらぶんぶんとかぶりを振った。このままでは恥ずかしいとか半纏を脱ぐとかせめて帯締めは外させてくれとか、まるでこれから告白にでもいく女子のようだった。僕はあの手この手でばあさんをなだめ、今の恰好のまま連れ出すことになんとか成功した。

　テーラー伊三郎のドアを開けると、店内にはオレンジ色の夕日が射し込んで足踏みミシンが輝いていた。ウィンドウのブラインドは下ろされ、二着のコール・バレネが学生たちの目に触れないように徹底されている。奥へ向けて声をかけようとしたとき、それよりも早く威圧感のある伊三郎の声がした。

「アクアか？　ずいぶん遅かったな。勝手に上がってこい」

作業部屋からはミシンのモーター音が流れてくる。僕はすかさず返事をした。

「伊三郎さん、あの、ちょっと店に出て来てもらえませんか？　見てほしいものがあるんです」

とたんにミシンの音が止み、ややあってから伊三郎がのれんをはぐって現れた。大澤のばあさんは、僕の後ろへまわって腕にぎゅっとしがみついてくる。紺色のカーディガンを着込んだ伊三郎は、サンダルをつっかけて店に出てきた。

「ばあさん、いったいそんなとこで何やってんだ」

僕の陰に隠れていた老婆は、腕を握ったままいそいそと半分だけ姿を現した。

「いやね。あんたに仕立ててもらったコルセットを着けてみたんだけど……」

伊三郎は僕の横にいる小柄な老婆をじっと見据え、節くれ立った指で金縁メガネを押し上げている。ばあさんはあたふたとして、深いシワの刻まれた顔を仄《ほの》かに赤くした。

「あ、あのな。コルセットがあんまりにもきれいなもんだから、中に着けんのがもったいなくなったんだ。色とか柄とか、ちょうどこの半纏に合うんじゃないかと思ってね。簞笥《たんす》から引っ張り出してみたんだよ」

「ええと……どうでしょう」

「どうでしょうって、人に判断をゆだねるな。おまえさんが連れてきたんだろ」

いきなり伊三郎に一喝され、我ながら自信のなさに呆《あき》れ返った。モードを語れるだけの知識もセンスもないけれども、美しいものはわかるつもりではなかったのか。失敗や恥をおそれるのなら、コルセット革命に参加する意味がないというのに。

僕は、あいかわらず弱々しい自分を叱咤《しった》した。

「おばあちゃんの着こなしは、すごくかっこいいと思うんです。着物とコール・バレネを合わせて、見たこともないような雰囲気を作ってる。それでいて奇抜すぎないんですよ。伊三郎さんが言う仮装でもないと思いました」

老人はむっつりと黙り込み、大澤のばあさんを不躾《ぶしつけ》なほど見まわしている。僕も老婆もどきどきして言葉を待っていると、伊三郎はひと息ついてからようやく口を開いた。

「まるで、だるまストーブだな」

「ちょ、ちょっと！　伊三郎さん！」

僕は焦りながら声を上げ、反射的に老婆の顔を見た。今さっきまで若返ったように活き活きとしていた大澤のばあさんが、みるみるうちにしぼんで小さくなっていくように感じる。いくらなんでも言い方というものがあるだろう。僕は伊三郎に非難の目を向けたけれども、老人はそっけなくかわしてばあさんの正面に立った。コルセットと体の間に指を差し込み、前屈みになって何かを確認する。

「これを渡すときにも言ったがな。コルセットはメリヤス肌着の上に着けるもんだ。俺はそのぶんのゆとりしか計算してないし、そんなドテラの上から着けたら体を締めすぎる」

「そ、そうだけど、下着にしちまうのがもったいなくってねえ」

老婆はしゅんとして語尾をかき消した。伊三郎は何度も腕を上げさせていたが、急に帯締めをほどいてコルセットを外した。

「ゆとり分を見直してやる。それに、コルセットを帯として使うんなら、綿入りはやめておけ。全体のシルエットが丸くなって繊細さに欠ける。俺はな、昔からバランスの取れたサイズ感ってやつを何よりも重視してるんだ」

「伊三郎さん！　つまりそれって、コール・バレネが着物に合うってことですよね？　上着としてもイケるってことですよね？」

僕が念を押すように言うと、伊三郎はにやりと口角を上げた。

「前にも言ったがな。俺の手を離れて外へ出ていった商品は、身に着ける者によってどんどん姿を変えていく。こっちが意図しようがしまいが、勝手に進化するんだ」

伊三郎は珍しく昂《たかぶ》りを覗かせ、急《せ》くように先を続けた。

「ばあさんは、早速コール・バレネを進化させた。着物地とコルセットっつう対局にあるもんを合わせて、新しい世界を作りやがった。まったく、俺は考えもしなかったぞ。これだから服飾はおもしろい」

　老婆はしばらくぽかんとしていたけれども、急に感極まったようにハンカチを目頭に押しつけた。僕はばあさんの背中をさすりながら、勢いにまかせて伊三郎に断言した。

「今決まりました。いえ、僕が勝手に決めました。この店のテーマは、エヴェレット・ジャポニスムでいきます」

「エヴェレット？　なんだそれは」

「量子力学で多世界解釈をした人ですよ。世界はあらゆる場面で分岐していて、たくさんの時空が存在するっていう論です。つまり日本には、開国直後にまた鎖国に戻った平行世界がある」

「意味がわからん」

「単なる見ためだけの和洋折衷じゃなくて、その裏側にある物語までしっかりと作り上げたいってことです。着物とコルセットを組み合わせる必然性とか、それを身に着ける人たちの暮らしぶりとか。テーラー伊三郎で、日本の平行世界を作るんですよ」

　伊三郎は腕組みをして考えるような間を取り、ばあさんが着ている乱菊模様の半纏に目を移した。

「和服は平面裁ちの直線文化。洋服は立体裁ちの曲線文化だ。それを合わせるんだから、そりゃあ見たこともない世界になるだろう。ただ、歴史も成り立ちもぜんぜん違うんだし、無理のない融合は言うほど簡単じゃない。かなり上級だし人を選ぶ」

「そうなんですよ。だから伊三郎さん。革命軍に三木明日香を入れてください」

僕はいささか身構えながらも有無を言わせない姿勢を見せ、なおもたたみかけるように言葉を重ねた。

「三木は戦力になります。というか、ジャポニスムの物語を作るのに、いないと困るんですよ。ほら、僕と伊三郎さんは、なんだかんだ言っても常識的な思考回路じゃないですか。でも三木は同じ次元に存在しないし、空想とか妄想は得意分野だし」

伊三郎はしばらく押し黙っていたが、急にメガネを外して微笑んだ。まるで僕がそう切り出すことを、もうずっと前からわかっていたかのようだった。

「おまえさんはもう革命には欠かせない人材だ。それほどあの娘が必要だって言うなら、俺に反対する理由はない」

やっぱり僕は、ここで過ごす時間を何よりも欲しているんだ。さっきまで抱えていた負の感情はしぶとく残ってはいるものの、今はこの気持ちを最優先しようと決めた。

3

連載漫画の次の回は、どうやら音楽家と貧しい町娘の情事がテーマらしい。珍しく今回は女性視点ではなく、丸メガネをかけたシューベルトの独白というスタイルだ。僕は台所に突っ立ったまま、鉛筆書きの雑なネームを一枚めくった。

学校の音楽室にあるシューベルトの肖像画は、確かインテリ然とした落ち着きを醸し出していたはずだ。しかし、母の漫画のなかでは気の弱そうな垢《あか》抜けないキャラに変えられている。イケメンであるという鉄則は守られているものの、特権階級特有の優雅さは消し去られていた。

学校から帰ってくるなり漫画の構想書きを差し出してきた母は、さっきから僕の横を行きつ戻りつして忙《せわ》しない。突発的にアイディアが閃《ひらめ》いたときは、担当編集者よりも先に僕の意見を聞きたいのだそうだ。高校生の息子に、自作ポルノ漫画の感想を仰ぐ母親がどこの世界にいるだろうか。親子のコミュニケーション手段として、エロが機能していること自体が前代未聞だった。

僕は殴り書きされた細かい文字を苦労して読み終え、二十枚ほどの紙を重ねて母に手渡した。

「どうだった？　おもしろかった？　特にどのあたりがよかった？」

髪をひとつにひっつめた母は、鬱陶《うっとう》しいほど顔を近づけてくる。慢性的な寝不足で充血した目が爛々《らんらん》と輝き、蒼《あお》白い顔の中で不気味なほど際立っていた。良い感想しか求めていないのはいつものことだが、たとえ酷評されてもプラスにすり替えられる強靭《きょうじん》な心の持ち主だ。なぜそれが息子に受け継がれなかったのかと不思議に思う。

僕は制服のジャケットのボタンを外しながら、テーブルに置いた鞄《かばん》を取り上げた。

「どんどん過激になってる気がするんだけど」

そう言うやいなや、母は目を丸くして大げさに驚いてみせた。

「うそ、どこが？　今回は変態プレイとかないよ？　かなりひかえめだし、いたってノーマルだよ？」

「いや、そっち方面の話じゃないって」

鞄を持って自室へ向かうと、後ろから母がぴたりとついてきた。

「今回は、エロあり純愛あり葛藤《かっとう》と別れありの王道だと思うんだよね。これなら別冊マーガレットあたりでもいけると思う」

「いけるかよ」

僕は振り返りざまに即答した。

「僕が言いたいのは、前回のルソーよりも、シューベルトのが格段にまずいんじゃないのってことだって。クラシックファンが激怒して炎上でもしたらどうすんの。イメージと芸術性を貶《おとし》めたとか言われて」

「そりゃあ、派手に炎上して売り上げ伸びたら嬉しいけどさ」

母はまったくもって意図しない言葉を返してよこし、さらに言い募った。

「無《む》垢《く》な美青年の悲恋物語なんだから、なんかこう、胸がぎゅっと締めつけられるじゃん。創作だし、お堅いクラシックマニアが怒る要素なんてないよ」

「ありすぎる」

僕は部屋に入るなりパイプベッドへ向けて鞄を放った。制服のジャケットとシャツを脱ぎ、ねずみ色のトレーナーに袖を通す。続けてズボンのベルトに手をかけ、さっきから喋《しゃべ》り通しの母親を振り返った。

「ねえ。着替えるから向こう行って」

「なんで？　遠慮しないでさっさと着替えりゃいいじゃん。ズボン脱ぐだけなのに、何もたもたしてんの」

僕はため息をついて、母の鼻先で和室の襖《ふすま》をぴしゃりと閉めた。とたんに母の毒づく声が聞こえてくる。僕は制服のズボンを脱ぎながら、襖の向こうに喋りかけた。

「今回のネーム、シューベルトが演奏会に行く道中で『刃物女』の集団に取り囲まれるってとこが、もう意味不明すぎてついていけない」

「ああ、あれは売り子の集団なんだよ。原稿には注釈が入るけど、今で言うところの街頭キャッチセールスね。刃物を作る村の女の子たちなんだ」

母は閉め切られた襖の陰から声を上げた。

「フランスの中部地方では刃物産業がさかんで、十九世紀の末ぐらいまで村の娘たちを使った街頭セールスが続いたわけ。パリからリヨンへ抜ける街道なんかが稼ぎ場でさ。馬車とか車が来ると、刃物女が一斉に飛び出してってステップに飛び乗ったりすんの。つまり、女の子たちの重さで馬車を強制的に停めるんだよ」

「めちゃくちゃだな……」

僕は脱いだ制服をハンガーにかけながらつぶやいた。が、この手の庶民派史実に興味がないわけではない。

「旅人はさ。エプロンを着けた娘たちが四方八方から押し寄せてくるのを見て、ものすごく怯えた。だって、区分けされたエプロンのポケットには、カミソリとか折りたたみ式ナイフとかハサミとかテーブルナイフとか、武器が山ほど挿し込まれてんだからね」

「むりやり馬車を停めて売りつけるなんて、キャッチセールスどころじゃないぐらい悪質だよ。よくそれがまかり通ってたと思う。普通、旅人は怒るでしょ。いや、あの時代なら問答無用で切り捨てられても文句は言えないな」

「それは、ある種のギブアンドテイクってやつ。十九世紀の旅人向けガイドには、娘たちの誘惑に男は絶対に勝てませんって書かれてる。色仕掛けで挑発したらしいよ。で、下心丸出しで刃物を買ったら最後、男は冷酷にフラれる。旅人が泊まる旅籠《はたご》にも刃物女は出入りしてたみたいだし、まあ、女を武器に商売する肉食系の集団だったんだよ」

そんな鼻息の荒い刃物女子に馴染めない奥手の娘を見初《みそ》め、孤高の音楽家が恋に落ちるという筋はまさしく王道だ。しかし、漫画のジャンルがポルノなだけに、実在の人物を使うリスクがありすぎやしないか。これは毎回のように言っている気がする。

僕はベッドから鞄を取り上げ、教科書類を出して机にどさりと置いた。

「シューベルトの『魔王』は中学で習うし、かなりメジャーな曲だよ。その有名曲を創るきっかけになったのが、刃物女だって漫画では断言してる。これ、さすがにヤバいんじゃないの」

「そうかな。ちなみにさ、文科省の役人って、どういう基準で年中あれを採用してんのかね。笑えるから？」

違う方向に話を広げようとする母を素早く遮り、僕は淡々と先に進めた。

「色仕掛けで迫る刃物女と魔王をリンクさせてる絵もあるし、シューベルトの傑作を不謹慎なネタにしすぎ。学者とか音楽協会みたいなとこからクレームがきてもおかしくない」

「ちょっと、あんたは鬼の校閲かって！」

閉め切られた襖の向こうから母は突っ込みを入れ、さらに早口で捲《まく》し立ててきた。

「シューベルトは十代で魔王を作曲したんだよ。ゲーテの詩にあんな辛気臭い曲を当てたのも、完全に過去を引きずってるからだね。三十一の若さで病死するとき、旅先で出逢った可憐な少女を回想する。わたしはさ、魔王は刃物女の象徴でもあるけど、実はシューベルトの心のなかに棲《す》む、いびつな欲望を表現したものだとも思ってるんだ」

「なに評論家みたいなこと言ってまとめてんの。それは母さんの勝手な解釈でしょ。というか、シューベルトの人生に刃物女なんてホントに登場してんの？」

「それは当人しか知らないよ。まあでも、シューベルトってフランスに行ったことないみたいだから、接点はないだろうけど」

そう、僕がいちばんわからないのがここなのだ。漫画のなかだけではなく、母は生活や生き方そのものも進んでややこしい方向へもっていく。しかも会話の論点が定まらないから、話すと決まって頭のなかが混乱した。なんというか、伊三郎と母と明日香には似通っているところがあり、僕の劣等感や嫉妬心をちくちくと刺激してくる。別に羨ましくはないのに、なんの取り柄もない平凡な自分という人間を、いやというほど自覚させられる苦い存在でもあった。

　僕は勢いよくカーテンを閉め、蛍光灯からぶら下がっている紐《ひも》を二回続けて引っ張った。たっぷり時間をかけて、寒々しい灯《あか》りが飾り気のない六畳間を照らし出す。母はまだ襖の陰にいるようだった。

「一回聞こうと思ってたんだけどさ」

「うん」と母はあくび混じりに返事をした。

「なんでいつも実在の人物を漫画に登場させんの？　今回のだって、別にシューベルトである必要がないと思うんだけど」

　足許から冷気がひたひたと這い上がり、僕は厚手の靴下を履いてトレーナーの上からパーカーを羽織った。この古ぼけた団地は、冬は底冷えが厳しく夏は異常なほど暑い。しかし、どれほどの寒波に見舞われようとも、暖房機器は十二月まで使わないのが我が家の掟《おきて》だった。

　母は、寒い廊下でばたばたと足踏みしながら声を出した。

「登場人物の名前を知ってるってだけで、妙な親近感が芽生えるからね。わたしの漫画は連載とはいっても一話完結型だから、一瞬のうちに読者を作中に引きずり込む必要があるんだ。だいたい、だれも物語が事実だなんて思ってない。いや、求めてないね」

「もちろんそうだよ。でも、もっと別のアプローチもできるんじゃないの？」

僕は椅子に腰かけて背もたれに寄りかかった。

「歴史には登場しないような庶民の暮らしとか、職人の仕事ぶりとか当時の生活スタイルを楽しんでる読者は多いと思う。だって、その独特の世界観だから異色のポルノ漫画家として仕事がもらえてんじゃん」

「そんな特別なことじゃないって。舞台が古い時代のヨーロッパっていうのは、読者ウケしやすい安定した設定なんだよ。派手なロココあたりは特にね。まあ、わたしの作品はエロっていう刺激がいちばん重要だけどさ」

「それだけとは思わない。母さんが描く漫画は、みんなが知ってるメジャーなヨーロッパじゃないから読者は惹かれるんだよ。ちょい役にも存在感がありすぎなんだって」

明日香もこの部分が魅力だと力説しており、そう言われて僕もあらためて考えるようになった。今までは、ただただポルノという枠でしか母の仕事を見ていなかったけれども、確かにどこを切り取っても活気に満ちている。

僕は、過去に漫画に登場した職業を思い返しながら挙げていった。

「ええと、モブで出てきたのは、写本装飾師、鮮魚運搬人、箱飛脚、辻《つじ》馬車御者、幻燈《げんとう》師、長靴下手編み職人、街灯点灯夫、蠟燭《ろうそく》の芯切り屋、シミ抜き屋、抜歯屋、拷問執行人、つけぼくろ師、髪結い、貸し風呂屋、鶏小屋女、コテ女、仮面職人、モード商人、コルセティエ。まだまだ山ほど働く庶民が出てきたよな……。もう、こっちメインで別の漫画が描けそうだよ。仕事内容もキャラもめちゃくちゃ濃かったし」

　すると襖が勢いよく開けられ、僕はびっくりして椅子から転がり落ちそうになった。

「アクア」

「な、何」

　母は大股《おおまた》でずかずかと部屋に侵入し、僕のすぐ目の前に立ちはだかった。

「ちょっと、入ってこないでよ。なんなんだって、顔が怖いんだけど……」

「あんた、ずいぶん知ったような口叩くじゃん」

　母はあごを上げて僕を見下ろし、おもむろに僕の頭に手を載せた。目が真剣でいつになく殺気立っているのを見て、僕はあっさりと引き下がった。

「わかった、わかったって。単なるど素人の意見だから流してください。子どもが仕事に口出ししてすいませんでした」

「そこじゃないんだよ」

　母は僕の頭を片手で鷲摑みしていたかと思えば、急にがしがしと撫《な》でまわし、さらには顔を上気させながら盛大な笑顔を作った。

「アクア、なんか知らないうちに成長したんだねえ」

「は？」

「今までのアクアとはどっか違うような気がする。鋭さの質が違う。先を見通してるみたいな指摘。ちょっと、いったいあんたに何が起きてんの」

ＦＢＩのロゴ入りジャージを着込んでいる母は、腰に手を当てて高笑いをした。

「こうやって子どもは大人になるんだねえ。いやあ、今それを目の当たりにしたよ。アクアと語り合えてよかった。お母さんは嬉しい！　嬉しいけどなんか寂しい！」

「とにかく、もう出てってよ」

いい加減めんどくさくなって、僕は立ち上がった。そして母を急き立てるようにして部屋を追い出し、陽灼《や》けした襖を隙間なく閉める。そのままパイプベッドに寝転がり、シミの浮き出した天井を見つめた。

「成長……」

僕は波紋のようなシミを凝視しながら口に出した。卑屈さや足が地に着いていないような感じは以前と変わらず心のなかにはびこっている。ただ、考え方が変わりつつあるのは自覚していた。自分ならではの意見をもち、それを口に出してもなんら問題はないと伊三郎から繰り返し教わったからだ。人の言葉と真剣に向き合うと、大きな影響を受けるし与えることもできるらしい。初めての経験だった。

「成長」

僕はもう一度つぶやき、仰向けのままにやりとした。

そのとき、どこかで着信音が小さく鳴った。僕は半回転してベッドから立ち上がり、ハンガーにかけた制服のポケットからスマートフォンを取り出した。片手でロックを解除してメッセージを表示する。

——明日、学校帰りに大澤カメラに集合。詳しくはそこで。

明日香からだった。テーラー伊三郎ではなく大澤カメラ？　僕は首を傾げながら疑問符を送信した。すぐに、明日香から「いいものがあるよ」と返事が戻ってくる。意味不明すぎるけれども、それよりも期待感が一気に膨れ上がってきた。また自分の常識を覆してくる何かが起こるような気がする。

僕は浮き足立ちながら宿題のプリントを手早く済ませ、続けて真っ白なノートを開いて腕組みをした。テーラー伊三郎の内装を任されているのに、いまだ漠然とした印象だけで具体案は何もない。それどころか、どこから手をつけていいのかわからない、というのが正直なところだった。

机と一体化した本棚から写真集を何冊か抜き取り、僕はぱらぱらとページをめくっていった。以前はイギリスのリーズ城のような重厚さをイメージしていたのだが、ここ最近の出来事で考えががらりと変わった。特に明日香とのやり取りで浮かんだエヴェレット・ジャポニスムという言葉は、間違いなく自分の世界をひとまわり広げる役割を果たしている。どうしても伊三郎の期待に応《こた》えたい。心の底から驚かせてやりたかった。

ペン立てから定規を二本引き抜いて、何も書かれていないノートに滑らせた。漫画の背景と同じくパースを取ることから始める。テーラー伊三郎は十畳足らずだ。そこを日常とは違う異空間にする。

僕は店を思い浮かべながら奥行きを測り、手前から放射状に案内線を入れていった。間口は狭いが奥行きがある。が、店の間取りを描いただけで早くも鉛筆が止まってしまった。集中して「エヴェレット・ジャポニスム」のイメージを膨らませにかかったけれども、着物とか京都とかサクラとかサムライとか、笑えるほど陳腐な絵しか浮かんでこない。

「外人が考える日本かよ……」

僕は顔をこすり上げた。スマートフォンを起ち上げてそれらしい単語を検索してみても、だいたいは今さっき考えついたものと合致する。和洋を織り交ぜた建物の内装にいたっては、湯水のように金をつぎ込んだ文化財級の邸宅しか出てこない。ひょっとして、ひとつの空間を金をかけずに作り上げるというのは、ものすごく難しいのでは？　どんなに小さな空間であっても、小手先でなんとかなるほど甘くはないのでは？　僕は今さらながら考えたけれども、まったくもってあたりまえのことだろう。簡単にはできないからこそ、空間デザイナーとかコーディネーターみたいな仕事が成り立っている。

「光の速さで行き詰まった」

僕は鉛筆を置いて椅子の背もたれに寄りかかった。経験と知識と才能の不足。たとえ金をかけたとしても、今の自分にできそうなのは、外国人相手の土産物屋か和風居酒屋らしきものがせいぜいだろうと思われる。感覚が貧困で話にならなかった。ただし、ここで音を上げることはもうしない。

「アクア、ごはんだよー」

いつもの暢気《のんき》な声が聞こえてくる。匂いからして今日もカレー……これで三日連続だ。

僕はめいっぱい伸び上がってから立ち上がり、強気を保ったまま襖を開けた。

4

西日が射し込む大澤カメラの座敷では、背中を丸めた三人の老婆が固まって喋りに興じていた。ひとりは鮮やかな紫色に髪を染め、ひとりは長い白髪を品よく編み込んでいる。そしてもうひとりは、花模様のスカーフを頭にかぶった大澤カメラのばあさんだ。テーラー伊三郎に初めてコール・バレネが飾られた朝、いち早く店先に集まってきた商店街の住人たちだった。

「こんにちは」

遠慮がちに障子の隙間から声をかけると、老婆たちはくるりと一斉に振り返った。なんというか、鬼気迫るものがある。そのうえ白い小型犬がばあさんの陰から飛び出してきて、甲高い声でやかましく吠《ほ》えはじめた。

「ああ、アクマリーちゃん。おかえんなさい。ほれ、そんなとこに突っ立ってないで入ってきな。今日は風があっから、外は寒かったっぺ」

大澤カメラのばあさんはラピスラズリを素早く捕らえ、にこやかに手招きをする。僕は会釈しながら六畳ほどの座敷に足を踏み入れた。

店とひと続きになった住まいは天井が低い典型的な日本家屋で、ただでさえ狭い空間を大きな桐箪笥が圧迫している。そのほかにも古ぼけた茶箱や段ボールがいくつも積み上げられ、どう見ても客間や生活スペースではなく納戸だった。こんな穴蔵のような狭い部屋で、老婆たちは何をやっているのだろうか。三人の真ん中には茶菓子や漬け物などが広げられ、すでに長い時間の経過を表している。それに、放課後集合との連絡をよこした明日香はまだ来ていなかった。

老婆たちの視線とポメラニアンの執拗《しつよう》な威嚇《いかく》を受けながら、僕は障子を閉めて部屋の隅に正座した。

「何やってんだい、もっとこっちさきらっし。ストーブ焚《た》いてんだから」

ばあさんに言われるがまま中央ににじり寄ると、髪を紫に染めた老婆が畳に手をついて身を乗り出した。

「これが噂のアクマリーちゃんかい」

二重あごを引き、薄紫のレンズが入ったバッタのようなメガネを外している。全身、紫系統の色味で統一され、節くれ立った太い指にはアメジストらしき指輪が光っていた。

「ええと、津田です。よろしくお願いします」

僕は差し出された座布団を受け取って座り、再び頭を下げた。すると今度は白髪をきれいに結った老婆が、シワだらけの小さな顔を近づけてくる。こう言ってはなんだが、ほかの二人とは雰囲気も佇《たたず》まいも違う。ほっそりとして美しさの名残があり、身につけているものは質素なのに高級感が漂っていた。老婆というより夫人だ。

　どことなくエレガントな風情の彼女は、にこにこしながら口を開いた。

「あなたのご両親は外国人なの？」

「いえ、日本人です」

「そう。アクマリーさんなんて珍しい名前だから、てっきり向こうの人との間の子かと思ったんだけど、顔は確かに日本人ねえ。お父さんは何をなさってる方？」

「うちは母子家庭なんで、父はいないんです」

　僕は頭をかいて苦笑した。ここ最近、名前や親を話題にされても身構えることが少なくなっている。それというのも、老人のほうが自然体ですんなりと受け入れてくれるからだった。伊三郎も含めて、名前を揶揄《やゆ》する者はひとりもいない。

　大澤のばあさんは咳払いをして、紹介すっからと言って紫の老婆に手を向けた。

「このばあさんは四軒先の向かいにあるパーマ屋『スズ子』な。こっちは仕立て屋の隣にある加藤骨つぎの奥さん。あたしらは、なんでも本音で話せる友だちなんだ。伊三郎さんとこの亡くなった里子さんも仲間だったよ」

「まったく、里ちゃんが真っ先に逝っちまうなんてなあ。今でもしょっちゅう思い出すんだよ。明るくて気持ちのいい人間だった」

パーマ屋のスズ子ばあさんは、ふわふわした紫色の髪を触ってすっと目を細めた。すると大澤カメラの老婆は、僕に漬け物を勧めながら神妙な面持ちをした。

「あんたは商工会と伊三郎さんの悶着《もんちゃく》を知ってんのかい？」

「ああ、はい。その場にいましたから」

ばあさんは頷きながらふうっとひと呼吸を置き、低いしゃがれ声で先を続けた。

「いいかい？　あたしらは伊三郎さんの味方だから、アクマリーちゃんはなんにも心配すっことないんだよ。なんかあったら、いつでも相談にきな。今どきの若いもんが、丁《でっ》稚《ち》奉公なんてなかなかできることじゃないかんな」

「いや、丁稚ではないんですけど……」

「ええ？　だってあんたは、隣で洋裁の修業をやってんだろ？」

「修業とも違います。僕は伊三郎さんのパートナーなんですよ」

調子づいて軽口を叩いたが、決して言い過ぎではないはずだ。僕は伊三郎の雑用係でも鞄持ちでもなく、対等に意見を交わせる世代の違う仲間なのだ。

老婆たちは互いの顔を見合わせていたけれども、大澤のばあさんは深く突き詰めることなく頷いた。

「なんだかよくわかんないけど、伊三郎さんがよその子どもを家に引き入れるなんてよっぽどだかんね。てっきり弟子を見つけたのかと思ったよ」

「んだな。なんせ里ちゃんだって、滅多《めった》に仕事部屋には入れてもらえなかったって聞いてるよ。掃除に入って叱られた話をよくしてた」

「ああ。あそこの部屋には仕立て職人の魂が詰まってんだ。うちの父ちゃんの暗室と一緒で、伊三郎さんにとっての聖域なんだな。だからきっと、アクマリーちゃんにはなんか特別のものがあんだっぺ。やっぱ後継ぎみたいに思ってんだわ」

かなりの誤解があるようだ。あの作業部屋にだれも入れないのは、改造ミシンやアイロンなどが凶器と化している危険地帯だからだろう。しかし、僕はなんともいえず誇らしい気持ちになった。

大澤のばあさんは花柄のポットから急須に湯を注ぎ、寿司《すし》屋の湯呑みに淹《い》れたお茶を僕に差し出した。

「しかしなあ、あの旦那《だんな》は昔っから無口で愛嬌《あいきょう》ってもんがない。見たまんまだよ。人に好かれようとか偉いさんの機嫌を窺うとか権力を握りたいとか、はなっからそんな気がないんだ」

「だからといって、身勝手な頑固ジジイかっつうとそうでもないんだよな。はっきり自分の意見は言うけど、それを押しつけないし人の言葉をないがしろにはしない。でもまあ、町の害になってる人間にはことさら手厳しいわな。商工会の相馬をやり込めた一件なんて、スカッとした連中も多いだろうよ」

紫の老婆が漬け物を口に運びながら言うと、加藤骨つぎ夫人がふふっと笑った。

「商店街には、密《ひそ》かに伊三郎さんの支持者っていう人がけっこういるからね。なんていうか、取っつきにくいけど一本筋が通った安心感があるのよ。あのコルセットだって、みんながみんな問題視してるわけじゃない。婦人会なんて、次は何が出てくるんだろうって楽しみにしてる人もいるんだから」

「へえ」と僕は声を上げた。てっきり商店街を完全に敵にまわしたと思っていたが、賛同者がいたとは驚きだ。たとえおもしろ半分だったとしても心強かった。

　僕はなみなみと注がれた湯呑みを苦労して持ち上げ、熱いお茶に口をつけた。それを待ちかまえていたかのように、ばあさんたちによって茶菓子の類がずらりと目の前に並べられる。漬け物をひとつ口に入れるとすぐにまた次を勧められ、遠慮するなといさめられて、際限なく食べ続けるというルーチンワークに陥った。

　老婆というのは、若者はいつでも腹を空かせているものだと思っている。当然だが、昔の体験を重ねているせいだろう。僕はばあさんを悲しませないために、器に盛られた漬け物だけはなんとか空にした。しかし、箸《はし》を置く間もないまま漬け物をどっさり継ぎ足されて絶望した。

「あ、あの！」

　果てしない労働から抜け出すために、僕は顔を撥《は》ね上げた。

「昨日、三木からスマホにメッセージが入ったんです。学校帰りにここへ集合って。用件はなんでしょう」

「ああ、明日香ちゃんは昨日の晩方に訪ねてきたんだよ。店のシャッター閉めてっとき、

『ばあちゃんのコーディネイト見せてくいよ』とか言ってな。なんだか、初対面なのに昔っからの知り合いみたいな娘っ子でねえ」

大澤のばあさんは金歯を見せて思い出し笑いをした。僕が明日香にコルセットの写真を送ったあの後か……。

「アクマリーちゃんのカノジョなんだっぺ？」

「は？　な、何言ってんですか！　違いますよ！　断じて違います！」

身を乗り出しながらむきになって否定したとき、ばあさんの膝《ひざ》の上で眠りこけていたポメラニアンがぴくりと耳を動かした。同時に廊下をばたばたと走る音が響き、犬のうなり声とともに障子戸が勢いよく開けられた。

「いやあ、遅くなって悪かったない」

長い髪をポニーテールに結った明日香は、息を上げながらタータンチェックのマフラーを外した。

「帰りしなに友だちさ捕まっちまって、なかなか出てこれなかったんだわ」

そう言うなり、今度は深々と頭を下げた。

「三木明日香です。今後ともよろしくお願いしまーす」

「今日はにぎやかかね」

加藤夫人がしげしげと明日香を見まわし、僕の隣に座るまでを丁寧に目で追った。

「わたしも娘時代にはミニスカートを穿《は》いたのよ。あなたが着てる制服よりもずっと短かったわ。膝上十五センチ以上はあたりまえでね」

とたんに大澤のばあさんは目を輝かせた。

「あたしだって穿いたさ。白いトックリと合わせてな。なんせ当時は大流行だったから、ネコも杓子《しゃくし》もみんなミニスカートだった。あんたもだろ？」

「もちろんだとも。もろ肩出した袖なしのワンピースをもってたな。おっきいダリアの柄だよ。都会的だって言われて、いくつも見合いの話がきたもんさ」

がらがら声の紫色の老婆は、今までよりも声のトーンが上がっていた。加藤夫人はともかく、ほかの二人の娘時代を想像するのは難しい。流行りの服を着こなしていた過去がありながら、なぜ老婆というのはみな同じような色柄デザインに帰結するのかが謎だった。けれども、流行や服飾の話になると必ず気持ちが上向きになるのは見逃せない。

そのとき、昔話に興じていた大澤のばあさんが簞笥に摑《つか》まりながら立ち上がり、不機嫌な犬を連れて部屋を出ていった。明日香は出された漬け物をせっせと口に運び、菓子鉢に盛られた落雁《らくがん》にまで手を伸ばしている。初対面であるはずの老婆二人とは、まるで近所の馴染みのように話を弾ませていた。

それにしても、明日香はいったいなんの用で僕をここへ呼んだのか。ばあさんとの交流はおもしろくもあるのだが、早く伊三郎のところへ行って落ち着きたい。そわそわと辞去するタイミングを計っているとき、障子が開いて大澤のばあさんが現れた。

「アクマリーちゃんに明日香ちゃん。ほれ、ばあちゃんの特製カレーもってきてやったかんね」

「はい？　カレー？」

大澤のばあさんはお盆を畳に置いて、おそろしいほど大盛りのカレーを二人の前に置いた。反射的に隣を見ると、明日香は満面の笑みのまま頷いている。

「昨日ここさ来たとき、夕飯のカレーよばれたんだわ。それがたまげるほどうまくてな。なかなかこんな深い味は出せないよ」

「いや、ちょっと待った。僕を呼び出した理由は？」

「津田にもばあちゃんのカレー食わせてやっかと思ったんだ。もちろん腹減ってっぺ？」

僕は大盛りのカレーを見て顔を引きつらせた。見知らぬ家をアポなしで夕飯時に訪ね、そのまま腹いっぱい食べて帰る明日香の神経がわからない。だいたい僕は、ここ三日間家ではほぼカレーしか食べていなかった。しかも、今日帰ったらまたカレーの予感がしている。

ごくりと喉を鳴らしてシャツの第一ボタンを外し、僕は覚悟を決めて湯気の立つカレーを口に運んだ。さすがに、よそってしまったものをいらないとは言い出せない。老婆との付き合いは、何を措いても食べることが基本だ。汗をにじませながらカレーをかき込む僕を眺めていた大澤のばあさんは、しみじみと言った。

「若いもんがいるだけで、なんかこう家ん中が明るくなるねえ。活気が出るよ。しかも仲間っつうのがいい」

「何言ってんだよ。孫以上に歳が離れてんのに、さすがに仲間ってのはおかしいだろ。わたしらはこの子らの保護者だよ」

パーマ屋のスズ子ばあさんが手をひと振りするなり、見事な食いっぷりを見せている明日香が声を出した。

「上とか下とか保護者とか、ここにはそんなもんないんべな。コルセット革命軍、伊三郎元帥の下はみんなおんなじ階級なんだ。ばあちゃんらも入隊希望者だっぺ？　初めは抵抗あっかもしんないけど、すぐ慣れっから。ここはわたしの顔を立ててくいよ」

「だから、どっから目線なんだよ」

僕は、一向に減らないカレーと格闘しながらぼそりとつぶやいた。すると加藤夫人が豪快に噴き出して、急に転がるように笑いはじめた。

「あなたたち、まるで漫才みたいねえ！　間が最高だわ！　それになあに、伊三郎元帥って！」

夫人は手を叩きながら続けた。

「わたし、こう見えても笑いには厳しいのよ！　漫才師に弟子入りしようと思った時期があるんだから！　田舎とか老人会特有の冗談って、つまらないを通り越して憎悪が芽生えるものじゃない？　そんなのをしつこく聞かせようとする年寄りは、今すぐ寝たきりになればいいと思うじゃない？　転んで骨折してうちの病院に来ればいいと思うじゃない？」

いったい何事が起きたのか……。加藤夫人は紫色のスズ子ばあさんの腕を叩いたり畳を叩いたりしながら馬鹿笑いし、腹を抱えて仰《の》け反っている。今さっきまでの楚々《そそ》とした気品は消え失せ、妙な攻撃性のある老婆に変わっていた。

「ああ、やだ。うっかり本性見せちゃったわ」

涙をぬぐっている夫人を、僕はあっけにとられて見つめた。大澤のばあさんは呆れ顔で首を横に振っている。

「まったく、あんたのネコっかぶりもたいしたもんだよ。だれよりも皮肉屋で口が悪くて棘《とげ》がある。きっと町一番だぞ。なのに、外面だけは上品できれいなご婦人なんだから」

「しょうがないじゃない。しがない町医者の妻なんだから、それらしく振る舞わなきゃここではやっていけないのよ。地を出せるのはあなたたちの前だけだしね」

柔らかそうな白髪を指先で整えながら、くすくす笑いを引いている。しかし急に真顔に戻したかと思えば、僕たち二人に向けて毒のある優雅な笑みを投げかけた。

「アクマリーさんに明日香さん。今の話バラしたらあなた方も道づれだからね」

僕たちは顔を見合わせ、同時にこくりと頷いた。見かけによらず、なかなか手《て》強《ごわ》そうな老婦人だ。けれども嫌いなタイプではなかった。

それから僕はやっとの思いでカレーを完食し、当然のようにおかわりを用意しようとするばあさんに遠慮ではなく本当に無理だと訴えた。これ以上ここにいては身がもたない。明日香に目配せして立ち上がりかけたとき、大澤のばあさんが段ボールの上からいくつもの紙袋を取り上げた。

「これ、二人とも待ちな。昨日、明日香ちゃんが言ってたやつな。古い茶箱をひっくり返して見つけといたよ」

ばあさんは壁際に重ねられている茶箱を振り返る。紙袋から出されたのは色とりどりの布で、僕と明日香は思わず声を上げた。

「着物の生地ですね」

「そうだけど、小さい端切ればっかだよ。なんせ古いから虫喰いのも交じってる。こっちの袋は加藤さんが持ってきてくれたやつだ」

そう言って、もうひとつの袋を差し出してきた。

「わたしのも端切れなんだけど、わりと大きさはあるかもしれないわね。これでコルセットを作るなんて、確かにおもしろいアイディアだわ。大澤さんが半纏の上から着けた写真を見せてもらったけど、違和感がなくてむしろステキなのよ。驚いたわ」

「まあ、あとは着付けの問題だわな」

紫の髪を手櫛《てぐし》で梳《す》きながら、スズ子ばあさんが訳知り顔をした。

「わたしはな、もう五十年以上も店で着付けをやってんだ。何百人に着物を着せてやったか知れないよ。でも、あんな着方は初めて見たし、もっともっと見映えよく着せてやれるね。髪もきれいに結ってさ。腕が鳴ってうずうずしてんだよ」

「わたしだって、ずっとうずうずしっぱなしだわ。長い羽織りの下に、袴《はかま》みたいなロングスカート合わせたらかわいいと思うんだ。上が真っ黒い留袖でもかっこいいんべ！」

明日香が素《す》っ頓狂《とんきょう》な声を上げると、大澤のばあさんも腕組みして頷いた。

「あたしは、昔の書生さんみたいに、羽織りの下には詰襟のブラウス着たら粋じゃないかと思ってる。女だてらにな」

「ああ、それもいい！　フリルつきも絶対に合う！」

女性陣が興奮気味に意見を交わすさまを、僕は圧倒されながら見つめた。伊三郎のコール・バレネを中心にして、間違いなく変化の渦ができはじめている。もしかして、この町の人間は言うほど保守的ではないのではないか。きっと、役所や町内の組織から落ちてくるイベントの類は、自分たちの仕事や人生経験とはあまりにも接点がなさすぎて入る隙がない。意見のしようがなかったのだろう。だが、今は違う。

僕は世代を超えた女子会に割って入り、順繰りに四人の顔を見た。

「ちょっと提案なんですけど……伊三郎さんのコルセットを使って、全身コーディネイトしませんか？」

「してみたい」とみな口々に言って頷いた。

「そりゃあ、恥ずかしさはあるさ。年甲斐もないし、シワだらけだし腰も曲がってひどいもんだ。でも、あたしらももう八十なんだ。だれよりもやりたいことをやる権利があんだろうよ。そうだよな？」

大澤のばあさんが周りに同意を求めると、スズ子ばあさんが鼻息も荒くいきり立った。

「もちろんだとも。ここでもうひと花咲かせて何が悪い。お迎えがくんのをおとなしく待つだけの毎日なんてごめんだね。大澤さんの写真を見たとき、わたしも着てみたいって本気で思ったんだ」

明日香が歓声を上げ、頭の上で拍手をした。僕の全身には鳥肌が立っていた。じわじわとだが、確実に波紋が広がっている。すると、穏やかな笑顔で仲間を眺めていた加藤夫人が、僕の顔を覗き込んで口を開いた。

「わたしは婦人会とかお寺の集まりで、着物と帯の古布《こふ》がないかみんなに聞いてみるわね。きっとたくさん集まるわよ。お店に飾る古い着物も用意できると思う、うちにもあるからね。正直に言うと、わたしもあのコルセットを着けてみたいの」

「あ、ありがとうございます。そうと決まれば採寸ですよ。今からテーラー伊三郎でコルセットをオーダーしましょう」

僕は意気揚々とそう言ってから、はっとして早口でつけ加えた。

「あの、大澤さんみたいにモニターではないので、お二人には買ってもらうことになってしまうんです。しかも、かなり値が張る代物でして……すみません」

「そんなもん、あたりまえさね。こっちも長いこと商売をやってんだ。あんな手が込んだ上等のコルセットは、それに見合うだけの金を取るべきだろう。伊三郎さんがいちばんわかってる」

紫の髪をかき上げながらスズ子ばあさんが立ち上がると、大澤の老婆と加藤夫人もゆっくり立ち上がった。

5

外は気持ちのいい夕焼けが広がり、空にうっすらと浮かぶうろこ雲を緋色《ひいろ》に染めている。顔に当たる北風は強くて冷たいけれども、はやる気持ちを抑えるにはちょうどよかった。なにせ、コール・バレネが二着も売れたのだ。冷やかしでもなければただの付き合いでもなく、伊三郎が手がけた作品を純粋に身に着けたいと言ってくれた。そのうえ、僕と明日香が考えた世界観に共感してもらえたのが嬉しくてしょうがない。

五人はぞろぞろと連れ立って隣の店に移動した。下ろされたブラインドの隙間から中を覗くと、珍しく店には何人かの影がある。まさか、こっちでも新規の注文か？　真鍮のノブを握って急いでドアを開けると、店を訪れていた人間が一斉に振り返った。

ひとりは関取のようにでっぷりと太り、禿《は》げ上がった赤ら顔に汗をにじませている。僕は思わず息を呑み込んだ。商工会の相馬老人だった。真正面から見るとすごい迫力で、肉のついた顔の真ん中では大きな鼻があぐらをかいている。取り巻きも商工会の人間らしく、伊三郎を囲んで威圧するように立っていた。

「何やってんだい」

僕の後ろから大澤のばあさんが顔を出し、商工会の面々を見てわずかに眉根《まゆね》を寄せた。

「ああ、なんだ。相馬さんたちかい。大勢でご苦労さんだね」

「ちょっと話したいことがあってな。その筋の先生を連れてきたもんで」

「その筋の先生？」

僕の後ろから老婆たちがわらわらと前に進み出たとき、聞き慣れてしまった声がしてびくりとした。

「津田くんじゃないか。こんなとこで何やってんだ。あれ？　三木さんもいるね」

なぜ真鍋女史がここにいる……。化粧気のないくすんだ顔は骨張っていて、どこか木彫りの民芸品を思わせる。明日香は見たこともないほど怯えた顔で、僕の背中にぴたりと貼りついた。真鍋女史はいつものように長い間を取り、じろじろと見まわして僕たちに多大なストレスを与えた。

「学校帰りに寄り道はしない。こないだ先生と約束したばっかりだよな」

「あ、ええと、そうですね……」

適当な言い訳がまったく出てこない。ここは先手を打って謝ってしまおうと思ったとき、大澤のばあさんの横から加藤夫人が一歩前に出た。

「真鍋先生じゃないの。商店街に顔を出すなんて珍しいわね。勉強会の話か何か？」

白い髪を品よく編み込んだ夫人は、邪気のない笑みを浮かべて小首を傾げた。長身で華奢《きゃしゃ》で色白で、この辺りではちょっと見かけない華やいだ雰囲気を醸し出している。真鍋女史は白髪交じりのおかっぱを耳にかけ、無表情を崩さずに申し訳程度の会釈をした。

「ああ、婦人会長さんもいらしたんですか」

そっけなく言うと、再び僕に視線を戻した。

「この子らはわたしが保護者も同然でね。いくつも大事な約束をしてるんですよ」

「そうだったの。今日は二人にお手伝いを頼んだのよ。大澤さんのところで重いものを動かすのに、通りかかった高校生を捕まえたの。すごく助かったわ」

加藤夫人はすらすらと嘘をつき、振り返って僕たちに目配せをした。婦人会長というのは初耳だが、納得の佇《たたず》まいではある。真鍋女史は僕からひと時も目を離さず、いささか腑《ふ》に落ちないというようにあごをぐっと引いた。

「子どもらが役に立てたんならよかったですよ。それに津田くん。暁高は異性交遊も禁止だよ。三木さんと交際してんのか？」

「してません」

これはきっぱりと否定した。すると紫色のショートヘアをかき上げたスズ子ばあさんが、ふんっと鼻白んだ。

「異性交遊禁止って、時代遅れも甚《はなは》だしいね。恋愛なんて若いもんの特権だろうに」

「学生の本分は勉強ですよ。それに、これは女性を守るための校則です。何かあったとき、被害に遭うのはいつだって女性だ。ネットでは性犯罪者が手ぐすね引いて待っている。学生のうちから、きちんとした倫理と貞操観念を教育するのは当然のことです」

真鍋女史は一本調子で喋り、明日香にスカート丈が短いと釘《くぎ》を刺してから口を引き結んだ。ともかく、今は一旦《いったん》帰宅してから出直すしかなさそうだ。かなりの時間ロスだが、真鍋女史に目をつけられた以上はやむを得ない。

十畳ほどの店には十人の人間がひしめき、異様な熱気で満たされている。縮こまっている明日香を見やって引き揚げようとしたとき、伊三郎がじっと僕に目を据えていることに気がついた。ここにいろ。明らかに無言のままそう語っているけれども、いったいなんのために……。また厄介ごとが持ち上がっているようだった。

僕は肩越しに振り返って明日香だけ帰そうとしたが、彼女は顔を強張《こわば》らせつつも後ろ手にドアを閉めた。それと同時に、重い空気を蹴《け》散《ち》らす勢いで大澤のばあさんが明るい声を出した。

「それはそうと伊三郎さん、この二人がコルセット注文したいんだと。あたしが着たのを見て気に入ってくれてね」

「服をオーダーするなんて何十年ぶりかねえ。こんな気持ちになるなんて、自分でも驚いてんだよ。色は紫紺《しこん》で柄は蝶《ちょう》だ。そう決めてる」

スズ子ばあさんに続いて、加藤夫人もウィンドウに飾られた生成り色のコール・バレネをうっとりと見つめた。

「やっと実物を見られたけど、本当に美しいわ。見れば見るほど惹《ひ》き込まれる。わたしはこれを、全部無彩色で合わせてみたい。今まで着たこともないようなコーディネイトにも挑戦したいわね。世間体も地位も歳も全部忘れて、別の自分になってみたいわ」

「そういうことだ」

伊三郎が白いヒゲを撫でながらそう言うと、商工会の面々と目を合わせた。

「客が来たから帰ってくれ。何度も言うが、商工会は事業者と商店を支援するのが役割だ。町興しだの商店街モデル地区だの、そんなもんを打ち立てんのは官の仕事なんだよ」

「何言ってんだ。自分らの町を自分らの手でなんとかしないでどうする。いくら役場が騒いだところで、住人が盛り上がって団結しなけりゃ始まらん。これは震災復興でもあるんだぞ」

「なんにでも都合よく震災を絡めるな」

　ひときわ冷たく言い放った伊三郎は、金縁メガネの上から太った老人をねめつけた。

「ひとつ聞くが、おまえさんらがやってることの最終目的はなんなんだ？」

「そんなもんは考えるまでもないだろ。商店街の活性、地域振興のほかに何がある」

とたんに伊三郎はにやりと笑った。またこの顔……詰将棋を始める気だ。僕はごくりと喉を鳴らした。

「なるほど、商店街の活性に地域振興な。日本、いや世界じゅうの田舎町は、口をそろえてこれを言うだろうよ。会議に挙がるいちばん無意味な題目だ」

「なんだって？」

「おまえさんだってわかってるはずだ。補助金を受ける名目のために、ただ大風呂敷《ぶろしき》を広げてるだけなんだよ。見通しが何もない以前に、この二つをまとめて解決できんのは酔狂な金持ちか神ぐらいのもんだろ」

相馬老人の顔がみるみるどす黒く変わっていく。大澤のばあさんはおろおろとしていたけれども、加藤夫人は変わらぬ穏やかな笑みを浮かべていた。商工会の三人は見るだに煮えくり返りながら伊三郎を睨みつけていたが、肥満体の相馬老人は急に皮肉めいた笑みを見せた。

「いやはや、あんたはいい身分だなあ。みんなが知恵を出し合って、一生懸命やってることに難癖つけてるだけだ。町をないがしろにして、自分は好き勝手なことをやってんだからな」

「おまえさんらが訪ねてくるから意見したまでだよ。俺は部会とは無関係だ。知恵を出し合って塗り絵集めでもなんでもやればいい」

伊三郎は話は終わりだとばかりに、首から下げていたメジャーを外した。背中に熱を感じて後ろを見ると、明日香の蒼白い顔がそこにはあった。ひどく具合が悪そうで、いつものあつかましさは微塵《みじん》もない。小声で帰ったほうがいいと伝えたけれども、彼女はわずかに首を横に振って唇を噛《か》んだ。

それにしても、商工会がいまだにコール・バレネを敵視しているのは、ただただ伊三郎が気に食わないからにしか見えない。大澤のばあさんが懸念していた通りの陰湿な復《ふく》讐《しゅう》だ。何より、この一件に関係のない真鍋女史の存在が不気味でならなかった。

上目遣いに様子を窺《うかが》っているとき、件《くだん》の真鍋女史が口に拳《こぶし》をあてながら長々と咳払いをした。

「相馬さんと鈴村さん、双方の話は聞かせてもらいました。わたしは、商工会や商店街のあり方についてはよくわからない。でも、あの下着が町にそぐわないという意見の商工会長には賛成です。女性軽視以外の何ものでもないのでね」

真鍋女史は窓際に飾られているコール・バレネに目をやり、ふうっと息を吐き出した。引っ込んだ小さい目がぎらぎらと光り、主導権を握れる喜びを噛み締めているようだった。

「いいですか？　ああいった過度な補整下着は、男性中心社会における女性抑圧の象徴だ。男性が経済力も含めた『男らしさ』を誇示するために、妻や恋人を飾り立てて看板にしたんだ。そのために、男の望む体つきを無理強いして女性の自立を阻んだんですよ。中国の纏足《てんそく》なんかもそうだが、女性の人権を踏みにじる悪しきものです」

真鍋女史は授業でもするように身振りを交えて喋り、針金のような髪を耳にかけた。なるほど、自分のフィールドに伊三郎を引き込んで退路を断つつもりらしい。これは商工会の相馬老人の策なのか、それとも真鍋女史がテーラー伊三郎に目をつけていたのだろうか。いずれにせよ、事態が余計にややこしくなることだけは容易に想像ができた。

何度も咳払いを繰り返し、真鍋女史は活き活きとして独演会を続けた。

「テーラー伊三郎は紳士服専門店だったはずなのに、なぜ急に女性の特殊な下着を作りはじめたのか。なぜ今の時代にこんなものを売るのか。なぜみんなの正当な意見を無視して、地元に泥を塗るような真似をするのか。同じ町の人間として、教育者として、女として、性の商品化に断固抗議させてもらいます」

伊三郎は黙って真鍋女史をじろじろと見まわし、今初めて気づいたとでもいうように首をひねった。

「おまえさんはなんだ。いつどっから湧いて出た」

僕と明日香は同時に噴き出し、咄嗟《とっさ》にうつむいてごまかした。真鍋女史はあからさまにむっとして、いささか声を荒らげた。

「ずっとここにいたし、いちばん初めに挨拶《あいさつ》もしましたが」

「ああ、そう」

「ではあらためて、わたしの略歴です。以後お見知りおきを。元白山《しろやま》小学校教頭で、今は婦人会活動や女性のための勉強会、教育委員会外部評価委員ならびに、市が運営する女性推進協議会のメンバーでもある。市の広報誌や新聞にもたびたび寄稿しています」

まるで知らないほうがおかしいと言わんばかりだが、今まで女性を何かから守ったことがあったのだろうか。意に沿わない者への攻撃しか見たことがない。真鍋女史は同意を求めるよう加藤夫人に視線をくれたが、品のある老婆は口許《くちもと》に笑みをたたえたまま微動だにしなかった。

「とにかく、半生を教育と女性問題に捧《ささ》げてきた立場からの率直な意見です。そのあたり、ご理解いただきたい」

「なるほど、よくわかった」

伊三郎は珍しく素直に納得していたかと思えば、退屈そうに紫の髪をかき上げているスズ子ばあさんにあごをしゃくった。

「パーマ屋のばあさん。採寸は今からやるか？　夕飯時だし夜でもいいぞ」

「そうだねえ。なんだか立て込んでるみたいだし、明日にするかね」

スズ子ばあさんが鬱陶《うっとう》しそうに商工会の連中を一瞥《いちべつ》すると、太りすぎの相馬老人が、こめかみの汗を拭《ぬぐ》いながら焦《じ》れたような声を出した。

「いや、いや。ちょっと待ってくれや。なあ、鈴村さん」

「なんだ？　もう話は終わったろ」

「真鍋先生にわざわざ来てもらったんだから、少しは真面目に話を聞いてくれや」

「意見は聞いたし、それについての反論はない。そういう歴史があったのは事実だろうし、だれかが不快に思う気持ちは止められないからな。だが、現にコルセットが欲しいという客がいる。だから俺は商品を提供する。真っ当な商売なんだよ」

「果たしてこれが真っ当な商売か否か」

真鍋女史は、伊三郎の語尾にかぶせて新たな問題提起をした。

「売れれば何をやってもいいという考えが差別を助長する」

「今度はなんの話なんだ」

ナイロンジャンパーの袖を荒々しくまくり上げた真鍋女史は、伊三郎と相対して大きく息を吸い込んだ。

「漫画、アニメ、小説、広告、テレビ、映画、全国各地に山ほどある淫奔《いんぽん》な女性キャラクター。世の中は性を商品化したものばかりだろう！　どれほど女性が辱められ、見るのがいやだと思っても、そこいらじゅうに氾濫してどうすることもできない！　鈴村さんが作ったあの下着もそうだ！　こんな異常な状況を作ったのはだれか！」

真鍋女史はヒステリックに店内をぐるりと見まわした。

「そう、男だ！　性の消費者は男、性犯罪者はいつだって男なんだ！　行政までもが麻《ま》痺《ひ》して、公然と性的搾取がおこなわれている！　今の狂った日本に必要なのは、徹底した規制と排除！　それ以外に女性を守る術《すべ》はないじゃないか！」

店の中では真鍋女史の金属的な声が反響し、窓ガラスが微《かす》かに震えた。なんというか、ものすごい迫力だ。スーパーや方々《ほうぼう》の店でことあるごとに抗議していると聞くが、この勢いですごまれたら引き下がらずを得ない。反論しようものなら、話が何倍にも膨れ上がって収拾がつかなくなることが目に見えている。しかし、伊三郎はあっさりと真鍋女史の怒りにさらなる燃料を投下した。

「浅はかだな」

真鍋女史は驚いてよろめいたが、僕も思わずよろめいた。

「おまえさんが自分の思ったことを言えるのも自由があるからだ。自由には理由がないし制限されるべきものでもない。気に食わない表現を片っ端から規制していったら、それはもう民主主義じゃなかろう。戦時中に戻るつもりか」

「あなたは、男の視点でしかものを見ていない！　だから女性が傷つく現実が想像できないんだ！」

「本当に不適切なもんは、ほっといてもそのうち淘汰《とうた》されて表舞台からいなくなる。俺の作る商品がその部類なら、いずれは消えるだけだ。だいたい、安易に規制と排除を持ち出すのは、はなから議論する気がないからだろう。感情だけで先走るなよ」

真鍋女史のこんな顔を見たのは初めてだった。悔しさで真っ赤になり、引き結ばれた唇は今にも張り裂けそうだ。僕は胃が痛くなってきた。

伊三郎は、真鍋女史の本当のおそろしさを知らない。この人を怒らせ、逃げるように団地を出て行くしかなくなった者を何人も知っている。連日の訪問で鬱《うつ》状態になり、こそこそと隠れるように暮らしている人間だって大勢いた。うちだって似たようなものだ。商工会の相馬老人も平気で人を死へ追いやるような気質なのだから、二人がタッグを組んだらどれほど無慈悲で残酷になれるのだろうか。あらゆる手を使って周りを囲み、孤立させ、死ぬまで伊三郎の生きがいを奪いにかかることを喜びとするだろう。

拳をきつく握りしめ、なけなしの覚悟を総動員した。

「あ、あの、すみません」

僕にだって意見がある。意見を言える。コール・バレネやその周辺の知識は、ここにいるだれよりももっているのだ。今が前に出るときのような気がした。店にいる人間が一斉に振り返り、視線の矢が全身を貫いていく。僕は震えを止めるために下腹に力を入れ、真鍋女史と目を合わせた。

「コ、コール・バレネ、いやコルセットは、支配階級の権威を示していたのは間違いないです。当時の衣装の作り方自体が、体に負荷を与えて働かなくてもいい立場をアピールするものだったので」

「いきなりなんなんだ。何もわからない子どもが、大人の話に口出しするんじゃない。きみらは今すぐに帰りなさい。すでに校則違反だ」

真鍋女史はにべもなく言った。こうくるのはわかっていたが、やはりものすごい威圧感でへこたれそうだ。そのとき、ずっと黙っていた加藤夫人がにこやかな顔を向けてきた。

「わたしはアクマリーさんの話が聞きたいわ。なんだか彼なりの持論がありそうだもの」

「婦人会長。今は大人の常識ある話し合いをしてるんです。子どもの出る幕じゃない。それに、あんな下着は子どもには有害ですよ。絶対に目に触れさせてはいけないものだ」

「そんないかがわしいものではありません」

僕は前のめりになって言い切った。

「きれいなものをきれいだと思ってるだけです。コルセットのスタートは確かに男尊女卑からきたものですが、時間をかけて意識は変わりました。女の人が自分の魅力を強調する自己演出になったんです。真鍋先生が言う抑圧じゃなくて、心の解放だと思います」

「馬鹿なことを言うんじゃない。長い歴史のなかで、女性はずっと苦しんで戦ってきたんだ。女性解放運動家のブルーマーは、女の行動を束縛する服を批判して世の中を変えた。今があるのは、あらゆる圧力にも屈しなかったすばらしい人物のおかげなんだ」

「アメリア・ブルーマーは、批判というより自由を提案したんだと思います。現に、女性が脚を見せる服をデザインしているし、男や社会から自立して、自由に生きられる世の中を目指していった。だれかからの押し付けじゃなければ、女性が脚を出すのもコルセットを着けるのも、それは本人の意思ですよ」

　自分でも驚くほど言葉がすらすらと出てくる。これは母が漫画で表現していたことでもあり、アシスタントをしながら自然に行き着いた僕なりの真理でもあった。コルセットの起点にあるのが女性蔑視《べっし》だったとしても、それを引き合いに出して今現在を責めるのは間違いだと思う。男性への否定と憎しみが先に立ちすぎだった。真鍋女史は僕の顔を穴が開くほど見つめているが、何が起きたのか理解に苦しんでいる様がありありとわかる。気がつけば、明日香が僕の制服のジャケットをぎゅっと摑んでいた。

　店が一瞬だけ静かになると、荒々しい北風の音が耳に入り込んでくる。加藤夫人はシワだらけの小さな顔に手を当て、小刻みに何度も頷いていた。

「アクマリーさんの持論は、なかなか考えさせられるものがあるわねえ。高校生、しかも男の子の意見とは思えない。ゲストで勉強会に呼びたいぐらいだわ」

「婦人会長、何を言い出すんですか！」

真鍋女史は嚙みつくように言った。

「世の中の仕組みも現実も知らないからこそ、なんの責任も負わずに発言ができる。それが未熟な子どもというものです。だいたい、婦人会長がみずからコルセットを注文するってどういうことですか。女性の自立支援にも携わっているのに、示しがつかなくなるでしょう」

「そうかしら」

加藤夫人はそれだけを言い、また摑みどころのない笑みを浮かべている。みなが次の言葉を待っていたけれども、夫人はその先を発言する気がないようだった。真鍋女史はじれったそうに身じろぎをして、再び僕に向き直った。

「ともかく、発言したいんだったら、津田くんはきちんと勉強してからにするべきだ。こういう問題はデリケートなんだから、無責任な聞きかじりとか男側の感想なんか必要ない。女性の合理服が提案されてから一世紀以上。コルセットなんて拘束衣は、女の手で完全追放に成功したんだからな」

「いや、コルセットが廃れたのは単に流行遅れになったからですよ。しかも合理服のダサさが半端じゃなかったから、当時の一般人はかなり引いてたし」

「だから、イメージだけで適当なことを言うんじゃない」

「適当じゃなくて史実です。王室とか政治家がお墨付きを与えた服なんて、もうそれだけでダメじゃないですかね。ファッションは自由であるべきというのが、当時から変わらない認識だと思いますよ」

伊三郎がうつむきながら含み笑いを漏らし、商工会の面々は互いの顔を見合わせている。なんだかとても清々しい気分だ。下着や服飾文化に興味があることを今までひどく恥じていたけれども、言ってみればこれは歴史なのだ。政治や経済や人権や職業や風俗や、ありとあらゆるところに結びついている。何より、自分の言葉で意見を述べることによって新しく見えてくるものもあった。徹底して避けてきた真鍋女史だが、少なからず共通するような話題の軸がある。

妙な親近感を覚えて真鍋女史を窺ったが、僕を見る目はあまりにも冷たく、嫌悪感に満ちているものだった。

「この親にしてこの子あり、だな」

真鍋女史は無表情のまま言い捨てた。何が起きたのかが一瞬だけわからなかった。しかし、たちまち僕のテンションは最悪まで下がり切り、清々しさや少しばかりの自信は木《こ》っ端《ぱ》微塵に吹き飛んだ。

ああ、そうだった。自分は馬鹿みたいに浮かれすぎている。母親はポルノ漫画家で父親は極左の活動家で家は貧乏で、自分の名前は犬と同等かそれ以下だ……。頭の中が真っ白になりかけたとき、後ろから押し殺した声が聞こえてはっとした。

「立派な親だから、立派な子どもが生まれた。そうだべ？　わたしはその意味しか認めないかんな」

振り返ると、明日香がぐっとあごを引いて、見たこともないほど邪悪な睨みを利かせている。団地に生息するヤンキーのはるか上をいく面構えだ。はあはあと肩で息をして、取り返しがつかないほどの罵詈《ばり》雑言を真鍋女史に浴びせそうな勢いではないか。僕が反射的に明日香の腕を掴むのと、店内にバシンと手を叩く音が響いたのは同時だった。

「今日はもうお開きだ。どいつもこいつも営業妨害しやがって。俺に文句があるやつは、抗議活動でもなんでもやって火炎瓶を店に投げ込め。そしてコルセットを注文するばあさん二人。悪いが、あんたらは明日また出直してくれ。よし、終わりだ。みんな散れ」

伊三郎は手をひと振りしてそう告げるなり、サンダルを脱いでさっさと作業部屋に引っ込んだ。

やっぱり夕飯もカレーだった。

僕はげんなりして、皿に盛られた褐色のどろどろを長いこと見つめた。我が家では、小さいころからカレーの出現率が異常に多い。安い、簡単、大量に作り置けるという三拍子がそろっており、母の少ない料理レパートリーを完全に支配している。

「まさか明日もカレーとか」

無心に口へ運びながら問うと、テーブルの向かい側で母が顔を上げた。

「カレーがいいならカレーにするよ」

「よくないから言ってんだよ」

僕は少し食べるたびに水を飲み、むりやり胃の中に収めていった。大澤家でふるまわれたカレーも、まだほとんど消化できていない。母は皿の脇にメモ帳を置き、何かを思いつくたびペンを走らせている。また仕事が切羽詰まりはじめているらしく、極端に口数が少なくなっていた。

「あのさ」と僕は脈絡なく切り出した。「真鍋女史ってずっと独身？」

「たぶんそう」

「なんであんなに男を目の敵《かたき》にしてんの？」

「さあね。まあでも、今みたいに女が恵まれた時代に生きてないから、苦労したのは間違いないと思うよ。男社会で女がキャリアを築くってたいへんなことだったろうし、だれにも頼らない険しい道を歩いてきたわけだから」

なるほど、真鍋女史には真鍋女史なりの真理があるということか。他人に厳しすぎる性質にはうんざりさせられるけれども、こういう話を聞いてしまうと、やみくもに毛嫌いしていいものだろうかとも思う。

僕はやっとの思いでカレーをたいらげ、食器を流しに運んでから自分の部屋に戻った。テーラー伊三郎の内装案をまとめたノートを出し、大澤カメラでばあさんたちが話していた内容をまとめていく。キーワードは着物地で、そこにコール・バレネと洋装を取り入れたスタイルが美しいという意見で一致していた。明治時代の服飾文化が独自の変化を遂げて現代に根づいたら……という僕の考えにも近い。イメージだけが先行して、だれも着られない服にはなっておらず、身につけてみたいとオーダーさせるだけの魅力もあった。何より、老婆たちにとっては昔を思い出すだけでなく、今を変えてみたいという行動力さえも与えているのが見逃せない。それに加えて腰痛の緩和も期待できる。コール・バレネの構想はほとんど固まった。あとはそれらを引き立てるための店造りだ。

漫画の参考にしている屋敷の写真集を開き、僕はテーラー伊三郎のイメージを膨らませていった。漫画と同じで、人物よりも背景が目立っては駄目だ。控え目でありながら、強く印象に残る空間がいる。僕はノートにスケッチしては消すことを繰り返し、いくつかのラフを描き起こした。

しばらく構想に没頭していたが、明日香のことを思い出して鉛筆を止めた。店での怯えようが尋常ではなかったし、帰り道でも彼女はほとんど喋らなかった。やかましくて口減らずな面しか見たことがなかったから、正直、僕はあれからずっと気になっている。

深呼吸をして再びノートに目を落としたが、明日香の顔がちらついてしようがない。僕は鉛筆を置いてスマートフォンを取り上げ、メッセージ画面を開いた。

「さっきはどうしたの？」と打ち込んでしばらく考え、文字を消して心配を表すスタンプ画像を表示させてみる。駄目だ。これでは軽いし、いきなり送られたら意味不明で気味が悪いだろう。その後も書いては消してを繰り返して首を傾げ、最終的に「大丈夫？」というひと言だけを送信した。

今度こそノートに向き合ったけれども、また別の心配が頭をもたげてくる。大きなお世話だったろうか。急に内面的なことに踏み込まれ、心底ぞっとされているのでは……。

頭を抱えて気を揉《も》んでいると、メッセージの着信音が鳴って心臓が撥ね上がった。急いで本文を表示させる。そこには、大丈夫であることを表すゴリラのスタンプがひとつだけあった。なぜゴリラ？　いや、もしかして、なれなれしくて気持ち悪いから送ってくるなの暗喩《あんゆ》では？　せいいっぱいの抵抗なのでは？

僕はますます頭を抱えることになり、布団に入ってもしばらくはじたばたしてもがき苦しむことになった。

第四章　幻想時計台

1

翌日の土曜日は気持ちよく晴れわたっていた。小さい子どもが遊ぶ甲高い声と、干した布団を叩《たた》く音が団地内にこだましている。僕は部屋の窓を開け放ち、澄んだ空気を胸いっぱいに吸い込んだ。

穏やかを絵に描いたような休日だ。なんとなく気分がすっきりしているのは、起き抜けに明日香からメッセージが届いたからだった。今後の構想やデザインについて話がしたいのだという。真鍋女史にますます目をつけられたことから、明日香はもうコルセット革命軍から手を引くのではないかと考えていた。そのぐらいのダメージを受けているように思えたし、恐怖すらも覗《のぞ》かせていたからだ。無理に引き止めるのはやめようと決めていただけに、明日香からのメッセージには心底ほっとさせられた。

建てつけの悪い窓をガタガタと揺すりながら閉め、僕はノートや文献などコルセット関連一式をリュックサックに突っ込んだ。そのまま自室を出て、閉め切られた母の仕事部屋の前で声をかける。

「ちょっと出かけてくるから」

そう言ったとたんに、陽に灼《や》けて黄色くなった襖《ふすま》が勢いよく開かれた。母は髪をひとつにひっつめ、毛玉だらけのヘアバンドで前髪を押し上げている。いつも以上に目の下にはクマが貼りつき、不機嫌を極めているように見えた。

「もしかして徹夜？」

僕の問いに、母はひときわゆっくりと頷《うなず》いた。版元から原稿の返事がきていないから、息子にアシスタント作業を頼むに頼めないというところだろう。母は恨みがましい目で僕の顔を見つめた。

「学生はいいよね。秋晴れの土曜日に好きなだけ遊べて」

「自分だって学生んときはそうだったでしょ」

「謝ってほしい」

「なんでだよ」

因縁をつけてくる母から目を離し、狭い上がり框《がまち》に腰かけた。スニーカーに足を入れている間も、母は僕のすぐ後ろに突っ立って陰気臭い気配を投げかけてくる。愚痴や泣き言を言える相手がいなくなってしまうと、真正面から自分自身と向き合わなければならない。母はそんな孤独のプレッシャーに弱い寂しがり屋だった。感性は漫画家向きでも、性格面では向いているとは言い難い。

僕はふてくされている母を振り返った。

「夕飯作れないようなら、なんか買ってくるけど」

「コロッケ解凍するからいいよ。ポテトサラダもあるし」

今度はジャガイモ系がしばらく続きそうだ。祖母からもらったイモが、しなびてはいるがまだ大量に残っている。

僕は、どんよりとしている母の視線を断ち切るようにして外へ出た。昨日とはくらべものにならないほど暖かく、橙《だいだい》に色づいたケヤキが蒼穹《そうきゅう》に映えている。通路から少しだけ顔を出して敷地内を窺《うかが》うと、幼児たちが奪い合っている遊具のそばに真鍋女史がいるのが見えた。いつもの仲間二人と立ち話をしており、話題は高確率で伊三郎と僕たちのことだと思われる。

できるだけ腰を低くしてコンクリート剝《む》き出しの廊下を進み、階段を駆け下りて裏手からC棟を出た。よく晴れた昼下がりは、ベランダというベランダに布団が干されている。のどかな光景だが、人目だらけだということを忘れてはいけない。団地に限ったことではないけれども、人の出入りをチェックしている住人がそこかしこに存在していた。

僕は古い箱型の建物に沿って進み、歩道を斜めに横切って、何気なさをよそおいながらはす向かいにあるB棟へさっと駆け込んだ。こそこそする必要がないことはわかっている。しかし、根も葉もない噂の中心に据えられるのだけはごめんだった。この先何年にもわたり、ことあるごとに蒸し返されて食い物にされる。

ポケットからスマートフォンを出して、明日香の部屋番号を確認する。二〇三号室。寸詰まりの階段を上りながらもう着く旨を送信すると、すぐに「鍵《かぎ》は開いてるから勝手に入ってきて」と返信がきた。僕は二階の通路を足早に進み、左右へ素早く目を走らせてから二〇三号室に滑り込んだ。

薄暗い部屋はしんと静まり、芳香剤と煙草の混じった臭いが染みついている。僕の家とまったく同じ間取りなのだが、内装が違うだけで広々として見えた。

「こんにちは、ごめんください」

僕は遠慮がちな声を出した。すると奥の襖が開いて明日香が顔を覗かせる。長い髪を無造作にまとめ、デニムのミニスカートにパーカーを引っかけていた。制服ともスチームパンクとも雰囲気が異なり、僕はなぜか恥ずかしくなって目を泳がせた。

「いやに早かったない。真鍋女史、今公園さいたっぺ？ 立ち話はじめてから、かれこれ一時間ぐらいにはなっから」

「たぶん、もうそろそろガストに移動するよ。それより家の人は？ 一応、挨拶《あいさつ》しといたほうがいいでしょ」

「いねえよ」

室内に目を走らせると、明日香はにべもなく言った。

「へ？」

「父ちゃんは土曜も仕事だもん。母ちゃんはもともといねえべし」

僕は少しだけ黙り、短い咳払《せきばら》いをした。

「それはちょっとまずいような」

「なんで」

「なんでって、状況的にいろいろと……。お父さんだって絶対にダメだって言うはずだし、親がいないってわかってたら僕も家には来なかったよ。場所を変えよう」

明日香はパーカーのポケットに両手を突っ込み、僕の顔をまじまじと見た。

「いっつも思ってたけど、おめさんはおかしなとこが律儀で年寄り臭いんだよなあ。だいたい、女の特殊下着はいいけど、女の家さ上がんのはダメとかさ」

「それとこれとは違うだろ」

「いいから、四の五の言ってないでさっさと上がらっし。昔っから、団地なんて不良とか子どもらの溜《た》まり場んなる宿命みたいなもんがあっぺよ」

それは団地に限らないだろうが、ここは群を抜いてそうだとしか言いようがない。

明日香に急《せ》き立てられ、結局僕はもぞもぞとスニーカーを脱いで家に上がった。我が家と同じく、台所にセットされているダイニングテーブルになんとなく手を置いた。この気詰まり感をなんとかしてほしかった。異性の家に、躊躇《ちゅうちょ》なく上がり込める男には一生なれそうにないと思う。

彼女の家はあまり物がなく、整理整頓《せいとん》が行き届いていて清潔な印象だ。さっき母親がいないと言っていたけれども、家庭環境的には僕と似通っているらしかった。まあ、日向団地自体がみな複雑な親子関係だと言っていい。

　明日香はやかんを火にかけ、大きめのマグカップを二つ用意した。コーヒーをスプーンですくってカップに入れ、蓋《ふた》をした瓶を手際よく棚に片付ける。そのちょっとした仕種だけで、家事全般を明日香が担っていることが想像できた。無駄のない動きがひどく大人びて見え、僕は妙な焦りを覚えた。

「父ちゃんがヘビースモーカーだから、部屋とか服が煙草臭くなってごせやけんだわ。体にも悪いべし、やめるように言ってんだけどな」

　明日香は喋《しゃべ》りながら煎餅《せんべい》を袋から出し、鉢に盛ってテーブルに載せる。僕はそれを目で追いながら、とりあえず当たり障りのないことを口にした。

「何もかまわなくていいよ」

「別にかまってないから安心しらっし。それよりも、おめさんはいつまでも突っ立ってねえで、座ったらよかっぺよ」

　言われるがまま、僕はリュックを床に下ろして椅子に腰かけた。明日香に生活の一端を見せられて不思議な気持ちになっている。当然だが家族や暮らしの気配がして、学校や外ではほとんど気づかない情の部分が見えてきたからだ。関係が一歩近づいたようにも遠のいたようにも思え、距離感がよくわからなくなる。

　やかんの火を止めた明日香は、コーヒーに湯を注いで僕の前に置いた。

「うちの父ちゃん、大型トラックの運転手なんだ。長距離だから、一回仕事に出たら三日は戻ってこれねえんだわ」

「へえ、たいへんな仕事だな」

「うん。あんときの地震で勤め先が潰《つぶ》れちまったから、転職したんだよ。生活のリズムがめちゃくちゃになるべし、いっつも心配してんだ」

「うちの親も、別の意味で生活がめちゃくちゃだけどな」

明日香は小さなカゴに入った砂糖とミルクを置き、僕の向かい側に腰を下ろした。なんというか、自分だけが過剰に意識しているようで恥ずかしい。僕は熱いコーヒーにたびたび口をつけ、話題を探してあたふたとした。

「ええと、昨日はたいへんだったよな。まさかテーラー伊三郎で、真鍋女史に会うとは思わなかった」

「うん」

そう言ったきり、明日香は話に乗ってくる気配がない。昨日の彼女を見てわかったのは、真鍋女史を尾行したりピンポンダッシュをしているわりに、対面すると過度に萎縮《いしゅく》してしまうらしいということだ。

また苦いコーヒーに口をつけ、僕も一緒に黙り込んだ。もうさっさと本題に入ろう。下手に雑談をしようと思うから、自分のスキルの低さにダメージを受けることになる。リュックからノートを出そうとしたとき、しばらく黙っていた明日香がぽつりと言った。

「わたしさ、ああいう大人の言い合いとか大声がすごく苦手なんだ」

動きを止めて次の言葉を待っていると、彼女は短いため息をついて先を続けた。

「十歳のとき、父ちゃんと母ちゃんが離婚した。わたしがちっこいころから喧嘩《けんか》ばっかしてたけど、最後の一年はほとんど毎日が言い争いだった。でっかい声張り上げて、顔合わせるたんびにお互いの悪いとこ挙げ連ねてな」

明日香は開け放たれている六畳間へ目をやり、またため息を吐き出した。

「ひどい悪口とか罵声《ばせい》とか、憎しみが見えるような表情とか、そういうのが怖くなっちまったんだわ。心臓がものすごくどきどきして、体が動かなくなんだ」

「もしかして、小学校のときに休みがちだったのはそれが理由？」

「うん。しょっちゅうばあちゃんげさ預けらっちゃし、とにかく大人が怖かった」

明日香は絞り出すように吐き出した。みんな人には言えないつらさを経験しているらしい。うちは罵声も罵倒もなかったけれども、静かに淡々と、知らぬ間に終わりを迎えていた。僕がぬぐえない劣等感をコール・バレネで相殺しているように、明日香はスチームパンクという空想の世界でずっと自分を肯定していたのだろう。つくづく、子どもは親に翻弄《ほんろう》される。

僕は、うつむきがちな明日香の顔を覗き込んだ。

「伊三郎さんにかかわると、今後も次から次へと厄介ごとが湧き出してくると思う。もう、何にも妥協しないって決めてるみたいだから」

「それは当然だべな。八十年以上も生きてきて、自分の人生をまだ好きにできないなんておかしいもん」

「そうだけど、真鍋女史が出てきたってことは今のままで済むわけがない。絶対にもうひと騒動ある。そうなったとき、三木は大丈夫なの？」

明日香は自信がなさそうだったけれども、せいいっぱい皮肉めいた笑みを作った。

「わたしもここらで気合入れないと、あんまりにも弱っかしいかんな。言い争いが怖いとか言って避けてたら、これから世の中渡っていけないんべ？」

「そりゃそうだけど」

「それに、ひとりじゃないからなんとかなる。今はわかってくれる津田がいっから」

彼女はためらいなくそう言った。僕は顔が赤くならないよう咄嗟《とっさ》に腹に力を入れ、明日香の言葉を都合よく捉《とら》えないように気をつけた。コルセットという共通の話題をもつ同級生が僕だという意味しかない。そう、それだけだ。

僕はそそくさとリュックからノートを取り出し、開いて明日香のほうへ滑らせた。

「伊三郎さんの店の内装を考えてみたんだ」

明日香はノートを引き寄せ、すぐ驚いたように目を丸くした。

「ちょっと待った。これだれが描いたんだべ？」

「僕だよ」

「僕だよって、こんなの建築勉強したプロの作品だっぺよ。うそだべ？」

「うそじゃないって。パースが取れてるからうまく見えるだけで、実はこのぐらいならだれでも描けるんだよ。消失点を二個にして二点透視図にすれば、案内線をたどるだけで奥行きのある建物が描ける」

明日香は身を乗り出し、ノートと僕の顔を素早く目で往復した。

「おめさんは何語で喋ってんだ？　さっぱりわかんねえわ」

「要するに、親の漫画を手伝ってるうちに描けるようになったんだよ」

僕は言いたくなかった事実を口にした。

「最近の漫画の背景はほとんど僕が描いてる。城だの貴族の部屋だのにくらべれば、狭い店の中を描くぐらいすぐだから」

感心しきりの明日香に、僕は内装の説明をした。

「まず、作業部屋にあるミシンの類《たぐい》を全部店に移動する。仕立て屋って言ったら店で仕事してるイメージあるし、伊三郎さんのミシンが普通じゃないから目を惹《ひ》くと思うんだよ」

僕はポケットからスマートフォンを取り出し、伊三郎の作業部屋の写真を表示した。

明日香に見せるなり、がたりと腰を浮かせた。

「何これ！　古い鉄の塊がある」

「その部屋にある機械は、どれも魔改造してあるんだよ。リミッターが外されてて制限がないから、ほとんど凶器。危なくて伊三郎さん以外は近寄れない」

「なんか、話聞いてるだけでぞくぞくすんなあ。さすがは伊三郎元帥だ。この古いミシン、石炭で動かす蒸気タービン式のごっつい機械みたいだよ。それにこのでっかいモーター！　いやはや、たまげたわ」

明日香は興奮で顔を赤くし、目尻《めじり》の切れ上がった瞳《ひとみ》をきらきらと輝かせた。彼女はスマートフォンの画像を拡大し、隅々までじっくりと見分した。

「すごいのはミシンだけじゃないな。ここにあるもん全部に手が加えてあってかっこいい。ハサミも竹尺もアイロンもボディも、ただの裁縫道具なのにそれだけの役目には見えないんだよ。なんかこう、アブナイ匂いがすんな。仕事道具が武器に変わるみたいな」

「実際アブナイ人だから」

僕は相槌《あいづち》を打ち、ノートの図案を指差した。

「店の奥を伊三郎さんの作業スペースにして、ミシンとアイロン、裁断台をセットする。で、入ってすぐの空間が、コール・バレネの展示と接客のスペースかな。ちょっとしたテーブルと椅子を置いたサロンみたいな感じにしたい。僕らが考えてるエヴェレット・ジャポニスムは閉じた抑圧社会だから、そんな町にある社交の場であり、革命にも通じる啓蒙《けいもう》思想が密《ひそ》かに広がる場所でもある。あくまでもイメージだけど」

「ますますぞくぞくすんな。世界観はバッチリだ。物資が乏しくて貧しい鎖国の町で、職人たちは自分の仕事道具をガラクタ使ってカスタマイズしている。同時に、国家転覆計画を着々と進めてんだな。津田、おめさんは最高だよ。すごくいい」

「そうかな」

　褒められたくすぐったさで、僕は身じろぎをした。が、明日香はすぐにつけ加えた。

「でもさ、和洋を融合させたジャポニスムを表現すっとき、間仕切りに障子もってくんのは勘弁してくれっか。とたんに茶屋っぽくなっちまうから」

「褒めてるわりに、そういうのははっきり言うな……。まあ、自分でも思ってたけど」

「これは遊びじゃないかんね。学校の文化祭んとき、なあなあで進めてたらおかしなもんが出来上がってきたっつう経験からの意見だよ。なんとなくのままだと絶対に後悔する。伊三郎元帥のコルセットに見合うような、これ以上ないって空間を作りたいんべ？」

　ずっと悩んでいるのはそこなのだが、和の雰囲気を漂わせるのは簡単そうでいて実際はかなり難易度が高いという壁にぶち当たっている。だれが見ても和洋折衷だ……というものではなく、懐かしさや落ち着きが溶け込んでいるのに、危うい非日常感も同居しているような幻想がほしかった。かといって、オペラの舞台のような仰々しさはいらない。言葉で言うのは簡単だが、それぐらい濃密な空気を発信しないと、コール・バレネだけが突飛で浮き上がってしまう。

　僕は、ノートに指を滑らせた。

「テーラー伊三郎は壁の二面が造りつけの棚だから、そこに集めた着物の端切れとか輪入生地を重ねて見せる収納にしたい。古い釦《ボタン》なんかは瓶に入れて置くだけで絵になるからね。色とりどりの糸巻きとか適当に巻いたリボンとか針刺しとか、ごちゃごちゃしてるけど雰囲気があって、年寄りでも無理なく馴染《なじ》むと思う」

「そうだな、なんだか隠し扉っぽくてすごくいい。赤い糸巻きを引くと、棚が開いて地下組織の本部に通じてるみたいなやつ。でも、おめさんの絵からすっと、手前の接客スペースには貴族っぽさがほしいんだべ？　イメージはサロンなんだし」

「そこなんだよ。雑貨屋みたいに雑然とはさせたくない。でも、ビンテージっぽさを狙いすぎると、都会のヘアサロンとかカフェみたいになると思う。すごくオシャレで個性を打ち出してるんだけど、結局はどれも同じに見えて記憶に残らない」

僕と明日香は同時に腕組みをした。田舎の高校生がせいいっぱいがんばって考えた、みたいな努力賞にはしたくない。ホームセンターで買ってきたものに塗装すればいいとも考えていたけれども、突き詰めればやはりそんなものでは駄目なのだ。どうしても本物が醸し出す品性と重厚さが必要だった。しかし、妥協なしにそろえられるだけの予算はない。構想はあっても、ここから先は現実問題として金銭が絡んでくるのだった。

「自分の趣味なら好き放題できっけど、これは客商売だから難しいんだなあ。商店街歩いてる人間が、店に興味もたなきゃ始まんねえもの」

「そうなんだよ。奇抜でオシャレすぎると逆に怖くて入れない。日本を感じさせてテーラー伊三郎に合うものって、ほかに何かある？」

「日本なあ……」

明日香は真顔でじっとノートを見据え、しばらく考えてから口を開いた。

「三番町《さんばんちょう》の外れに、昔っからの建具屋があんだわ。もうやってないけど、そこの職人だったじいちゃんが隠居してんだよ。作業場に古い格子《こうし》戸とか欄間《らんま》が山ほどぶん投がってて、埃《ほこり》かぶってんの見たな。ばあちゃんげの座敷によくあるようなやつだよ。なんか、職人仕事の墓場みたいで切なくなったんだわ」

建具？　それを聞いたとたん、僕の頭のなかでまばゆい閃光《せんこう》が走った。急いでノートを引き寄せ、リュックから定規と鉛筆を引っ張り出して図案に線を書き込んだ。

「店の天井にいくつか欄間をつけるだけで、直線が視界に入るから視点が整理される。視線誘導だよ。無理に仕切ったりして手を入れなくても、店の空間に自然な動線ができると思うんだ。しかも、コール・バレネを売る仕立て屋に、古い欄間があるなんてカッコよすぎる！」

突然の興奮に、明日香はきょとんとして首を傾げた。

「借りるんだよ！　倉庫に眠ってる古道具を借りて店を平行世界に変える。この町は寂れた古い店だらけでしょ。時代に置いてきぼりにされて、利益も後継者もない瀕死《ひんし》の店だらけでしょ」

「ああ」と明日香は手をひとつ打った。「確かにそこらじゅう商売は瀕死だけど、腕は確かな年寄りだらけだわ。建具屋もそうだし、八幡の山本板金もそうだべ。みんなたまげるほど腕利きなのに、じいちゃんの代で終わっちまう店ばっかだ」

僕たちは真っ向から目を合わせて頷いた。

「大澤のばあさんとか加藤夫人にも聞いたほうがいいな。そういう店をほかにもいろいろと知ってそうだから」

「よし。じゃあ、図案と構想を伊三郎元帥に見せっぺ。店の大改造だ！」

そう言いながら立ち上がった明日香は、ばたばたと奥の部屋へ走っていって、スケッチブックを抱えてすぐに戻ってきた。

「わたし、デザイン画を描いたんだ。コルセット本体のデザインとコーディネイトもな。これ、津田はどう思う？」

明日香は僕の前でスケッチブックを開いた。色鉛筆で薄く色が塗られたそれは、コール・バレネを着けた女性だろうか。僕は動きを止めてデザイン画の理解に努めた。羽織りと合わせたコーディネイトと思われるが、イメージがまるで伝わってこない。僕は焦りながらページをめくった。これは肩紐《ひも》つき？　ポケットがある？　フロントバスク？　顔を上げると、明日香はわくわくと期待に胸膨らませて僕の感想を待っていた。いったいどうするべきか……。壊滅的に絵が下手すぎて、抽象画を見せられている気分だった。

「ええと」と僕は咳払いをした。「イメージ写真みたいなものをつけたほうがわかりやすいかな」

「そだ写真ねえもの。それに気い遣わなくていいかんな。わたし、絵がヘタッピなのは自分でもよっく理解してる。ちっこいころから、どうやっても上達しなかったんだわ」

「自覚があってホントによかったよ」

心の底からほっとした。明日香はスケッチブックをぱらぱらとめくった。

「津田が描き直してくれっと嬉《うれ》しいな。すごい絵うまいし、デザイン画も見てみたいし」

「いや、僕も人物は描けないよ。背景画は絵というより製図に近い感覚だから、計算で描いてるとこあるしな」

しかし、これをそのまま伊三郎に見せても理解はできないだろう。どうしたものかと部屋の中を見るともなしに見て、僕は素朴な疑問を口にした。

「話は変わるんだけど、家ん中は全然スチームパンクじゃないんだな。歯車とか鉄っぽいものでいっぱいかと思ってたけど」

そう言うなり明日香は立ち上がり、僕の手首をおもむろに摑《つか》んだ。そのまま家の奥まで進んで、僕の部屋と同じ位置にある襖を開ける。そこを見て、口をぽかんと開けた。

臙脂《えんじ》色と茶色とアンティークゴールドでまとめられ、まさにビクトリア時代が再現されているではないか。僕は導かれるように部屋に入った。植物の連続柄であるダマスク風な壁紙が貼られ、色とりどりの蝶《ちょう》の標本箱が壁一面に飾られている。古めかしい彫刻入りの本棚には洋書がいくつも入り、机周りには動物の骨格標本が置かれていた。この部屋が、元は六畳の質素な和室だと想像できる者はいないだろう。市営団地の一室にある襖の向こう側は、完全に異次元だった。僕は部屋を見まわしてくらくらした。

「すごいな。珍しい蝶の標本とか、どっからこんなに集めてきたんだよ。古そうなのもあるし、かなり金かかってそう」

「図書館の図鑑をカラーコピーしただけだよ」

「うそだろ？　本物にしか見えないんだけど」

　僕は飾られている標本箱に近づいた。

「コピーを切り抜いて、立体的になるように折り目を入れて、標本みたいに針で留める。古く見えんのはきっとラベルのせいだな。インスタントコーヒーで染めて劣化させてっから」

「へえ。この骨は？　これも偽物？」

　どうやっても本物にしか見えない。明日香は重厚な机の上から動物の足とおぼしき骨格標本を取り上げた。

「これは、スーパーで売ってた豚足なんだ。何時間も茹《ゆ》でて肉を落として、マニキュアの除光液に浸けて脱脂する。そのあと、ばらばらになった骨をオキシドールに四時間ぐらい浸けっと、いいあんばいの色になんだわ。脱色の時間を間違えっと、ぼろぼろに崩れっちまうけどな」

　彼女は、まるで専門学者のようにすらすらと説明した。

「山本板金のじいちゃんに、細いドリルで骨に穴開けてもらったんだ。それを針金でつないで組み立てる。足だけで三十個以上の骨があっかんね。考古学者の気分になれっと」

「なんていうか、手抜きがひとつもない。でも、これもスチームパンクなの？　歯車も鉄もないし、どっかのコレクターみたいだけど」

「それだよ、この部屋はヴンダーカンマーなんだ。つまりは、珍品を集めたコレクションルーム。ビクトリア時代、王侯貴族とか豪商なんかの金持ちが、奇妙なもんを集めて客に披露するのが流行《はや》ってな。それが今の博物館の始まりだよ。あの大英博物館も、もとはハンス・スローン卿《きょう》の個人的なコレクションだったかんね」

ただただ珍品を集めるのではなく、当時も独自の世界を築いて互いの知を刺激し合っていたということか。スチームパンクというジャンルは見てくれだけではなく、あらゆる面において底が知れなかった。それを深く理解している明日香もただ者ではない。僕はおおいに感化されていた。今すぐ行動したくてたまらない。僕は明日香に向き直った。

「今からうちに行こう」

「何しに」とすぐさま返される。

「三木が描いたデザイン画、描き直してもらえないか親に頼んでみる」

「うそだべ？　津田先生に？　相手はプロの漫画家だぞ。おそれおおい！」

明日香はじたばたと足踏みして声を張り上げた。

「先生呼ばわりされるような漫画家ではないけどな。とにかく、原稿に追われて殺気立ってるけど、ダメもとで頼んでみるよ」

時間差で十分後に来るよう言い残して、僕は自宅へ舞い戻った。

玄関の扉を開けたと同時に、正面に見える襖が勢いよく開かれた。完全に目が据わっている母は、先ほどとは違って気色の悪い笑みを浮かべている。前髪を上げたヘアバンドには鉛筆が挿し込まれていた。もう見慣れてしまった光景だが、いやな予感しかしない。

「お帰りー、早かったじゃん。聞いてよ。編集部にファックスしておいたネームが、なんとアクアが出てった直後にオーケー出たんだ。いやあ、ホントによかった。速攻でペン入れに入ってんだけどさ。ちなみに聞くけど、今日これから暇？」

「暇じゃないよ。僕にもいろいろとやることがあるんだって。今月はまだ日数もあるんだし、アシスタントは必要ないでしょ」

「それがさあ。単発でいろいろ入っちゃって身動きできなくて困ってんの。キャバクラの漫画広告とかさ」

「だから、なんでくる仕事を全部引き受けんの。物理的に無理なら断りなよ」

「そうなんだけど、今回だけはなんとか頼むって。お母さんの一生のお願い！」

母の一生のお願いは、もはや枕詞《まくらことば》にしかならない。テーラー伊三郎の店の図案をただちに仕上げ、設営に向けてさまざまな用意をする必要がある。ここがいつまでも滞ったままだと、コール・バレネの真の魅力を発信できなかった。

白い修正液を手やジャージにつけている母は、息子をなんとか説得しようと喋り続けている。そのとき、いきなり玄関の扉が開いて明日香が滑り込んできた。

「だ、だれ？」

母は驚いて目を剝《む》き、警戒して咄嗟に後ずさった。

「おじゃましますー。津田先生、ご無沙汰してますー。こないだは、ためになるアドバイスをありがとうございましたー」

「え？　アドバイス？」と語尾を上げ、母は明日香の顔を無遠慮に見まわした。「ああ、なんだ。B棟の真鍋女史チャレンジャーか。カッコがパンクじゃないから、ぜんぜんわかんなかった。どうしたの？　もしかして足がついた？」

明日香は靴を脱いで上がり込み、母の眼前で深々と頭を下げた。

「このたびは忙しいとこすいません。ふつつか者ですが、どうぞよろしくお願いします」

「は？　今度は何？　嫁入り？」

「何言ってんだよ」

僕は明日香からスケッチブックを取り上げ、開いてテーブルの上に置いた。

「原稿で切羽詰まってんのはものすごくわかるんだけどさ。この絵を描き直してもらいたいんだ。鉛筆描きでいいから、今すぐに頼めないかな」

母は怪《け》訝《げん》な面持ちで僕たちを眺め、スケッチブックに目を落とした。人型だとわかる程度の平面画をしばらく見つめていたかと思えば、ヘアバンドからおもむろに鉛筆を抜いて余白に人物を描いていった。明日香の絵をどう見ればその解釈になるのかわからないけれども、母は悩むことなく鉛筆を滑らせていく。

さすがはプロだ。僕は、興奮して顔を赤くしている明日香と目を合わせた。意図しているのであろうポイントを的確に見抜き、細かいシルエットまで想定して描き出していくさまは圧巻だった。絵は活き活きとしはじめ、たちまち命が吹き込まれていく。

「これなんなの？　学校の宿題かなんか？　だったら自分らでやりなよ」

母はあっという間に一枚を描き終え、顔を上げて首を傾げた。テーラー伊三郎がコール・バレネを売り出していることは母も承知しているけれども、その企てに息子がどっぷりと浸かっていることまでは知らない。僕は、今自分に起きていることを話すことにした。仕立て屋の老人がコルセットの店を開こうとしていること、エヴェレット・ジャポニスムという平行世界のこと、企画やデザインを提案していること、そして、伊三郎が自分たちを信頼してくれているということだ。

母は口を挟まずに聞き入り、明日香のスケッチブックをぱらぱらとめくっている。デザイン画をざっと確認し、あまり見せたことのない柔らかな笑みを作った。

「十代のときって、めちゃくちゃおもしろいことがある日突然起こるんだよね。わたしもそうだった。日常がひっくり返るぐらい強烈で、それを中心に毎日を生きるようになる。で、そのキラキラがずっと続くと思うんだ」

ほんの一瞬だけ母の顔が曇ったのがわかった。しかし、すぐいつもの不敵な笑みを浮かべた。

「よし、青春の一ページに保護者として協力しよう。で、そこのきみ」と母は明日香に顔を向けた。「手先は器用？」

「うん。絵はまるっきりダメだけど、器用さにはかなり自信あんな」

「結構。じゃあ、今から三木明日香をアシスタントに任命する」

「いや、ちょっと待てって」

僕は話に割って入った。

「何とんでもないこと言ってんだよ。同級生にアシなんてさせられるわけないだろ。少しは漫画の内容考えろって。こっちが恥ずかしいわ」

すると今度は明日香が口を挟んだ。

「恥ずかしいことなんてあんまいよ。わたしは昔っから津田先生の大ファンだし、こんな光栄ほかにねえんだぞ。それにギブアンドテイクは世の常だっぺ。真っ当な要求だ」

「その通り」

母は嬉々《きき》として頷いた。

「このスケッチブックの絵は、全部わたしが責任もって引き受けるよ。最高の出来上がりを約束する。その代わり、原稿料は若い体で払ってもらう」

これのどこが保護者としての協力なのだろうか。僕は両手で顔をこすり上げた。明日香はやけに乗り気で、仕事内容の確認に入っている。早速、原稿を取りにいこうとした母を僕は遮った。

「こっちにも条件がある。三木は消しゴムかけとベタ、それにトーン貼りだけ。原稿は僕がチェックして大丈夫なやつだけ渡すから。それに、三木のアシスタントは今回一回限りだよ。異論は認めない」

「オーケー、わかったよ。二人ともありがとう。ホントに嬉しいよ」

母はにっこりと笑い、僕と明日香の頭を撫《な》でまわした。

2

さっきから伊三郎は、僕が描いた店内のレイアウト案に見入っている。金縁のメガネを額に押し上げ、眉間《みけん》に深いシワを刻んで身じろぎもしない。作業場のミシンには手許《てもと》ライトが灯《とも》り、縫いかけになった生地が押さえ金に挟まれたままだ。僕は伊三郎のそばに突っ立って、審判を待ちながら緊張で体を強張《こわば》らせていた。

　昨日はあれから漫画のアシスタント作業に没頭し、夕食後に明日香を帰したあとも無心に背景画を描き続けた。そのあと夜中までかかって店の図案を清書したが、母は何十枚もあるデザイン画を仕上げるのに朝方までかかったようだった。すべてに色柄をつけた渾身《こんしん》の作で、このときばかりはプロの底力に素直に感服した。僕は完成したスケッチブックをひとまず明日香に渡し、その足でテーラー伊三郎を訪れている。

「学生が描いたとは思えんな」

伊三郎のかすれ声がして、僕はごくりと喉《のど》を鳴らした。

「適当な感覚では描いてない。絵の中に数値を感じる。緻密《ちみつ》で几帳面《きちょうめん》だな。おまえさんは数字に強いだろ？」

「理数系は好きですよ。きっちりと答えが出るんで」

「なるほど。この役目を買って出ただけのことはある」

「じゃあ、これで進めていいんですか！」

「それはわからん」

伊三郎はにべもなく即答し、ノートを裁断台に置いて白いあごヒゲを触った。

「そもそも俺には、空間を作ったり想像したりする回路がないのさ。曖昧《あいまい》なイメージってもんが苦手だから、手堅い方法しか思いつかん。客を引くのに必要なのは、派手なのぼりと電飾のついた看板、それに五色刷りのチラシとアドバルーンだろ」

「ア、アドバルーンが手堅い方法ですか……」

「馬場町《ばばちょう》の松井《まつい》看板屋からも勧められたぞ。苦もなく大勢の視線を集められるし、不景気な今の時代にはもってこいだってな。チラシを新聞に挟む金がかからない」

僕は引きつった笑いを漏らした。思考が数十年前で完全に止まっているけれども、確かにこの町ではよく見かけるから困る。伊三郎はリニューアルに備えて蛍光灯で店内を極限まで明るくし、外壁はシンボルカラーである緑色に塗り直そうとしていた。看板も発注するとは言っていたが、まさか呑み屋のようなネオン看板を考えていたとは本当に危ないところだった。そうなればコール・バレネが引き立たないどころか、けばけばしい電飾と馴染んで猥褻《わいせつ》物に見える可能性すらある。

ここが正念場だ。僕は、伊三郎の固定観念を全力で打ち砕くために勢い込んだ。

「店のコンセプトは『エヴェレット・ジャポニスム』ですけど、とにかく人が入りやすい雰囲気が大事だと思うんですよ。呼び込みを派手にするんじゃなくて、通りがかりに興味をもってもらう。ちょっと中を見てみたいと思わせるんです」

「だれだって興味ぐらいはもつだろう。おまえさんが描いた、この絵みたいな珍妙な店ならなおさらだ。どこを探したってほかにはない」

「そう、それがテーラー伊三郎の個性です。珍妙だけど美しくて完全なオリジナル。コール・バレネがその代名詞みたいなもんですよ」

僕がそう言い切ると、伊三郎はメガネの上から目を合わせてきた。

「ウィンドウに飾るコーディネイトは、イメージが強いものにします。それを頻繁に変えれば、『今日はどんなのが飾られてるんだろう』って人に足を向けさせる動機になると思うんですよ。買う買わないは別として、こっち側の世界に引き込める」

「そこは俺も同意する。で、なんで店にソファなんぞを置くんだ？　普通店は、ハンガーとか棚に商品をずらっと並べるもんだろ。隙間もないほど」

伊三郎は僕が描いた図案を指差した。

「対話できることをアピールしたいんですよ。つまり、だれでも拒絶はしないし長居してもかまわないっていうメッセージです。商品陳列は演出も兼ねて、全部ボディに着せつけようかと思ってるんです。伊三郎さんとこの納戸に、古い継ぎ当てのボディがいくつもありましたよね。あれ、最高にかっこいいんで」

「かっこいい？　おまえさんは、いったいどんな美的感覚なんだ」

老人はこれ以上ないほど怪訝《けげん》な面持ちをしていたけれども、僕は、内装に利用できる家具や小物を町をまわって調達したいことを伝えた。伊三郎は再び図案を凝視し、腕組みをして何事かを考え込んでいる。コール・バレネについては老人と僕の意見はほぼ合致していたけれども、内装に関しては相反するようだ。しかし、それもわからないではなかった。どうせ改装するのなら、古臭さを一新した明るい店構えにしたいと考えるのはあたりまえのことだろう。ウェザリング、いわゆるあえて汚すという感覚が伊三郎の美意識にはない。

僕は老人の次の言葉を待ちわびた。たとえ却下されても、なんとかわかってもらえる道を模索した。妥協したすえの折衷案もごめんだった。今は絶対に折れたくはない。

二人はしばらく無言の駆け引きをしていたが、伊三郎は急にノートを閉じて僕に返してよこした。

「好きにしろ」

「いや、投げやりは困るんですけど……」

「投げやりじゃない。おまえさんの案は理解できないところも多いが、それでも信じて任せると言ったんだ。コール・バレネに関して言えば、最初からおまえさんの意見は正しいと思えた。だから、きっとこれも的外れではないんだろう」

伊三郎は金縁のメガネを外し、黒いカーディガンの裾《すそ》でぬぐった。

「だいたい革命を起こそうってときに、新しい感覚を否定するのはおかしいわな。人を信じるのは難しいが、不思議なことにおまえさんは信じられるよ」

僕の全身に鳥肌が立った。こんなことを人から言われたことがない。

「それとな。おまえさんは、自分の能力を過小評価しすぎている。俺から見れば才能の塊だ。それを見誤って、自分で自分を潰すようなことだけはやめておけ。この先ずっとだ」

「は、はい！」

僕は声をうわずらせながら返事をした。もうひと押しされれば泣いてしまいそうだった。僕は感情の波に飲まれまいと、勢いにまかせて口火を切った。

「伊三郎さん。大事なことを聞きたいんです」

「なんだ」

「紳士服専門の伊三郎さんが、なんでコール・バレネを作ろうと思ったんですか？」

老人はぴくりと反応して動きを止めたが、すぐメガネをかけ直していつもの飄々《ひょうひょう》とした態度に変えた。出会った当初から今まで、この本質的な問いははぐらかされてばかりいる。触れられたくないのは察していたが、僕は老人の動機が知りたかった。単なる興味からではなく、テーラー伊三郎の根幹を共有したい。

伊三郎は縫いかけになっている生地をじっと見つめていたが、ふうっと息を吐き出してからゆっくりと立ち上がった。ついてくるよう僕に目配せをする。伊三郎は作業部屋を出て薄暗い廊下を進み、台所の向かい側にある襖を滑らせた。とたんに線香の匂いが漂ってくる。そこは六畳の和室で仏間のようだった。殺風景な壁際には扉の開かれた仏壇が置かれ、大輪の白い菊が供えられている。障子戸を介して陽が射し込み、畳には格子模様の影ができていた。

伊三郎は仏壇の前にあぐらをかき、僕に顔を向けてきた。

「突っ立ってないで座れ」

僕は滑るように奥へ進み、老人の隣に正座した。長い戒名が入った位牌《いはい》の脇では、丸顔の老婆が弾けるように笑っていた。これが伊三郎の妻……。僕は食い入るように写真を見つめた。カールした白い髪を短くまとめた、かわいらしい感じの人だった。近所のだれもが彼女の明るさに触れていた通り、屈託のなさが写真からも伝わってくる。いつも仏頂面の伊三郎の隣で笑っていたのかと思うだけで、胸が締めつけられる思いがした。

「女房は昔から社交的で、周りに敵を作らない性分だった」

伊三郎は妻の写真を見つめながら口を開いた。

「人付き合いが億劫《おっくう》な俺の代わりに外へ出て、方々《ほうぼう》で顔をつないでいたんだな。ここで客商売をやっていけたのも、里子がいたからだ。俺ひとりでは無理だったろう」

伊三郎も写真を見ながら淡々と喋った。

「雪が降った寒い日、里子が町の会合からの帰りに転んで怪我をした。腰椎《ようつい》圧迫骨折と左手首骨折、それに大腿骨《だいたいこつ》骨折だ」

「ひどい怪我ですね」

「ああ。すぐに手術してしばらく寝たきりにはなったが、幸い命に別状はない。カメラ屋のばあさんもそうだが、リハビリをすればもとの生活に戻れるはずだった」

伊三郎は散った菊の白い花びらを集め、脇にある小さなゴミ箱に捨てた。

「家に帰ってきてからは、入れ替わり立ち替わりで知り合いが見舞いにきたよ。見舞いというより、見物にくる人間も多かった。どれほど弱ってんのか、人相は変わったか、先は短そうか、ボケは始まってないか。まあ、年寄りはいつ自分に降りかかるかもしれんことだし、体のいい調査対象になる」

「調査対象って」

「結局はそういう見方をするようになるんだよ。里子は骨粗鬆症《こつそしょうしょう》もあったから治りも遅くて、しかも大腿骨をやると歩くのが困難になる。俺は、完全に歩けるようになるのを待つのは時間の無駄だと思ったんだ。人とかかわるのが何よりも好きで、人に尽くすのが生きがいだった人間は外へ出るべきだろう？」

伊三郎はだれにともなく問いかけ、短いため息をついた。

「俺は電動のシニアカーを借りて、どんどん外に出ればいいと言ったんだ。だが、息子が反対したよ。危険だのなんだの騒いでいたが、結局のところ、みっともないが本音だ」

「みっともない？」

「ああ。仕立て屋のばあさんはあんなカッコになっちまった……みたいな意地の悪い目に晒《さら》されるし、そうまでしてあちこちに顔を出すのは無様で滑稽《こっけい》だとな。それを聞いてからだ。里子は外に出たいとも言わなくなったし、だれとも会わなくなった」

どういう顔をしたらいいのかがわからない。伊三郎の気持ちは痛いほどわかるし、太一ちゃんと呼ばれている息子の気持ちもわかる。息子は母をみっともなく思っていたのではなく、世間のそういう悪意や嘲笑《ちょうしょう》から守ろうとしていたのでは？　地道にリハビリを続けて、完治させることを最優先させていたのでは？　おそらく、伊三郎もそれはわかっているだろう。けれども、心のもっていき場がいまだにないのかもしれない。

「里子はみるみる弱って、風邪から肺炎にかかった。その二週間後に死んだよ」

伊三郎はそう言うと大仰に立ち上がり、部屋の角にある籐《とう》製の引き出しを開けた。中から取り出して僕に差し出してきたのは、白い医療用のコルセットだった。直線的で無機質なそこには、淡いピンク色の糸でサクラの花びらが刺繍《ししゅう》されている。僕はびっくりして伊三郎を見た。

「腰を固定すんのに医者がよこしたもんだ。女房は刺繍とかかぎ針編みとか、その手の細かい針仕事が好きだった。だが、手首を骨折してそれもできなくなってな」

そう言いながら、伊三郎はまた僕の隣にあぐらをかいた。いくつもの医療用コルセットを持ち、それを畳の上に置く。僕はごわごわした板のようなメッシュのコルセットを取り上げ、ひとつひとつ見ていった。ツバキやタンポポやキキョウや蝶や、さまざまな可憐なモチーフが武骨なコルセットに色を差している。お世辞にもうまいとは言えない。けれども、伊三郎が生地とは言い難いほど硬い土台にひと針ずつ糸を渡していった姿が垣間見え、僕の心は大きく揺さぶられた。

「これは伊三郎さんが刺繍したんですか？」

横を見ると、老人は、ああ、と小さく頷いた。

「医療用のもんは、なんでもそうだが味もそっけもない。治療と合理性だけを追求してるんだからあたりまえだわな。だが、そういう体温を感じないものは、知らず知らずのうちに人の生きるエネルギーを奪う。俺は女房を見てそう思った。身のまわりのものが悲観を加速させる」

伊三郎は医療用のコルセットを一枚取り上げ、自嘲的な笑みを漏らした。

「ひどい出来だな。俺は手刺繍なんてほとんどやったことがなかったから、まるで子どもの工作だよ。そんなもんでも、見よう見まねで刺繍したコルセットを里子に渡すと嬉しそうに笑った。着けるのが楽しみだと言ってたな」

老人は、苦しげに妻の写真に目を細めた。これがコール・バレネの原点……。僕は、今までもっていた伊三郎の印象を次々と書き換えていった。世の中や閉鎖的な町に愛想をつかし、抑え切れない反発心を具現化させたものが、女性下着なのではないかと少しだけ思っていた。保守的な世間を煽《あお》るには恰好《かっこう》のアイテムだし、現に伊三郎もそうやってきた。しかし、理屈で武装しているのは内面を隠すためだ。妻との思い出を商品にこめて発信している。

伊三郎は綿毛のような白い髪を撫で上げ、咳払いをしてから話を再開した。

「いちばん初めに店に飾ったコール・バレネは、里子が怪我をする前に刺繍した生地を使って作ったもんだ。ニードルレースもな」

「生成り色のスズランの？」

「そうだ。おまえさんはすぐに見抜いただろ。俺が自分で刺繍したバラのコルセットを、本体とのクオリティに差がありすぎる、庶民の手芸みたいだと断言した」

「ええと、あれはミスマッチで斬新という意味だったんですが……」

手をひと振りした伊三郎は、僕の言い訳を途中で遮った。

「あの言葉で俺は完全に目が醒《さ》めた。何十年ぶりかで本気になったと言っていい。初めは医療用から派生したコルセットを考えていたが、おまえさんを見てるうちに服飾の観点もおもしろいと思うようになった。そして今は店の復活を目論《もくろ》んでいる。女房の弔い合戦で始めたことが、俺の野望になった。そういうことだ。わかったか？」

「え？　ああ、はい」

伊三郎は仏壇の鈴を大きく一回鳴らし、立ち上がって部屋を出ていった。僕は慌てて線香をあげ、遺影に手を合わせてから老人のあとを追いかける。勝手なことを言えば、伊三郎には無遠慮でタフな狡猾《こうかつ》さだけを見せていてほしかった。目の前に立ちはだかり、強引に引っ張ってほしかった。けれどもそれは、安心感ばかりを求めようとする僕の幻想だ。伊三郎だって弱さや喪失感と闘っている。

作業部屋に戻ると、伊三郎はミシンの前に腰を下ろしていた。いつもの気難しそうな気配を取り戻し、早くも完全復活を遂げている。

「明日香はどうした？　最高のデザインができたとかなんとか息巻いてたと思うが」

「あとから来ます。ちょっと用事があるみたいで」

今日は、友月山公園にある時計台の巻き上げをやっているはずだった。

伊三郎はシルクタフタらしき生地をつまみ、端を合わせてミシンのペダルを踏み込んだ。とたんに爆音が空気を震わせ、薄い生地が瞬く間に送り金の中へ吸い込まれていく。

「店に使う欄間だの椅子だの机だの、調達できる目処《めど》はついてるのか？」

凶器と化したミシンを完璧《かんぺき》に支配し、伊三郎はいつもと同じ声色で話しかけてくる。

僕はミシンに一歩近づき、モーター音に負けないぐらいの声を張り上げた。

「これから探すものがほとんどですよ。いろいろとまわってみたいんです」

「別に俺は、金を出し惜しんでるわけじゃない。宣伝費をケチるつもりもないしな。古道具なんか集めなくても、新品をそろえればいいだろ。高山《たかやま》のホームセンターにもなかなか洒落《しゃれ》たのが置いてあるんだぞ」

それは合板の組み立て家具だろう。うちにある家具類のほとんどがこれだ。やはりコルセット以外は、伊三郎主導で動いたら取り返しがつかないことになりそうだった。僕はリュックを肩にかけて声を上げた。

「まずは探してみます。見つからなかったら、また相談ということで」

そう言い残して部屋をあとにし、スニーカーに足を突っ込んだ。そのとき、カーキ色のキャップを深々とかぶった明日香が、辺りを警戒しながら店にするりと滑り込んでくる。僕は大澤カメラにいく旨を伝え、ひと言二言交わしてから、パーカーのフードをかぶって入れ違いに外へ出た。

3

大澤カメラの扉を開けたとたんに、ストーブで熱せられた空気が流れ出してきた。それに混じって、特徴的な酸味のある臭いが鼻を突いてくる。これは写真の現像液だろうか。小さいころ、近所にあった写真屋でもこんな臭いを嗅《か》いだことがある。

こんにちは、と声をかけながら中へ入ると、フィルムの入ったショーケースの脇にうずくまっている者がいる。小学校の机のような小さな天板に覆いかぶさり、書き物か何かをしているようだった。

「いらっしゃい。ちょっと待ってね」

白髪を角ばったスポーツ刈りにしている老人は、あいかわらずうつむいたままだ。アルミのデスクライトが煌々《こうこう》と点され、手許だけが明るく浮かび上がっている。遠巻きに覗き込むと、文鎮で固定されたモノクロ写真に細い筆で何か書いているらしかった。そしてようやく顔を上げた老人を見て、僕はぎくりとした。

右目には錆《さび》の浮いた単眼ルーペが挟まれ、首に大きさの違う虫メガネがいくつもかけられている。手首には四角いガラス板のようなものが紐で括《くく》りつけられて、そこには墨らしき黒い塗料がなすりつけられていた。

「あんたが噂のアンサリムちゃんだっぺ？　年がら年中、話は聞いてるよ。母ちゃんなら上のスタジオにいっから、奥の階段上がらっし」

もはや名前の原形をとどめていない。老人は右目からルーペを外し、白い手袋を脱いでから、マッサージでもするように瞼《まぶた》のあたりをつまんで揺すった。この人がばあさんの夫か。近くで見るのは初めてだ。伊三郎と同じぐらいの年代だろうが、見るからに穏やかそうな風貌《ふうぼう》で雰囲気は対極に位置している。僕がちらちらと机の上を見ていることに気づき、大澤のじいさんはひときわ人のよさそうな笑みを向けてきた。

「あんたは写真に興味があんのかい？」

「ああ、はい」

咄嗟に社交辞令が口を衝《つ》いて出た。するとじいさんはたちまち神妙な面持ちに変え、手首につけていたガラス板を外した。

「そういうことなら話は早い。この店、買ってくんねえかな」

「はい？」

「ここに大澤カメラを構えて五十四年、俺はがむしゃらに店を守ってきた。七五三だの成人式なんかは、店の前に大行列ができたんだぞ。番号札配ってな、朝っから晩まで撮影し通しだった。結婚式とか同級会の出張にも行ったなあ。現像して裁断して台紙に貼って袋さ詰めて焼き増しして、いやあ、寝る暇もないほど忙しかった」

　じいさんは小刻みに頷きながら喋り、またにこにこと人好きのする笑顔に戻した。

「うちは暗室が三つもあって撮影スタジオもあるし、ネガ現像機も遮光ボトルもイーゼルも、仕事道具はひと通りみんなそろってる。明日っからでも店開けるように、スピード写真用のカメラもつけっと。どうだ？」

「いや、どうだって言われても……。高校生ですし」

「夢を追っかけんのは学生も大人も関係ねえんべ。思い立ったが吉日だ」

「そうだとは思いますけど、今のところ写真屋になる夢はないんですよ。すみません」

「そうなんか……。じゃあ、店と機材のほかに何をつけてほしいんだ？」

　見かけによらず、人の話を聞かないタイプのじいさんらしい。僕は老人の先手を取って、話を蒸し返される前に口を開いた。

「あの、これはなんの作業をしてるんですか？」

　僕は、小ぶりの机に広げられている古めかしい道具の数々に目を向けた。セピア色に褪《あ》せた写真は、田舎町の花嫁行列らしい。角かくしをかぶった花嫁が、老婆に手を引かれて畦道《あぜみち》を歩いているひとコマだ。

大澤のじいさんは僕の顔をじろじろと見ていたが、再びルーペを右目に挟んで、細い竹の筆先をひと舐《な》めした。

「頼まれた写真を修整してんだよ。古い写真を複写して、印画紙の折り目とか傷、それにカビの痕《あと》を消してんだ。これは戦争前のもんだから、だいぶ色が抜けてぼんやりしてんねえ。輪郭をなぞって像を浮き出させる。あくまでも自然にだよ」

「へえ」と僕は声を漏らし、じいさんの手許を覗き込んだ。極細の筆先で茅葺《かやぶき》屋根のススキを一本一本なぞり、陰影に注意しながら黒い色を置いている。それは気が遠くなるほど細かい作業で、いくら筆を動かしてもまったく進んでいるようには見えなかった。

「これはイカ墨を原料にした顔料なんだ」

老人はガラス板に筆先を這《は》わせて黒色の顔料をつけた。

「昔の写真はみんなこのイカ墨のインクが使われてっから、時間が経って色が抜けっと茶色くセピアに変わるんだな。で、ほったらかしとくと像が消えちまう」

「ということは、今修整してるこの写真もいずれ消える？」

「修整跡は消える。七、八十年後にまた修整してやる必要があるねえ」

データ化すればすべての問題から解放されるのだが、年齢的にそのあたりの知識には疎いのだろう。そう考えたとき、突然じいさんが顔を上げてにやりとした。僕は反射的に後ずさった。ライトに当たった金歯がまばゆく光り、片目に錆だらけのルーペを挟んだ姿がマッド・エンジニアのようで凄《すご》みがある。痩《や》せて骨張っている老人はルーペを外して、あらためて僕の顔を見た。

「あんた今、写真をデータ化すれば簡単なのにって思ったっぺ。年寄りだから、なんにも知らねえんだろうって」

　図星を指されて僕はたじろいだ。

「そうだなあ。高解像度スキャニングでデジタル画像化して、調整レイヤーで細い傷を探して消していく。そのあとは色調補正だ。十六ｂｉｔモードに変換して、ヒストグラムでピクセル分布を確認すんだよ。どの色相の色味が強いのかを割り出すんだ。乗算と焼き込みモードを使えば、枠取りの強弱も楽に決められっぺなあ」

　僕はぎょっとした。

「ちょ、ちょっと、ものすごい知識なんですけど」

「知識も何も、ただのフォトショップだわ。パソコンに入れてあるもん」

「入れてあるもんって、じゃあなんでそっちで修整しないんですか？　手で修整するより数倍速いでしょう？」

「おや、おや。あんたは若いなあ」と老人はおもしろそうに笑った。「なんで時間のかかる手作業で苦労しながら修整すんのか。そりゃあ、金になる商売だからに決まってんべ」

「あ、そうか。だれにも真似できない特殊技術だから価値があるんですね」

「違うよ」

大澤のじいさんはにべもなく否定し、スタンドの電気を消した。

「年寄りっつうのは頭が固いうえに完全停止してっから、新しいもんをはなっから受け入れない習性があんだわ。だってバカだもん」

「いや、さすがに言いすぎだと思いますけど」

「言いすぎてねえよ。デジタルとかコンピュータでなんかするよりも、じっくり手間暇かけた手作業のが上等だと思ってんだなあ。ほら、床拭《ふ》きなんかモップでやりゃあいいのに、雑巾《ぞうきん》がけのが徳が高いと思ってるようなもんなんだわ」

なかなかわかりやすい喩《たと》えである。

「連中は精神論が大好きで、苦労が目に見えるほど高い金を出す。だから俺は、そんな年寄りどもの期待に応《こた》えてるっつうあんばいだ。見事な需要と供給だんべ？　でも、データはちゃんとCDに焼いて渡してるよ。先方は、鳥を追っ払う道具にしてっけど」

老人は柔和に微笑んだけれども、僕はどういう顔をしたらいいのかわからなかった。写真修整技術に誇りをもった職人というより、やはりこのじいさんはマッド・エンジニアの領域だ。十七年間、伊三郎も含めて、この手の人物にひとりも出くわさずに生きてきたことが信じられない。この町は、深く知れば知るほど退屈とは無縁だった。

「データ化できるんなら、店でデジタルプリントも打ち出せばいいのに……」

「そんなもんはいらんよ。今どきコンビニで安くて簡単に印刷できんだから。息子も後継がねえし、俺の代でカメラ屋も終わりだ。手広くやる意味がないんだな」

「でも、おじいさんはパソコンスキルをものにしたじゃないですか。時代についていくためでしょう？」

「違う、違う。機械が好きだからだよ。現像機だの拡大機だのも自分で修理してっかんね。お迎えがくる前に、コンピュータに出会えてホントによかったなあ。毎日、退屈知らずだわ」

この老人は、エヴェレット・ジャポニスムの世界では間違いなく革命軍のコンピュータエンジニアだろう。人好きのする風貌ながら、案外だれよりも情け容赦はないかもしれない。僕は、痩せぎすのじいさんを勝手に登場人物のひとりに加えた。

それから僕は、老人に言われるがまま店の奥にある急な階段を上った。伊三郎の家と同じくかなりの奥行きがある。上り切った突き当たりの扉は開け放たれ、大澤のばあさんが背中を丸めて掃除機をかけていた。

「こんにちは」

挨拶しながら部屋に入ると、手ぬぐいで姉さまかぶりをした老婆が振り返った。

「ああ、アクマリーちゃんかい。今日は来たんだねえ。こないだのおっかない先生に、意地悪されてないかい？」

真鍋女史を現役の教師だと思っているらしい。ばあさんは騒々しい掃除機のスイッチを切って、頭から手ぬぐいを外している。僕は初めて入る撮影スタジオを興味深く見まわした。それほど広くはないが、壁にはベージュ色のスクリーンがかけられ、大きな傘を広げたような反射板が柱に固定されている。布の張られた箱は古いストロボだろうか。道具は完璧にそろっているのに、この空間には血が通っていないと感じる。カメラの三脚が一ヵ所に固められているさまは、まるで卒塔婆《そとば》だらけの墓場だった。もう何年も、この場所での撮影はおこなわれていないのだろう。

　割烹着《かっぽうぎ》姿のばあさんは開け放たれていた窓を閉めてまわり、僕を振り返った。

「父ちゃんはなんか言ってなかったかい？」

「店を買ってほしいって言われました」

　ばあさんはたちまち顔をしかめ、盛大にため息を吐き出した。

「まったく、だれかまわずそだ話おっぱじめんだから。やんなっちまうょ」

「でも、本気じゃなさそうでしたよ」

「初めて会う人間には必ず言うことに決めてんだと。ふざけて余計なことばっか言うし、何考えてんのかさっぱりわかんねえんだよ。ボケてんのかもしんねえな」

「いや、それは絶対にないですって」

　ばあさんは「まったく」と繰り返し、奥にある小さな木の扉を開けた。今度は物置きだろうか。ひょいと覗き込んだとき、真っ赤に染まった小部屋が目に飛び込んできて驚いた。

　そこは、赤いセーフライトが点された暗室だった。三畳もないような手狭な部屋は、あふれんばかりに物が押し込まれている。しかし、そこにあるたくさんのガラクタがなんなのかわかったとたん、僕の心拍数が急激に上がった。

「おばあちゃん！　これなんですか！」

真っ赤な光のなかでばあさんはのろのろと振り返り、興奮している僕をいささか怪訝そうに見上げた。

「何って、これは撮影んときに使う小道具だよ」

「小道具？　これが？　リーズ城に似たような家具があるんですけど！　立派すぎるんですけど！」

僕は椅子やソファ、小さなサイドテーブルやフロアランプなどを指差してわめき立てた。華奢《きゃしゃ》な椅子などはぞんざいに重ねられてはいるが、幸い壊れてはいない。

「ちょっとこれ、外に出してもいいですか？」

「いいけど、アクマリーちゃん。これはそのうち粗大ゴミさ出そうとしてるもんだぞ。すごく時代遅れでやぼったいから、使いもんになんないんだ」

「そ、粗大ゴミ？　とんでもない！　時代遅れどころか、エヴェレット・ジャポニスムのど真ん中ですよ！」

僕は樫《かし》材と思われる重い椅子を暗室の外に引きずり出し、布張りのラムズゲイトチェアや曲線が特徴的な二人がけのソファを次々と運び出した。自然光のなかで見ても美しさは少しも変わらず、細かい彫刻の入った猫足が飴《あめ》色に輝いている。僕の胸が高鳴りすぎて、軽くめまいを覚えるほどだった。

「淡いモスグリーンのベルベット張りなんて、ちょっと珍しいですね。この手の椅子は、写真集を見ても小豆《あずき》色がほとんどなんですよ」

「ああ。確かこれも、もとは小豆色だったはずだよ。ひどく擦り切れてな、父ちゃんが家具屋へ持ってってわざわざ直してもらったんだ。新品買ったほうが、どれほど安上がりだったか知れないよ」

「でも、修理してずっと使えるほどモノがいいってことでしょう？　こっちのバルーン型の椅子もすごいですね」

「何がすごいんだか」

僕は絨毯《じゅうたん》敷きの床に膝《ひざ》をつき、反るように湾曲した椅子の前脚をひと撫でした。このあたたかみはくるみ材だろうか。脚から背もたれまで、計算し尽くされた曲線で構成されている。間違いなく家具職人が手がけたもので、イギリスの城によくある古典的なデザインだった。ばあさんは忙《せわ》しなく椅子を見分する僕を不思議そうに眺めていたけれども、急に相好を崩して目を細めた。

「アクマリーちゃんは、いろんなもんに興味をもつんだねえ。半纏《はんてん》の上から着けたコルセットをきれいだって言ってみたり、古びた椅子がすごいって言ったりさ」

老婆は、今まで毒づいていた家具に懐かしさをこめた目を向けた。

「こういう椅子だのライトだのは、ずっと昔、カメラ屋を開いたばっかりのころに、父ちゃんがふらっとどっかに出かけて買ってきたんだよ。たぶん、東京とか横浜の古道具屋だと思うけど、なんせなんにでもこだわりが強いかんな。人と同じのがいやで、わざわざボロを選んでくんだ」

「おじいさんは、被写体をいちばんに考えて小道具を選んだんだと思います。これは西洋アンティークですけど、着物に合わせたらすごくモダンに写る。洋装にも和装にもどんな色柄にも、年齢性別関係なく使えるんですよ。これだけ存在感のある家具なのに、主張が強すぎないのがすごいです。プロカメラマンの視点で厳選したんでしょうね」

漫画の背景を描くとき、僕がいちばんに考えることと同じだった。人物より目立ってはいけないものの、作品にはなんらかの影響を与えなければならない。その絶妙なさじ加減がここにはあった。

僕は老婆に向き直り、テーラー伊三郎の改装案を話して聞かせた。老人がこつこつと集めた撮影用の家具は、明日香が語っていた欄間との相性も抜群にいいだろう。ぜひ貸してもらえないかと頼むと、ばあさんは二つ返事で了承してくれた。さっきから、鳥肌が立ちっぱなしだ。いきなり最高のものに巡り合えた興奮もあるけれども、ある突拍子もない計画が頭のなかで急激に膨れ上がっているからだ。僕は、パーカーの袖を肘《ひじ》の上までまくり上げた。

「もうひとつお願いがあります」

大澤のばあさんは、暗室から出した家具類にけたたましくはたきをかけている。再び窓を全開にして埃《ほこり》を追い出し、僕にシワだらけの顔を向けてきた。

「今度はなんのお願いだね」

「モデルをやってもらえませんか？」

ばあさんはきょとんとして、どぎついピンク色のはたきを持ったまま突っ立っている。

僕は少しだけ屈《かが》んで小柄な老婆と目を合わせた。

「コルセットでフルコーディネイトした写真を、おじいさんに撮ってもらいたいんですよ。大澤カメラの店のウィンドウは、テーラー伊三郎と違って建物の全面だからすごく目立つ。今はカーテンで塞《ふさ》いであるけど、あそこに写真がずらっと並んだらすごい迫力だと思うんです」

「何言ってんだよ」とばあさんは顔の前でぶんぶんと手を振った。「カメラ屋が身内の写真なんか店に飾るもんでねえ。しかも、こんなばあさんが着飾って額に入るなんてもってのほかだわ」

「そんなことありませんって。美容院のスズ子おばあちゃんと加藤夫人にもポートレートをお願いします。三木明日香も入れて、いろんな年代のいろんなコーディネイトを見せたらおもしろいと思いませんか」

僕は真剣に語りかけた。

「おばあちゃんはこないだ、だれよりもやりたいことをやる権利があるって言ってたじゃないですか。もうひと花咲かせたいって。おばあちゃんが、コール・バレネを心底きれいだと思ってくれているのはわかります。一生のお願いです」

母の得意な台詞《せりふ》を言い、僕は深々と頭を下げた。隣近所となんらかの雰囲気を共有できれば、エヴェレット・ジャポニスムの発信力は格段に増す。どんな説明よりも説得力があるだろう。しかも、もしかして個々の商売にもつながるのでは？

そろそろと顔を上げると、大澤のばあさんは腕組みをして唇を結んでいた。見たこともないほど険しい表情をしており、僕は調子にのりすぎたかもしれないと慌てふためいた。

「あの、すいません。勝手なことばかり言って……」

「いいや、あんたの言ってることはもっともだ。よし、やろう」

ばあさんは腰に手を当てて大きく頷いた。

「着付けと頭のセット、それに化粧はスズ子さんに頼む。この際、思い切ってパーマ当ててもいいかもな。加藤さんとスズ子さんのコルセットが出来上がったら、みんなしてここで写真撮っぺ。ああ見えても、父ちゃんの腕は確かだかんね」

よし、と僕は拳《こぶし》を握り締めた。僕は早速スケジュールを立てるとばあさんに伝え、テーラー伊三郎に舞い戻った。

4

仕立て屋の店の中では、伊三郎と明日香がスケッチブックを前にして意見を闘わせていた。何枚も付箋《ふせん》が貼られて、細かい文字がびっしりと書き込まれている。二人とも主張を譲らない姿勢を見せてはいるけれども、どこか楽しげなのは見間違いではない。僕は明日香に手招きされて、作業台のほうへいった。

「伊三郎元帥が、おめさんの母ちゃんに会いたいって」

僕は言葉よりも先にうめき声を漏らした。

「なんで……」

「こんなすごいデザイン画を描いてもらっといて、なんでもへったくれもねえべな。わたし、見た瞬間に卒倒すっかと思ったもん。だってプロが描いたもんだぞ？　津田先生の作品だぞ？」

それほど喜んでもらえたのは嬉しいが、それと母をここへ連れてくるのとは別問題だ。返事に困って口ごもっていると、伊三郎がちらりと僕の顔を見やった。

「おまえさんの母親は、洋裁ができるのか？」

「いえ、針仕事は全般に苦手ですよ。本人も大嫌いだって言い切ってますし」

「それにしては、仕立てを理解してる絵だな。服の仕組みがわからん者が絵を描くと、だいたいはきれいなだけで縫製が不可能なもんになる。だがこの絵は、どれを見ても無理がない。むしろ、作る側に立った理にかなってる絵だ」

「ああ、それは、服飾関連の図鑑を見ながら漫画を描いてるからだと思いますよ。衣装にはこだわりがあるみたいなので」

伊三郎は感心し、スケッチブックに目を戻した。

「それはいいんだが、明日香のデザインは理解できんものも多い。確かに俺は流行りに疎いが、ここまで突っ走っていいものかどうか」

そう言うなり明日香が身を乗り出し、開かれているページを指差した。

「流行りじゃなくて、これはバリエーションだよ。同じような形で生地だけ違う商品ばっかりだと、なんか味気なく感じてもったいないんだ。スーパーに並んでる缶詰みたいにさ。コーディネイトで見せるのは大事だけど、単品力だっていると思う。テーラー伊三郎を表す象徴的なアイテムな」

「ほう、象徴か」

「うん。元帥は紳士服のエキスパートだから、その血を受け継ぐコルセットがほしい。生地はダークグレーのピンストライプで、テーラードカラーにフラップポケット付き。かちっとした紳士物のジャケットがコルセットに変わったら、すごくわくわくすっぺ？」

明日香は目を輝かせて先を続けた。

「裏地に着物の生地をもってきたらかっこいいと思うんだ」

「それは紳士物にはよくある手法だ。地味な背広の裏地を色物にしたり、日本なら羽織りの裏に大胆な色柄の額裏をつけたりする。世界的に見て、男の服飾は見えないところへのこだわりだな」

明日香は頷きながらも何事かを考えているようで、母が描き直した絵を凝視した。

「あとひとつ、思ったことがあんだ。着物と合わせんのはテーラー伊三郎からの提案だけど、買ったあとは自由に着てもらいたい。カジュアルにもフォーマルにも、もちろん下着として使ってもいいべし、コルセットって意外と万能なんだよな」

これには伊三郎もむっつりと同意した。

僕と伊三郎だけだったら、おそらくこういう踏み込んだ会話にはならないだろう。彼女の意見はいつも突拍子もなく感じるけれども、常に全体像を見ようとしていた。

僕は、明日香の勢いを借りて口を開いた。

「一部だけレンタルもやったらどうかな」

「レンタル？」と伊三郎と明日香は同時に声を出した。

「撮影に使うんですよ。テーラー伊三郎が提案するコーディネイトを、そっくりそのまま着せて隣の大澤カメラで撮影するんです。今思いついたんだけど、実際に着てみることで、また別の角度からエヴェレット・ジャポニスムを体験してもらえるんじゃないかな」

僕は、今さっき大澤カメラで協力を仰いだことを二人にも伝えた。明日香は大賛成だったけれども、伊三郎はどこか踏ん切りの悪い返事をよこしている。どうやら、近所を巻き込むことへの抵抗があるらしい。老人は渋い顔のまま言った。

「かかわる人間が多くなるほど、いろんな問題だの軋轢《あつれき》が生まれるもんだ」

「でも、大勢がかかわらない革命なんてないですよ」

僕がそう切り返すと、伊三郎は反論できずに口をつぐんだ。

「大澤のおばあちゃんは、着付けも化粧もパーマもスズ子さんに頼んで写真を撮ると言ってました。むりやり協力させてるんじゃなくて、みんなすごく楽しんでるんです。伊三郎さんの作るコール・バレネに、いろんな思いを乗せてるんだと思いますよ」

「んだな。隣組の義理だけで、こんなことやれるわけねえよ。純粋に気に入ってんだわ。で、自分の可能性も試したい。年寄りだろうが高校生だろうが、そんな思いはみんな一緒なんだよ。もちろん、元帥だってそうだっぺ？」

明日香がいつもの上から目線で発言すると、伊三郎はメガネを外して両手で顔をこすり上げた。

「俺の当初の計画からはずいぶん離れた。めちゃくちゃな発想だらけで、これで収拾がつくのかどうかもわからん。俺はずっと受け身の商売をしてきたが、おまえさんらはまるで正反対だ。でもまあ、このまま進むのも悪くないか」

伊三郎はメガネをかけ直して含み笑いをした。

「俺からもカメラ屋には声をかけておく。ばあさん方の写真を宣伝費に計上する必要があるからな。隣のじいさんは金にうるさいし、根っからの商売人だ。相当な変わりもんでもある」

それは伊三郎も負けず劣らずだ。そのとき、明日香が左腕にはまる鉄くずのような時計に目を落とし、そそくさと黒いモッズコートを羽織った。

「悪いけど、ちょっと外せない用があんだわ。元帥、デザインの話は一回棚さ上げといてくいよ。二時間ぐらいで戻ってくっから」

カーキ色のキャップを目深にかぶって、あごの下までファスナーを押し上げる。僕もパーカーの前を閉めて伊三郎に向き直った。

「僕もちょっと出てきます。店の内装を固めたいんで」

すると伊三郎は小さな物入れを開け、取り出した茶封筒を僕に差し出してきた。

「おまえさんに十万だけ渡しておく。必要なものはこっから使え。もう俺の了解を取る必要はないから、自分で決めて進んでいいぞ。足りなかったら言ってくれればいい」

「わかりました。でも、しばらくは何も買わないと思いますよ」

「接待に使ってもかまわん」

「いや、だれを接待するんですか……」

僕はとりあえず封筒を受け取り、リュックサックに入れた。人目を気にしながら外へ出たが、あいかわらず日曜とは思えないほど通りにはほとんどだれもいなかった。あとから出てきた明日香を振り返る。

「僕はまた大澤カメラに行くから。ばあさんから町の情報を仕入れてくる」

「うん。わたしは時計台さ行ってくるよ」

「時計台？　もう行ってきたんじゃないのか？」

明日香は首をすくめ、小作りな顔を左右に振った。

「友月山さ行く途中で、真鍋女史の仲間に出くわしたんだ。ジョギングおばさん、いっつも団地でたむろしてっぺ？」

「ああ、真鍋女史の情報屋みたいな人な」

「そう、そう。あのおばさんが三人で走ってて、まさかバイトに行くのかってしつこく疑われたんだよ。だから大事をとって商店街さ逃げてきたっつうあんばいだ。時計のほうは、重りが下に落ち切るまでまだまだ時間あっからさ」

「じゃあ、僕も時計台に付き合うよ。見張り役が必要だろうし」

そう言うと、明日香は僕の顔をじっと見た。先日の一件で、彼女は真鍋女史が異常に苦手だということがわかった。得意な人間などいないだろうが、完全に萎縮して思考が停止してしまうほど恐怖している。きっとその仲間に対してもそうだろう。何かあったとき、言い逃れすらできずに追い込まれる可能性がある。

明日香は、ひとつに束ねたまっすぐの長い髪を後ろへ払った。

「じゃあ、遠慮なくボディガードを頼んでみっぺか。こっから友月山まで、裏道通って行くかんな。はぐれんなよ」

彼女はキャップをかぶり直し、まるで兵士のような勇ましい顔つきで走り出した。

友月山公園に到着し、僕は山のてっぺんに建つ時計台を見上げた。荒ぶった北風が古びた木造の塔を容赦なくなぶっている。高さは十メートル以上はあるだろう。細長い角《かく》錐《すい》台の塔には四面に文字盤があり、茶色く煤《すす》けた下見張りの造りだ。脇にある小屋とひと続きになっているらしい。時計塔が建てられた年代や経緯が事細かに説明してある看板があるけれども、ほとんどだれも興味をもっていないのは明らかだった。

汗が引いたせいで体が急激に冷え、僕はパーカーの前をかき合わせた。出入り口の鎖をまたいでいる明日香に声をかける。

「僕はここで見張ってるから、三木は作業してきていいよ」

「うん、でももう大丈夫。津田は行っていいよ。わざわざありがとうな。ボディガードがいてすごい心強かった」

「え？　いや、まあ、うん」

僕はもごもごと言った。明日香の率直な言葉には、いつも照れが先走って受け答えがおかしくなる。彼女はそんな僕を見て首を傾げた。

「それとも一緒に中さ入ってみっか？　ここも久しぶりだっぺ？」

「それだと二人で出たとき、だれかと鉢合わせする可能性もあるんじゃないの」

「ここまでくれば、もう大丈夫だと思う。今までも、こんなとこまで上ってくんのは小学生ぐらいなもんだったかんね。町なかさえクリアできれば、わたしの勝ちだ」

僕は噴き出して笑った。こんなことを週一で続けているとは、つくづく感心する。

明日香は古そうな鍵《かぎ》を時計台の扉に挿し込み、「コツがあんだ」と言いながらゆっくりと右にまわした。重々しい音を立てて封印は解かれ、木の扉がきしみながら開かれる。

中は吸い込まれそうなほど真っ暗だ。明日香に続いて建物に入ると、彼女はすぐに施錠して手探りで電気のスイッチを押した。

オレンジ色の薄暗い白熱球が、ぼんやりと時計台の内部を照らし出す。木材とカビと機械油の臭いが空気に溶け込み、規則的に時を刻む歯車の音が大きく反響していた。

僕は狭苦しい空間を見まわした。この部屋は物置きになっており、工具類やロープやセメント袋のようなものが散乱している。明日香は壁にかけられていたバインダーを取り上げ、日付と時間を記入してから荷物を下ろした。

「さて、始めっか」

そう言うとカーキ色のキャップを脱いで、ひとつに束ねた長い髪を手早くまとめていく。そしてキャップのつばを後ろへまわし、髪をたくし込んで再びかぶった。

「津田はそのパーカー脱いでくれっか。フードがどっかに引っかかっと危ないかんね。スニーカーの紐も中に入れんだよ。歯車に巻き込まっちゃら一発だぞ」

「ちょっと待った。そんなに危険なのか？」

「危険は人間が作り出す。なんだってそうだべ。でもチャップリンの映画みたいに、歯車んなかさ入るわけじゃないから安心しらっし」

明日香はモッズコートを脱ぎ、鞄《かばん》から出したライトを点けて頭に装着した。フリルつきのブラウスの上にツィードのベストを着て、下は同じ生地のショートパンツに黒いニーハイソックス。足許はお馴染みのごついエンジニアブーツだ。町なかでは浮き上がりがちなこの手の恰好も、ここではなんの違和感もない。

明日香は埃をかぶった机の引き出しを開け、中から軍手を出して僕によこした。

「よし、行こう」

僕はリュックを下ろしてパーカーを脱ぎ捨て、明日香の後ろからついていく。急な木の階段は足を乗せるたびにきしみ、踏み板が抜けるんじゃないかと思うほど頼りない。身を縮めて上り切ると、突き当たりには手狭な踊り場があった。明日香は勝手口のように小さな引き戸を開ける。

「こっからは梯子《はしご》だかんね。四階ぶん上がっから」

明日香の頭に着けられた小さなライトだけが、まっすぐに進行方向を照らし出している。ぴんと張ったワイヤーやロープが何本も吊《つ》り下がっているけれども、先がほとんど見通せない。僕はおそるおそる下を見た。不思議と恐怖は感じない。漆黒の闇が広がっているだけで高さがまるっきりわからなかった。

「すごい場所だな」と僕は木の梯子を上りながら口を開いた。「現代とは思えないどころか、この世とは思えない」

「だべ？　完全にここは異世界だもんな」

明日香の声が上から落ちてくる。吹きつける風が木造の塔を微《かす》かに揺らし、そのたびにみしみしと鈍い音を発していた。明日香は梯子の途中に現れた戸を開けて、真っ暗な空間に入っていく。そして、梁《はり》からぶら下がっている鎖を引いて電気を点けた。

ここが時計台の中枢か。僕も小部屋に入って、三畳もないような空間に立ち尽くした。真ん中には重厚な金属の塊があり、機械を支える湾曲した脚の上では、大小無数の歯車が複雑に噛み合っている。ワイヤーを巻き取るハンドルがせり出し、四角く切り抜かれた床の下には、大きな歯車を介して振り子らしき金属が揺れていた。

「思ったより小さいんだな。もっと巨大な歯車がまわってんのかと思った」

「文字盤の裏っかわはそんな感じだよ。ここは時計の中心で、動力を隅々まで伝える場所なんだ。小さい心臓が体じゅうに血を送り出すみたいにさ」

明日香は木の取っ手がついた鉄のハンドルに手をかけ、櫛歯《くしば》にかかっているロックを外してから体重をかけてまわしはじめた。ぎりぎりと金属がこすれる音が漏れ、強靭《きょうじん》なワイヤーが少しずつ巻き上げられていく。明日香は両手でハンドルを握り、まるで船でも漕《こ》ぐようにゆっくりと体を動かした。

「重りはなんなの？」と僕は、振り子の穴を覗き込みながら問うた。

「箱に阿武隈《あぶくま》川の小石を五十キロぶん詰めたやつ。これは時計の針専用で、鐘はまた別なんだわ」

「この時計台って鐘があったっけ？　音を聞いたことないけど」

「人手がないから鐘が鳴らせないんだよ。鐘用の重りは百五十キロもあって、それも巻き上げる必要があっからな。間宮時計のじいちゃんもほとんどボランティアなのに、役場はまかせっきりみてえだ。なんせ、専門知識がないとやれないことが多いからさ。油さすのも歯車の埃落とすのも」

明日香は息を弾ませながら喋った。僕も時計台など気にも留めていなかったから、陰でこんな苦労があることなど知るよしもなかった。町の大半が自分と同じだろう。

「代わるよ。これを一時間以上も続けんだろ？」

「まあね」と言いながら、明日香はハンドルから手を離して脇へ寄った。僕は取っ手を摑んで力をこめる。滑車で重さは軽減されているとはいえ、この反復動作は地味にきつい。四日に一度、時計のワイヤーを巻き上げると言っていたが、これは想像した以上の重労働だった。早くも二の腕あたりが痺《しび》れてくる。

「よくこれをひとりでやってたな。孤独すぎる重労働だろ」

「そうか？　スチームパンクの世界ではあたりまえのことだよ」

「いや、妄想のなかではそうなのかもしんないけど、ふと我に返ったりしないの？　自分はここで何やってんだろう的な」

「ないよ。わたしは町の時を司《つかさど》ってるウォッチメイカーだかんな」

答えになっていないが、まったく苦ではないらしい。僕はこめかみを流れる汗を肩口に押しつけ、レバーをまわしながら話を続けた。

「卒業後の進路は決まってる？　現実のほうのやつ」

「闘い」

明日香はひと言でそう答え、柱のフックにかけてある汚れた手ぬぐいを外して、歯車を伝う琥珀《こはく》色の油をぬぐった。

「ジュネーブに、一八〇〇年代に建てられた時計学校があんだわ。加工、修復、製造、本場で全部が学べる時計技師養成所だな。そこにいきたいんだ」

「留学ってこと？」

僕は思わず明日香の顔を見た。

「希望だよ。でも、こないだの進路指導で現実的じゃないって先生に言われちまったんだ。フランス語ができないと授業は無理だし、そこをクリアできてもお金がかかりすぎる。五年制の学費が一千万、そこに渡航費とか滞在費がかかってくるし、修理にかかわる工具と機械がまた高いんだわ。中古でも一千万以上はすっから」

「ものすごい金額だな」

僕はハンドルをまわしながら目を丸くした。

「ここまでくっと、奨学金でどうにかなるもんじゃない。結局さ、お金がなきゃ夢なんか叶《かな》わないんだよな。朝から晩まで働いてくれてる父ちゃんには悪いけど、金持ちならいろんな道が開かれてんのは事実だもん。これ、間違ってっかな。担任は、そんなことないって言ってた」

「間違ってないよ。働きながらでもがんばれば夢は叶うかもしれないけど、さすがに限度ってもんがある。なんていうか、古くて狭い団地に住んで、市から手当てをもらって、格安スマホ料金もやっとみたいな暮らしをしてると、現実的にならざるを得ない」

「だよな。楽観的になんのがすごく難しい。なんとかなるって思えないんだ」

明日香は裸電球を見つめ、大きくため息をついた。

「あーあ。なんかわたしら、高校生なのに枯れてんな」

僕が笑うと、明日香もつられて笑った。それでも夢を捨てて卑屈にならないところが、彼女の強みだろうと思う。

「どれ、そろそろ代わっから」

明日香はブラウスの袖をまくり上げて、巻き上げのハンドルを握った。

「まだ大丈夫だって。なんか力加減のコツを摑んだような気がする」

「無理すんな」

「してないよ。こういうルーチンワークは嫌いじゃない」

「もしかしておめさんは、身を挺《てい》して女は守るべきとか思ってるタイプか？」

「は？」

横を見ると、明日香は巻き上げハンドルの端を摑んでおもむろに引っ張った。すると、伸縮棒のように数十センチだけ細めのレバーが飛び出している。

「昔の人間も、ひとりで延々と巻き上げんのがいやんなったんだべなあ。二人でまわせるように、うまいこと改造したやつがいたんだわ」

明日香はにやりと笑って僕の隣に収まった。

「二人でやっつけっちまうべ。そのほうが速い」

彼女の体温が右腕からじんわりと伝わると、今までおとなしかった心臓が急に大騒ぎをしはじめた。ぎりぎりまで機械側に体を寄せたけれども、明日香との距離はさほど変わらない。僕は何か話をしなければとひとりで焦り、とりあえず思いついたことを口にした。

「ハ、ハンドルを改造したってことは、昔の時計職人は師匠と弟子でこんなことやってたんだな」

「そんなわけねえべな」と明日香が噴き出した。「こんな重労働は、どう考えても下っ端の仕事だべよ」

「それもそうか……」

彼女は腕を動かしながら続けた。

「でもわたしさ、この改造を見っけたときに思ったんだ」

「きっと弟子のひとりが、ここに恋人をつれてきたんだと思う。こっそりとデートしてたんだな。もしかして、身分違いの許されない恋だったのかもしれない。彼女が巻き上げを手伝いたいって言ったから、時計技師の見習いは密《ひそ》かにハンドルを改造した。二人で一緒にまわせるように」

僕の心臓は少しだけおとなしくなり、頭のなかではその情景がモノクロで再生された。僕がいるこの場所にだれかが立ち、ハンドルを握って同じように時計のワイヤーを巻き上げていた。北風が塔をきしませる音を聞きながら、とりとめのない話をしていたのだろうか。四日に一度、たった一時間あまりの蜜月《みつげつ》だ。

「そう考えると、なんか不思議な気がするな。過去と時間が交錯してるみたいな」

「だべ？　昔のまんまの時計台だし、不思議な力が起きてもおかしくない。決まった時間に時空の穴が開いて、平行世界へ行けるみたいなさ」

明日香は嬉しそうに笑った。

「わたし、十七年生きてきて、今がいちばん充実してんだ。陰気なこの町も団地も学校も親もみんな嫌いだったけど、今は空想に逃げ込まなくてもいい」

そう言ってからふいに黙り、急に首を左右に振った。

「いや、違うな。今は現実が空想をはるかに上まわってんだ」

笑顔のまま勢いよく僕に向き直り、すっきりと澄んだ大きな目を合わせてきた。そして明日香は「ありがとう」と言う。

今はっきりとわかったのは、僕は彼女が好きだということだ。まわり道をしないで、いつも一直線に心まで届く言葉を投げかけてくれる。単調な日々を葬ることで手いっぱいだった僕に、またひとつ大切なものができた。

5

学校からの帰り道、友人の隼人は忙しなくカレーパンを口に運んでいた。今日は真冬並みの寒さだというのにジャケットを脱いでシャツの袖をまくり上げ、額や首筋に汗までにじませている。学校の健康診断では肥満予防の冊子を渡されていたはずだが、日々の買い食いをやめるつもりはないらしい。

隼人はスポーツドリンクを飲み下し、再びカレーパンにかぶりつきながら言った。

「しかし、仕立て屋再生計画なあ。まあ少しは話題になるかもしんないけど、最終的には失敗して消滅しそうだよな」

「いきなり縁起でもないこと言うなって」

僕がすかさず友人を窘《たしな》めた。

「待てって。これは部外者の貴重な意見だぞ。やってる自分らは盛り上がってっから気がつかないけど、はたから見ていろいろと甘すぎるとこがあるからな」

「甘いところ？　たとえばどこだよ」

いささか喧嘩《けんか》腰で問うと、隼人はカレーパンとペットボトルを両手に持ちながらにやりとした。

「今の時代にいちばん必要なもんはなんだと思う？」

「そりゃあ、お金じゃないの。それさえあれば、悩みの九割は解決できるだろうし」

間髪を容《い》れずに即答すると、友人は呆《あき》れたように首を左右に振った。

「おまえ、いくらなんでも夢がなさすぎんだろ。ジジイと女の下着なんか作ってるわりに、そこだけは超現実的なのな」

隼人は口にカレーパンを詰め込み、もごもごと喋った。自分でも夢がないとは思うけれども、今までさんざんお金で苦労しているから、そこだけは人一倍シビアにならざるを得ない。

「いいか？」と隼人は血色のいい大きな顔を向けてきた。「今の時代にいちばん必要なのは情報だ。これを制する者はすべてを制する」

「なんだ、そういうことかよ。自分もなんかやりたいんなら、最初からそう言えって」

僕は、冷たい北風に身を縮めながら苦笑いをした。隼人が情報という言葉を出すときは、決まって自分の得意分野を自慢したいときだった。つまり、パソコンと電子機器だ。

隼人はまたペットボトルに口をつけた。

「仕立て屋のオフィシャルサイトと、ブログとツイッターとインスタをやるんだよ。もちろん動画配信もな。どうせなら、田舎の仕立て屋を世界に発信しようぜ」

「それは僕だって考えてるけど、まだその段階じゃないんだって。商品もそろってないし、店も改装の途中で物置きみたいだし」

「とにかく、そのときがきたら声かけてくれよ。こないだ、新しいＭａｃ入れたんだ」

「うそだろ？　またパソコン買ったのかよ」

「ハードを最新に保つのは、この業界では常識なんだよ。ＭａｃＰｒｏ、８コアＤ７００グラフィックプロセッサ。コードネームはブラッド・ファルコン。ゆくゆく俺はアメリカ国防総省をハッキングして、そのまま雇ってもらうのが夢なんだ。サイバー犯罪者ながら、卓越した頭脳とスキルを政府に買い取ってもらうわけだよ」

「もっとましな夢もてよ。つうか、どうしようもないコードネームだな」

僕はにべもなく言った。隼人の家は造園業を営む地主で、この町でも有数の資産家だ。離れに僕の家よりも広い自室を造ってもらい、何台ものパソコン機器に囲まれて何不自由のない暮らしをしている。完全に住む世界が違うのだが、そういう現実にはてんで無《む》頓着《とんちゃく》なのが隼人だった。

僕は冷たい強風に煽《あお》られて、制服のジャケットの前をかき合わせた。

「とりあえず、SNS関連はまた相談する。それに、隼人を大澤カメラのじいさんに会わせたいよ。八十過ぎのパソコンマニアでさ」

「八十過ぎって……。おまえ、ジジイとの交友関係すげえな」

確かに数ヵ月前までは考えられなかったことだ。町の連中は詮索《せんさく》好きの性悪だと決めつけていたし、警戒すると同時に蔑《さげす》んでもいた。しかし、僕の被害妄想かもしれないと気がつき始めてから、周囲に壁をつくる労力をばかばかしく思うようになっていた。たとえそれで傷ついても、ダメージは修復できる。

隼人のネットでの武勇伝を聞きながら、僕たちは通学路を左に折れた。夕方の商店街には、いつもよりも買い物客が繰り出している。テーラー伊三郎の前にはブルーの軽トラックが駐《と》まっており、車体には「山本板金工業」の文字があった。

小走りして店を覗き込むと、青いつなぎを着た屈強な若者が何人も動きまわっていた。出入り口にいた伊三郎は、僕に気づいてのそりと表に出てくる。

「今帰りか」

「はい。着替えてからすぐ戻ってきますよ。これ、何やってんですか？」

伊三郎は店にあごをしゃくった。

「ミシンを全部作業部屋から店に移してもらってんだよ。おまえさんの計画通り」

「そうですか。出入り口が狭いからたいへんそうですね。それに、改造品だからめちゃくちゃ重いだろうし」

「ああ。もともと俺のミシンは板金屋で改造してもらったから、最後まで面倒みてもらわんとな。本体だけでも百キロ以上はあるし、モーターを外して運び出すんだと。山本んとこの若い衆が、今日中にやってくれることになった」

へえ、と僕は興奮気味に返事をした。着々と計画は進行中だ。そのとき、屈強そうなエンジニアの向こうから、ミニスカート姿の明日香が予告なく顔を出した。僕は一瞬だけ固まって視線をさまよわせた。彼女が好きだとはっきり自覚したせいで、胸の奥が痛がゆいような妙な感覚がずっと続いている。

「明日香は着替えをうちに置いてるんだぞ。いちいち家に帰んのが時間のロスだとか言ってな。まったく、要領がいいこった」

僕はうわの空で頷いた。伊三郎には見透かされたくない。老人はそんな僕の顔をじろじろと見まわし、無愛想なまま言った。

「とにかく、今日はこないだ話した南《みなみ》のばあさんのとこへ行ってきてくれ。電話してあるから、行けばわかるようになってる」

「ああ、刺繍の件ですね。了解しました。着替えたらすぐ戻りますんで」

足早に店を離れ、スマートフォンを見ながら待っていた隼人と再び歩きはじめた。胸の疼《うず》きはなかなか治らず、僕は勢い余って友人に問うた。

「あのさ、おまえ、キ、キスとかしたことある？」

「あるよ。幼稚園のとき」

「いや、そういうんじゃなくて」

隼人はスマートフォンをポケットに入れ、天然パーマの髪を荒々しくかき上げた。

「彼女もできたことないのに、キスなんかできるわけねえだろ。いつ、どこにそんな機会が転がってんだよ」

「そうだよな。いや、なんか悪い……」

「謝んな。これが厳しい現実、顔面格差ってやつだ。クラスの松川《まつかわ》みたいな野郎が女を独占してんだよ。サッカー部だし身長高いしイケメンだし、とにかくモテまくってっから、いろんな女子とヤッたらしい」

「や、や、やった？」

僕は、不必要に声をうわずらせた。母の漫画でとんでもない性描写をさんざん見ているはずなのに、現実というのは、あたりまえだがリアリティが桁《けた》外れだ。今までさほど興味もなかったけれども、恋とはすさまじいエネルギーをもつものらしい。

僕は隼人の現実離れした下ネタをひと通り聞き流し、帰宅して着替えてから走ってテーラー伊三郎に舞い戻った。ミシンの移動作業はまだ続いており、大柄な男たちが工具片手に外した古いモーターの状態を確認している。伊三郎は僕を認めて紙袋を取り上げると、簡単な手書きの地図とともに差し出してきた。

「坂下町《さかしたちょう》の橋の手前だ。クリーニング屋の脇を入った突き当たりの平屋な。わかるか？」

「はい、たぶん大丈夫です。これを渡せばいいんですね？」

「ああ。もうずいぶん昔だが、うちの女房が刺繍だのレース編みだのを教わってたばあさんだ。電話したら、『そろそろだと思った』なんてわけのわからんことを言ってたよ。いろいろとおかしなばあさんだが、腕は間違いない」

僕は頷きながら紙袋を受け取った。正直なところ、伊三郎が刺繍を外注に出すと決断したことにはほっとしていた。その道のプロにまかせたほうが効率的だしコール・バレネの質も上がる。

じゃあ、と言ってさっさと踵《きびす》を返そうとすると、伊三郎に呼び止められた。

「待て。明日香も一緒に連れてって、その足でおまえらは家に帰れ」

僕は思わず目を泳がせた。

「いや、どこかで真鍋女史に会ったら面倒なんですけど……こないだも男女交際は禁止だって釘《くぎ》を刺されたわけだし」

「そんなもん、何もないんだから堂々と申し開けばいいだろうが。びくびくするな」

伊三郎はいかめしい顔をして、両手を腰に当てた。今明日香と二人きりにされるのは、嬉しい反面とてつもなく気詰まりでもある。僕の気持ちをよそに、伊三郎は大声で明日香を呼んでいる。作業部屋から出てきた彼女と、日暮れ間近の商店街を歩きはじめた。

「坂下町だって」と僕は意味もなく言った。明日香は黒いモッズコートにミニスカートを合わせて、足許はいつものエンジニアブーツだ。三つ編みを解いた長い髪が緩やかに波打ち、夕日に照らされて赤く染まっている。明日香はこれほど魅力的だったろうか。僕は盗み見るのがやめられなかった。今までとは見え方がぜんぜん違う。

極度に意識しながら歩を進めていたが、急に明日香が声を上げた。

「いや、待った。こだ堂々と通りを歩いてたら、さすがにまずいべな」と脇道を指差した。「裏から行くんべ。真鍋女史もそうだけど、知り合いに見らっちゃら学校で噂になっと。二人して制服じゃないべし」

噂になるのは迷惑ということか……と悶々《もんもん》としながら僕はすぐ脇道に逸《そ》れ、明日香が得意とする路地裏をくねくねと進んだ。

「おめさん、なんか本調子じゃなさそうだな。具合悪いんだったら、さっさと家さ帰って寝らっし。刺繍のばあちゃんげにはわたしが行っとくから」

「いや、大丈夫だよ」

「ホントか？　コルセット革命も大詰めだし、今寝込まれたら困っかんね。伊三郎元帥は、おめさんのことすごく頼りにしてんだからな。わたしも津田がいないとダメだ」

彼女の何気ない言葉は僕に自信を与える。淡い恋心と相まって、今なら負の自分を軽く克服できるような気がした。僕は満ち足りた気持ちのまま、ぼさぼさと枯れたツタがぶら下がる古い洞門《どうもん》をくぐった。そのまま橋のたもとにあるクリーニング屋を左に折れ、細い私道の突き当たりで自然と足が止まる。

「なんだべここ」

明日香が訝しげな声を出して一歩前に出た。古い平屋の日本家屋には、格子に組まれた竹垣が巡らされている。そこに、透明のビニールで包まれた手書きの色紙がいくつも吊るされていた。北風に煽られ、くるくるとまわっている。明日香は生き物のように動く色紙を手で止め、筆で書かれている文面を読み上げた。

『死んだ人間の言葉を伝えます。結婚、相性、災い診断、前世、未来予知、因縁、守護霊』。ああ、なんだ。ただの拝み屋だわ」

「ただの拝み屋だわって、なんでそんな軽い反応なんだよ」

僕は伊三郎から受け取った地図を開き、素早く住所を確認した。紙には訪問先の氏名が「南ハナ」と記されているが、無数の色紙に書かれた名前と見事に一致している。僕の顔はたちまち引きつった。

「いや、おかしすぎる。ここは手芸教室のはずなのに、しかも伊三郎さんが認める凄腕《すごうで》のはずなのに、そっからはいちばん遠い雰囲気なんだけど」

「まあ今の時代、個人経営はどこも厳しいかんね。ここも拝み屋と手芸教室の掛け持ちでなんとか切り盛りしてんだっぺ」

「どんな掛け持ちなんだよ」

この場所は個性の域を超えている。僕はごくりと喉を鳴らし、小さな竹垣扉を開けて敷地に入った。

「とにかく、これを渡してさっさと引き揚げよう。渡せばわかるって言ってたから」

狭い庭では真っ赤に紅葉したモミジが枝葉を広げ、苔《こけ》だらけの棚に小さな盆栽が並べられている。奥は家庭菜園のようで、収穫を待つばかりの瑞々《みずみず》しいコマツナが畝《うね》に沿って揺れていた。割れた敷石を踏んで玄関先へ行ったが、呼び鈴らしきものはない。

僕は格子戸に手をかけ、少しだけ開けた。とたんに線香臭さが押し寄せてくる。

「すみません、こんにちは」

奥へ向けて声をかけると、すぐに手前の障子が開いて赤いスカーフをほっかむりした小さな顔が突き出された。同時に僕は声が出た。見開かれた目が異様に大きく、黒目の輪郭がはっきりと白く縁取られている。無縁墓地や町なかで何度か見かけた不気味な老婆ではないか！　このばあさんが刺繍のエキスパート？　うそだろう！　僕は混乱した。立ち居振る舞いから言動まで、とても正気ではなかったではないか。

伊三郎の遣いであることを言おうとしたが、拝み屋のばあさんは不必要に僕の顔を凝視していたかと思えば、さっと部屋に引っ込んでしまった。

「上がらっし」

玄関脇の部屋から声が聞こえてくる。荷物だけ置いてさっさと帰りたいのに、そうさせてはくれないらしい。なぜか興味津々の明日香とともに靴を脱ぎ、障子を開けて部屋に入ろうとした。が、次の瞬間、踏み出した足が固まって動かなくなった。

部屋が人形で圧迫されている。僕の後ろから顔を出した明日香が、「わっ！」と声を上げた。座布団の上にちんまりと収まる老婆の周りには、大小さまざまな大きさの人形が並んでいる。いつも大事そうに抱いていたのは、洋装の文化人形だった。赤ん坊がかぶるようなフリルのついた帽子をかぶり、どれも赤い服を着せられている。ばあさんも赤い花柄の服を着て同じ布でほっかむりしているけれども、まさか人形を家族化しているのではあるまいな。日がな一日話しかけたり、食事させたり……。

部屋には禍々《まがまが》しい空気が重く漂っていた。しかし、あの伊三郎が認めた職人でもある。身を固くして部屋に入ったとき、老婆は急に口を開いた。

「あんたら、いろいろとくっつけてんな」

いろいろ憑《つ》けている？　僕と明日香は同時に後ろを振り返った。シワだらけのばあさんは、戸口に正座した二人をなおもじっと凝視してくる。落ち窪《くぼ》んだ目はいっぱいに開かれたまま、まばたきのひとつもしなかった。

「ああ、そうだよ。ええ？　うん、そうかい。まあ、そういうこともあっぺなあ。それもそうだな」

老婆は頷きながら見えない何者かと会話を始めているが、僕たちからひと時も目を離さない。相当ヤバい場所に足を踏み入れてしまった。僕は何度となく身震いが起きた。この手のものはまったく信じていないけれども、妙に頭の隅に残るし、ふとしたときに思い出すから本当に嫌いだった。容赦のない視線に耐えられなくなったとき、明日香がばあさんとだれかの会話に割って入った。

「ばあちゃん、わたしの前世なに？」

爛々《らんらん》と目を輝かせて身を乗り出している。僕は明日香を肘で小突いてかかわるなと警告したが、おかまいなしに老婆のほうへにじり寄った。

「わたし、ビクトリア時代のイギリスで生きてた？」

「びくとりあ？　なんだいそれは、戦国時代か」

ばあさんは宙に向かってひと言二言喋り、明日香に向き直った。

「わっぱには教えねえよ。わがの頭で考えんだな」

「ばあちゃんみたいな特殊能力もってないもん、考えたってわかるわけねえべ」

「んじゃあ、考えんのやめればいいわ。頭の後ろさある言葉を伝えっか伝えねえか。それはアタシが決めっから。おめさんには教えねえよ」

拝み屋のばあさんは、何本も歯の欠けた口を開けて不気味に笑った。この老婆が刺繍教室を開いていたとして、いったいだれが習いたいと思うのか。まさか伊三郎の亡き妻は、こういうカルト的なものにはまってしまっていたのだろうか。

再びばあさんの交信が始まってしまう前に、僕は伊三郎から預かった紙袋を急いで差し出した。

「これ、預かってきたものです」

老婆は眼球突出気味の目で僕を気の済むまで見まわし、畳の上に置いた袋を引き寄せた。中から風呂敷の包みを出して、ゆっくりした動作で解いていく。中身は、伊三郎がいちばん初めに作った生成り色のコール・バレネだった。雑然として薄暗いこの部屋の中でも、ひときわ美しく輝いて見える。ばあさんは枝のような指先をコルセットに這わせ、細かいスズランの刺繍の上を何度も行き来した。

「ああ、これは間違いなく里ちゃんが刺したもんだなあ。魂の欠片《かけら》が残ってんなあ。ようやっと旦那《だんな》が動き出したよ。そろそろだと思ってたんだ」

ばあさんは目を閉じて懐かしむようにコール・バレネに触れていたかと思えば、ぱっと目を開いて風呂敷で包んだ。

「ご苦労さん。しかと受け取った」

ばあさんは後ろにある茶箪笥の引き出しを開け、僕と明日香に四角いきんつばを握らせた。お駄賃ということらしいが、賞味期限は三日前に切れている。もう用済みだと言わんばかりに僕たちから目を離し、リモコンを取り上げてテレビを点けた。

僕は明日香と顔を見合わせた。このイカれた老婆が本当に手芸のプロ？　それは昔の話で、今はあっち側の世界の住人ではないだろうか。明日香はすでに引き揚げようとしていたけれども、僕は思い切って老婆に声をかけた。もう手芸とは無関係だとしたら、大事なコール・バレネをここに置いてはいけない。

「あの、すみません。おばあちゃんは刺繍の先生なんですか？　伊三郎さんの奥さんが習っていたと聞いたんですけど、今も教室は開いているのか教えてください」

ばあさんはテレビにかじりつき、万引きGメン特集を観て囃《はや》し立てている。やっぱり、この老婆が伊三郎の意志を理解しているとは思えない。どうしようかと明日香を見たとき、拝み屋のばあさんは体をねじって人形の陰にある引き出しを開け、中から取り出したものを僕たちのほうへ押し出した。単なるボロ布と端切れの束かと思ったけれども、よく見ればどれも細かい刺繍がほどこされたものだった。

僕と明日香は背中を丸め、丁寧に刺された作品を一枚ずつ見ていった。見るからに帯や着物向きであろう日本刺繍から、太いリボンを生地に通して花を形作っている立体的なリボン刺繍、クロスステッチやフランス刺繍や、初めて見る変わった刺し方のものまである。拝み屋の老婆とこの繊細な刺繍がなかなか合致せず、僕はいささか混乱した。

するとばあさんは、あいかわらずテレビに目を向けながら言った。

「教室はもうやってないが、教わりたいって人間はいるねえ。着物に飾り紋を入れたいとか、赤ん坊の産着の背守《せまもり》とか、古い洋服に刺して新しくしたいとかいろいろだ」

「おばあちゃんはどういう経歴の方なんですか？」

それを聞かずにはいられなかった。伊三郎よりもかなり歳がいっているように見えるし、何より、よい意味で刺繍に一貫性がない。どれを取ってもとても自由で、同じ人間が刺したとは思えなかった。

老婆はほっかむりした赤いスカーフに灰色の髪をたくし込み、やかましいテレビの音量を小さくした。

「日本の刺繍は京都、加賀《かが》、江戸が代表でな。お上が保護してんのが、京都と加賀だけだ。東北にもこぎん刺しっつうもんがあっけど、まあ、継承もへったくれもねえべし、そのうち消えてなくなっぺな」

ばあさんは端切れの中から一枚を抜いて、僕たちのほうへ滑らせた。それは、目の詰まった刺し子のようなものだった。細かい運針が複雑な幾何学模様を作り、刺繍というより数学的な製図に見える。これがこぎん刺しというものらしい。

「貧しい農家が、麻の服に刺したのが始まりだ。昔、木綿は高級品で買えなかったから、目の粗い麻に細かく刺して風が通るのを防いだんだな」

ばあさんは、湯呑みから白湯《さゆ》らしきものをすすった。

「若い時分は技術の継承なんかをいっしょけんめやったけど、バカみてえな決まりが多くてやんなっちまったんだわ。伝統工芸士だの試験だの面接だの研修だの、人間性もすばらしくねえと保護されねえなんてのは欺瞞《ぎまん》だ。町ん中見たって、呑んだくれのジジイが一級の職人なんてのはざらだかんなあ。んだから、必要な人間に必要なだけ教えんだ。きっと、アタシの領分はこれなんだわ。先祖さんもそう言ってたべし」

伊三郎と過ごしてみてわかったことがある。文化の継承がうまくいっているものは、プロデュースが成功しているにすぎないということだ。たとえその上をいくすばらしい技術や文化があったとしても、人の目線になければ簡単に素通りされる。

　老婆は小さな人形を一体抱いて、舌足らずな話し方で先を続けた。

「アタシはいろんな国の刺繍をやって、針の先からいろんな国のことを知ったんだ。中国、ベトナム、ヨーロッパ、アメリカ、アフリカ、ロシア。日本どころか福島からも出たことねえけど、いっつも世界じゅうを旅してる。東北のこぎん刺しとフランスのリボン刺繍。この二つを混ぜ合わせたらどうなっぺか」

「それこそ革命が起きっぺよ！」

　ずっと黙っていた明日香が、いきなり声を上げた。

「リボン刺繍つったらヨーロッパ貴族の象徴だし、こぎん刺しは東北の貧しい農家の象徴だべ？　それのハイブリッドだ。ラブ・アンド・ピース！　な、津田！」

「ラブ・アンド・ピース？」

　攻撃的な伊三郎からは、いちばん遠い言葉ではないだろうか。だが、拝み屋のばあさんの提案は今のテーラー伊三郎に合っている。刺繍を使った和洋や階層の融合だ。そう思ったとき、老婆はまたあのぎょろぎょろした不気味な目を僕に据えた。

「アタシはだいぶ前から知ってたんだよ。アンタらがここさ訪ねてくんのはなあ」

　ばあさんは、たるんだ口角を上げてにやりと笑った。何度見てもぞっとするような笑顔だった。

第五章　レジスタンスの行方

1

加藤骨つぎで大きな収穫があった。

古い木造の診療所は、僕が小さいころから変わらない趣があって好きだった。ツタが絡んだ下見張りの造りで、モダンなアーチ状の玄関ポーチは雑誌の撮影に何度も使われたことがあるという。が、突如、電気をすべてＬＥＤに変えてリスのキャラクターを窓に貼りつけ、明るくオープンな病院経営へと舵《かじ》を切ったらしい。加藤クリニックと名前を変えたのも後を継いだ息子の趣味だった。雰囲気はだいなしになったけれども、捨てるばかりになっていた乳白色の電球の傘をいくつも譲り受けている。

少しずつ店が整っていく絵を思い浮かべ、僕は掃除が終わったやかましい教室でにやけていた。電球の色はどうしようかと考えているとき、横から隼人に腕を叩《たた》かれた。

「今日、うちに遊びに来ねえ？」

友人が鞄《かばん》に教科書を詰め込みながら誘ってきた。買ったばかりのパソコンを見せたくてしようがないのだろう。最近は放課後も休日も伊三郎のところに入り浸りだったし、話したいこともたくさんある。僕は隼人に頷《うなず》きかけた。

「行くよ。おまえの部屋もかなり進化してそうだしな」

「よし、それでいい。高校生が毎日年寄りなんかと遊んでたら、知らないうちに若さを吸い取られて寿命が縮むからな」

「だから、遊んでるわけじゃないって。おまえ、ホントに年寄りが嫌いだよな」

「こっちが百パーセント合わせなけりゃ、話が成り立たない人種だろ。めんどくせえ」

さんざんな言いようだ。僕はポケットからスマートフォンを取り出し、今日は友人の家にいくと明日香にメッセージを送った。すぐに了解のスタンプが送られてくる。帰り仕度をして立ち上がったとき、名前を呼ばれて振り返った。

「津田、ちょっと来てくれ」

教室の後ろの戸口で、担任が手招きをしている。なんだろうか。小走りに向かうと、担任は無表情のまま口を開いた。

「ちょっと聞きたいことがある」

「はい、なんでしょう」

「とりあえず、別の場所へ移動するぞ。時間かかりそうだから、河内と帰る約束してんなら断ってくれるか」

いったい何事だ。僕はわけがわからないまま隼人のもとへいき、あとで連絡する旨を伝えてから担任のあとをついていった。廊下に射し込む西日を手で遮りながら、僕は高速で頭を巡らせた。担任が聞きたいこととは、先日、答えが出なかった進路関係だろうか。その可能性が高いとは思うが、校則違反の線も捨てきれない。

今までできる限り目立たないように生きてきたぶん、こういう局面での耐性はゼロだ。ひょろりと背の高い担任は、何も聞くなと言わんばかりに無言のまま階段を下りていく。僕はさまざまな事態に備えた言い訳を用意し、黙々とあとに続いた。

一階まで下りたとき、担任は急に立ち止まってねずみ色の戸をノックした。会議室？　僕は扉の脇にあるプレートを見てますます不安に駆られた。一度も入ったことがない部屋だし、そもそも生徒にはほとんど縁がない。そして担任が戸を開けた瞬間、僕の足はその場から動かなくなった。

手狭な会議室には、黒っぽいスーツを着た六人の大人がひしめいている。パイプ椅子に腰かけ、一斉に戸口へ顔を向けてきた。僕は軽くパニックに陥った。教頭と学年主任はわかったけれども、あとの四人は見たことがない。よい知らせではないのは、みなの険しい表情からも明らかだった。

「ほら、津田」

担任に促され、僕はむりやり足を前に出した。六人と対面するような恰好《かっこう》で椅子に座らされ、担任は僕の脇に腰を下ろした。

「津田くん。急に呼び出されてびっくりしたと思うけど、ここにいる方々の話をよく聞いてもらいたいんだよ」

顔色の悪い禿《は》げ上がった教頭が、申し訳程度の笑みを浮かべた。そして忙《せわ》しなく書類をめくり、しつこいほど何度も咳払《せきばら》いをする。

「結論から言うとね。きみは今日から一時保護されることになったんだ」

「はい？　一時保護？」

僕は意味がわからないまま反問した。教頭はまた咳払いをした。

「ええと、こちらの方は児童相談所から来られてね」

三人の男女が「こんにちは」と頭を下げた。

「津田くんが保護者から虐待を受けた形跡があるとして、これから調査しなければならないんだよ」

「ちょっと待ってください。そんなのありませんよ！」

僕は反射的に声を上げたけれども、隣で担任が「落ち着け」と感情を見せずに低く言った。虐待だって？　頭のなかがめちゃくちゃに混乱して、考えがまったくまとまらない。予想だにしなかった事態ではないか。しかし、僕はせいいっぱい平静をよそおいながら、今度は真っ向から言った。

「虐待はされていません。今まで一度も親に手を上げられたことはないんです。何かの間違いだと思います」

一瞬だけしんとなり、会議室から音が消えた。が、教頭といかつい学年主任がこそこそと何かを話し、児童相談所の職員だという三人に目配せをくれている。すると中年の女性が机の上で手を組み合わせ、そつのない笑顔で口を開いた。

「わたしは倉橋《くらはし》です。落ち着いて話を聞いてほしいの。津田アクアマリンくんは十七歳だから、もういろんなことがわかる年齢だと思う。虐待があるかもしれないと通報を受ければ、わたしたちには聞き取りをする義務がある。これは法律で決められているのね」

黒いジャケットを着た女性は、ファイルを開きながら再び笑顔を向けてきた。

「午前中に津田くんのおうちに行ったんだけど、お母さんは通報の内容をだいたい認めています」

「そんなの間違いです！　虐待がないのにあるなんて言うわけがない！」

「津田くん、ちょっと冷静にわたしの話を聞いて。虐待にはいろんな種類、定義があります。それを説明させて」

倉橋と名乗った職員の女性は言葉を切り、今度は怖いほど無表情な目で続けた。

「ひとつは身体的虐待。これが津田くんが言っている通り暴力行為です。二つ目はネグレクト。保護者が育児放棄をしている状態。三つ目が心理的虐待。これは言葉による脅しとか、著しく子どもを傷つける言動ね。そして最後が性的虐待」

僕の体はびくりと撥《は》ね上がった。この人たちの言いたいことが、なんとなくだがわかった。僕は震えをなんとか止めるために、全身に思い切り力を入れた。

「お、親の仕事がポルノ漫画家だと、性的虐待になるんですか？」

「それはなりません」

　女性職員は即答し、首を傾げて僕の顔をじっと見た。実にあからさまな視線だった。この挑発に屈したらすべてを認めてしまうようで、僕は絶対に目を逸《そ》らさなかった。だいたい母は、なぜ虐待なんかを認めたのだ？　いくら何を言われても、仕事なのだから正々堂々と切り返せばよい話だろう。それともこれは連中の罠《わな》か？　母が自供したように見せかけて、僕からなんらかの言質を引き出そうという企みか？

　気がつくと、汗がびっしょりで背中が冷たくなっている。震えはまったく止まらず、膝《ひざ》の上できつく握った拳《こぶし》には爪が食い込んでいた。倉橋という女性職員はあいかわらず気持ちの見えない目で僕を見つめ、大きく息を吸い込んでから再び口を開いた。

「津田くんは、瓦町にある紳士服仕立ての店に通っているようだけど。ええと、『テーラー伊三郎』さん」

　また僕の心臓は大きく撥ねた。

「そのお店で、通学路に女性下着が飾られているという問い合わせが、いくつか市役所に入っているようでね。津田くんは、お店で何をしているのか教えてもらえるかな」

「店の模様替えを手伝ったり……」

「なるほど、模様替えね」と職員たちは一斉にメモをとった。「どういう経緯でお店の手伝いをするようになったのか聞かせてくれる？」

それは、あの日ありえないぐらい美しいコール・バレネを見たから。伊三郎、全身全霊の突拍子もない計画を知ったから。町の老人たちのおもしろさを、また見てみたくなったから。明日香と一緒に空想の世界を共有したかったから。僕のなかにずっと沈んでいた、可能性の欠片《かけら》を見つけたような気がしたから。

理由は次から次へと浮かび上がってきたけれども、どれも言葉にはできなかった。自分にとっては何よりも大切で、簡単に表に出せるようなものではない。

女性職員はセミロングの髪を耳にかけ、タイムリミットを伝えるように、はきはきと話を押し進めた。

「心理的、性的に歪《ゆが》んだ環境に置かれると、自分のなかにある感覚まで歪んでくると思うのね。でも、それは自分ではわからないものなの。周りが気づいて助けてあげないと、歪んだ感覚のままどこまでも進んでしまう」と言って、女性職員はいちばん端に座っている女にいきなり話を振った。「先生、そうですよね？」

僕は机の端に目を向けた。この中ではいちばん若そうな女性で、首からかけているネームプレートには「スクールカウンセラー」と印字されている。線の細いカウンセラーは、うつむきがちに小さく頷いた。

「そういう場合もあると思います……」

頼りなさそうな声色だ。倉橋という職員は再び僕と目を合わせた。

「津田くんにも反論はあると思います。だから、家庭での話を聞かせてもらいたいの。

もし、お互いに誤解している部分があれば、軌道修正ができると思うからね」

「一方的な誤解です」

僕はきっぱりと言い切った。うかつに何かを喋《しゃべ》れば、それが証拠となって自分と母の首を絞めることになるのだろう。無関係な雑談だったとしても、言葉の端から何を取られてもおかしくはない。反論はいくらでもあったけれども、相手のペースに乗ってはだめだと自分に繰り返し言い聞かせた。

女性職員は少しだけ間を取り、僕の顔から目を離さずに言った。

「ここでは何も話したくないですか？」

この問いにも、僕は否定も肯定もしなかった。すると職員たちは顔を寄せ合ってひと言二言交わし、ファイルから写真を抜いて前に滑らせようとした。そのとき、端にいるスクールカウンセラーが咄嗟《とっさ》に腰を浮かせた。

「あの、すみません。それは津田くんに見せるべきものですか？　今の時点で必要ありますか？」

「やむを得ないと判断しました。彼は高校生で幼児とは違いますから、納得しないまま保護はできません。少なくとも、わたしはそうしたくないんです」

「でも……」

担任よりも若そうなスクールカウンセラーは、秀でた額に汗をにじませておどおどしている。いったい、今度は何がある？　隣の担任を見たが、むっつりと腕組みしているだけで口を挟む気はさらさらないようだった。児童相談所の女性職員は教頭と学年主任に同意を求める視線を送り、あらためてB4サイズの紙を僕の前に滑らせた。

それを見たとたん、僕は一気に体の力が抜け落ちた。ああ、そういうことか……。

差し出された紙は、母の漫画をコピーしたものだった。が、ただのコピーではない。仕損じた原稿やネームが細々に切られたものだ。表から何かは判別できないぐらい、原稿を小さく切ってゴミに出したもの。それがパズルのように組み合わせられ、復元されてテープで留めてあるものだった。

性描写のある大ゴマの背景には、「アクア、ここにディベッドとコモド入れといて。ロココ、超ド派手」という母からの雑な指示がある。ようやくわかった。この切り札を突きつけられ、ポルノ漫画のアシスタントを未成年の息子にやらせるのは、性的虐待だと言われれば母に反論の余地はない。確かに、世間一般の価値観からかけ離れている親子関係には違いなかった。

僕は、容赦なく写し出されたコピーをしばらく見つめていた。児童相談所に通報したのは真鍋女史だろう。伊三郎の件でメンツを潰《つぶ》され、このまま黙って引き下がるとは思っていなかった。けれども、ここまで非情になれる人間だったのか。行政を巻き込んで再起不能にまでもっていく手立ては、子どもの虐待を危ぶんだ行動ではなく、復讐《ふくしゅう》以外の何ものでもないはずだ。怒りが湧くよりも先に、悲しみが押し寄せた。僕は何も言わずに、コピーを職員のほうへ押し返した。

「津田くんは、お母さんの仕事の手伝いをしていた。いつからやっていたの？」

高校に入ってからだが、僕は答えなかった。

「仕立てのお店で手伝いをしているのも、お母さんの仕事に関係あるのかな」

無関係ではないだろう。母の影響でコール・バレネや当時の文化を知って興味をもったのだから。

倉橋という職員は、僕の返事を待たずに立て続けに質問をした。

「津田くんは、お母さんの仕事を手伝うのが苦痛だった？」

面倒だとは思っていたけれども、苦痛と感じたことはない。よくよく考えれば、僕も母の漫画を読むのが楽しみだったのかもしれなかった。アシスタントをしなかった月も、雑誌が出れば必ず作品に目を通していた。これはやはり異常なのか？　僕は救われなければならない対象なのか？

「ご両親は離婚してお父さんとは離れて暮らしていると聞きましたが、連絡をとったり会ったりしてる？　メールでもＬＩＮＥでも」

六年前に姿を消して以降、父の気配など感じたこともない。母はどうだか知らないが、僕とは一切の接触がなかった。

児童相談所の職員は書類を見ながら質問を重ねていたけれども、僕は何にも答えなかった。それよりも、今、いちばんの窮地に陥っている母をかばうにはどうすればいいのか。この事態だというのに、僕は連載の締め切りや請け負った仕事の進行具合が気になっている。母のような零細漫画家は、仕事を落としたら次はない。苦労して少しずつ築いてきたものを、ここで失うのはあまりにもかわいそうだった。自分で選んだ道だとはいえ、母はすでにいろんなものを失いすぎている。

喋り続けている職員の言葉を聞き流し、机の天板を凝視しながら考えた。僕の言葉でなんとかなることもあるだろうが、母の言い分と食い違えば、たちまち悪いほうに作用する。どうすれば最短ルートで切り抜けられるのか。考えついた反論を片っ端から吟味し、推敲《すいこう》を重ねた。けれども、連中は法と規則によって動いている権力集団だ。感情に訴えても無駄であり、決定は覆らないという結論に達して惨めな気持ちになった。

「母と話せますか？」

僕は顔を上げて唐突に口を開いた。倉橋という職員は癖のある髪を耳にかけ、こちらの様子を窺《うかが》いながら首を横に振った。

「それはできない決まりなの」

「一度家に帰ることは？」

「それもできません。津田くんの場合は、お母さんといることでリスクが上がるわけだから、このまま帰すわけにはいかないの。家にはまだ原因が残っている。でも、何も心配しなくて大丈夫だから」

「子どもの意見は無視ですか」

職員は僕の目を見たまま口を閉じた。

こんなこと言ったところで、無駄でしかないのはわかっている。緊急性があるとは到底思えないが、マニュアルでは保護に相当する事案なのだろう。しかし、これで何が守れるのかがわからない。母と話すらさせず、一瞬でも顔を見ることを許さず、これからさんざんプライバシーに踏み込まれて、事態が改善されたと判断されれば、ぽんと家へ帰されるのだろうか。まさか、里親に渡される？　未成年というのは驚くほど無力だと痛切に感じた。

僕はほとんど喋らないまま、保護施設へ向かうことになった。小一時間前までは明るく色鮮やかに見えていた世界が、急にぱたりと暗転した。

2

保護施設に来てから六日が過ぎた。心身ともに危険に晒《さら》された子どもをかくまう施設のはずだが、ここはまるで犯罪者をぶち込む牢獄《ろうごく》そのものだと思っていた。スマートフォンはもとより制服やノートや教科書にいたるまでの私物はすべて没収され、テレビを観るにもトイレに行くにもいちいち許可がいる。施設内の窓はどこも五センチ程度しか開かず、逃げ出すことを危惧《きぐ》しているのか靴を履くことは許されない。もちろん出入り口には鍵《かぎ》がかけられ、施設で暮らすほかの子どもたちとの踏み込んだ会話は禁止。当然、学校へ行くこともできないという合法的な軟禁だ。

僕は部屋のベッドに寝転んで、白いパネル張りの天井をもう長いこと見つめている。これが条例に基づいた「保護」というものらしい。いったい、何をどうやったらこの形態に行き着くのかが不思議でしようがない。虐待を受けて傷ついた者たちの自由は徹底的に阻害され、行動を観察、記録されるのがここでの日常だ。勉強すら勝手にすることはできないのだが、職員に言わせればトラブルを避けるためらしい。僕は争い事が何より嫌いな性分だったのに、ここへ来てからというものストレスで常に殺気立っている。

「すばらしきかな僕の人生……」

両手を上げて、芝居の台詞《せりふ》っぽく言ってみた。引きつった笑いが漏れてくる。とうとう頭までどうにかなってきているようだ。外部との接触を遮断されると、刺激がないせいか頭に靄《もや》がかかって回転が著しく鈍くなる。医師やカウンセラー、担当職員との面談は頻繁におこなわれるけれども、踏み込んだ問いには曖昧《あいまい》に返すことに終始していた。今の精神状態で何かを話せば、おそらく簡単な誘導にも引っかかってしまう。保護期間は二週間程度と聞かされているものの、向こうのさじ加減でいくらでも延ばすことは可能だった。

僕はのろのろと起き上がり、ベッドの縁に腰かけた。なんの連絡もなしにぱったりとテーラー伊三郎を訪れなくなった僕を、老人はどう思っているだろうか。学校も欠席しているうえに電話もメッセージもつながらないのだから、明日香も隼人もわけがわからないに違いない。僕がここにいることを知るのは、母と学校関係者だけだと聞いている。

が、案外、真鍋女史が世間に吹聴しているかもしれなかった。そのほうが、効率的に僕と母を追い込める。

「伊三郎さんにも迷惑がかかってるんじゃないかな……」

僕はぼそぼそと言った。人生を賭《か》けた伊三郎の挑戦を、めちゃくちゃにしてしまうかもしれなかった。それに、もう僕は伊三郎の革命にかかわることはできないだろう。出所後も定期的な面談があるはずだし、性的虐待の被害者が女性下着とかかわるのは道理が通らない。

僕は、ひっきりなしに疼《うず》く胸のあたりに手を当てた。たぶん、心に大きな穴が開いている。大切なものを突然失うと、寂しさや悲しさよりも押し寄せる喪失感に苦しむものだと初めてわかった。父が姿を消したとき、母もこんな気持ちだったのだろうか。手にあまるほどの仕事を抱え込んで騒いでいるのも、心の穴を埋めるためなのかもしれない。

頭を激しく左右に振り、僕は両手で顔を覆った。泣きたい気もするけれども涙は出ない。そのとき、部屋の扉がノックされて顔を上げた。

「津田くん、ちょっといいかな」

ややあってから、クリーム色の扉が開かれる。倉橋という女性職員が、笑顔を作りながら入ってきた。紺色のパンツスーツを着込んで、いささか乱れた髪は何ヵ所もピンで留めつけられている。保護のために学校を訪れた彼女が僕の担当だ。ほかに何十人も担当の子どもを抱えているらしく、たいへんな仕事だなとぼんやりと思った。

倉橋は立てかけてあったパイプ椅子を持って僕の前に座り、顔を覗《のぞ》き込んできた。

「調子はどう？」

「まあまあです」

「それはよかった」と言い、ブルーのファイルを開いて目を落とした。「津田アクアマリンくんの一時保護解除が決定しました」

「へえ」

　僕はうわのそらで返事をした。

「なんで二週間の予定が早まったんですか？」

「きみとお母さん、双方との面談を重ねて、一時保護の目的は達成されたと判断したからですよ」

「一時保護の目的？」

「生活環境改善が示されたのね。お母さんが、今後きみに仕事を手伝わせないことを約束してくれました。あとね、しばらくお母さんは実家に帰るので、きみはお祖母さんと生活することになります。お祖母さんが津田くんのおうちに来てくれるからね」

　それが出所の条件か。しかし、あの尊大な祖父のいる家で、母が今まで通り漫画を描けるとは思えなかった。一族の恥さらしだと長年ののしられてきて、実名でポルノ漫画家になったうえに今度は虐待の当事者だ。居場所も理解者もいないなかで、いつもの独創性にあふれた作品が描けるわけがない。

「明日の午前中に迎えにくるから、それまでに必要書類を用意しましょう。じゃあ、面談室二で待っててくれる？」

はい、と僕は返事をし、それから書類やもろもろの手続きを済ませて戻ってきた。ここから出られるのは嬉《うれ》しい反面、今後の不安はますます膨らみ続けている。もう、何もかもすべてがもとに戻らない気がしていた。

悶々《もんもん》と眠れない夜をもてあましているうちに、冷え込みの厳しい朝がきた。朝食を済ませて制服に着替えているとき、母の事務手続きが終わったと担当職員に告げられる。関係者に礼を述べて外に出ると、真っ白なガーデンシクラメンが植えられている花壇の脇に、母が所在なげに佇《たたず》んでいた。化粧気のない顔はいつもよりも血色が悪く、もつれた髪が肩に下ろされている。ナイロンジャンパーを羽織っているけれども、ひどく寒そうに体を縮こめていた。僕はまっすぐに母のもとへいった。

「アクア……」

そう言ったきり、母は次の言葉を探している。一週間でひどくやつれた印象だ。冷たい北風が音を立てて吹き抜け、髪がぼさぼさになってもまるでかまわない。母は思い切るように口を開きかけたけれども、僕はそれよりも先に言った。

「謝んないでよ」

僕はバス停へ行って時間を確認した。母は、疲れ切ったようにとぼとぼとあとについてくる。かなり厳しい聴取があったのだろうが、ここまで落ち込んでいる姿を見たのは初めてだ。あまりにも痛々しくて目を逸らしたとき、母はかすれた声を出した。

「謝るなって言われても、わたしには謝ること以外にできないんだよ。アクアにはなんの非もないんだから」

「やめろって。今は責任の所在とかどうでもいい。確かに施設はダルかったけど、出られたから文句もない。それより、今月の仕事はどうなってんの」

　僕は話を変えた。うちの親子関係は間違っていると公式に認定された恰好だが、自分は今まで母とのやり取りに救われた部分も多かった。異常なのは受け止めても、否定まで受け入れる必要はないと思っている。

　母は薄手のジャンパーの袖《そで》を伸ばして手をすっぽりと入れ、寒さで赤くなった鼻先を袖口でこすった。

「漫画なんだけどさ、しばらく休んだほうがいいかもしれないと思ってる」

「ふざけてんの？」

　僕は即答して母と目を合わせた。

「休載なんかできる立場じゃないだろ」

「そうだね。でも、あの家じゃないと描けないと思うんだ。アクアがそばにいたから、なんだかんだ言っても続けられた。今回、それがすごくよくわかったんだよ。現にさ、頭んなかが完全に停止しちゃってなんにも出てこない」

「それを絞り出すのがプロの漫画家ってもんなんだよ。だれかがそばにいないと描けないなんて、バカも休み休み言えって」

返す言葉もない母に、僕はさらにたたみかけた。

「どれほど苦労して今の仕事をもらったのか、どれほど楽しんで漫画を描いてたのか、どれほど大事なものなのか。考えなくてもわかるはずだろ。それを簡単に捨てるとか頭おかしすぎる。実家に帰んのが一ヵ月だろうが一年だろうが、そんなの余裕で耐えられるぐらい、本来の母さんはずうずうしいんだよ」

漫画を手放した母など想像ができない。調子にのっていない母など、想像したくはなかった。絶対にここでは終わらせない。

荒れ狂う北風のなか、僕はしばらく睨《にら》みつけていた。母はこんなに小さかっただろうかと思ったけれども、僕の背が伸びたのだと初めて今気がついた。母は一瞬だけ泣きそうな顔をしたものの、なんとか踏みとどまって僕の頭をナイロンの袖で撫《な》でてきた。

「いろいろとありがとう」

「お礼を言われるようなことはやってないよ」

「でも、ありがとう。いつかさ、必ずアクアを主人公にした漫画描くから待ってて」

「いや、それはマジでやめて」

ようやくいつもの母っぽく笑ったとき、蛇行する坂道をバスが上ってくるのが見えた。

翌日は一週間ぶりに登校した。隼人には風邪をこじらせたとうそをつこうかと思っていたけれども、昼休みにすべてを話してしまった。この最悪の経験を、自分のなかだけにしまっておくのが限界だった。友人はあり得ないと憤慨して役所の人間をさんざんこき下ろし、なぜか体育教師の後藤の悪口もぶちまけた。まぎれもなく、いつもの隼人で安心する。明日香には、あとで詳しく話したいとメッセージを送った。

もやもやした気持ちを捨ててさっさと立ち直りたいところだが、思ったように調子が上がらないまま放課後になった。伊三郎には、今後のことをどう伝えたらよいだろうか。僕は教科書を鞄に入れながら考えた。きっと、コルセット革命から手を引くと言っても止めはしないだろう。理由も問わないような気がした。

テーラー伊三郎でのことを思い出すだけで、胸が鈍い痛みに見舞われた。あの空間から去りたくはない。けれども、担当の福祉司が引き続き生活改善を観察するのだから、僕がいるだけで伊三郎には迷惑がかかる。昨日、実家へ帰った母のことも気にかかってしようがなかった。僕は、今までとは桁《けた》違いの苦々しさに取り囲まれている。

今日何度目かになるため息をついたとき、低い声が聞こえて振り返った。

「津田、ちょっと来てくれ」

白衣を引っかけている担任が、教室の後ろから僕に目配せを送ってくる。最悪の既視感に思わず身構えた。僕は隼人に先に帰るように伝え、一週間前と同じく担任の後ろをついていった。けれども、今日は会議室ではないようだ。長身の担任は白衣のポケットに手を突っ込んで歩き、渡り廊下を進みながら肩越しに振り返った。

「おまえ、いろいろ面倒なことになったと思ってるだろ」

今日もすかした感じの担任は、無造作にまとめた今ふうの髪をかき上げた。もちろん、これ以上ないほど面倒なことになったと思っている。どう答えるべきかと口ごもっていると、担任は再び振り返って僕の顔を見た。

「間違えんなよ。いちばんめんどくせえのは担任の俺だからな」

いきなりなんなのだ……。担任は前に向き直り、何事もなかったかのように女子生徒に愛嬌《あいきょう》を振りまいている。個人的な文句を言うための呼び出しか？　確かに、受け持ちクラスの生徒が児童相談所に保護されるなど、そうそうないことだとは思う。担任の立場から、ややこしい面談だの報告書だのがあったのは容易に想像がついた。というより、この男はなぜいつも僕にだけあからさまな素を見せるのだろうか。恨まれるようなことをした覚えもないというのに。

校庭では、野球部とサッカー部が張り合うように大声を上げている。蒼穹《そうきゅう》が吸い込まれそうなほど高いけれども、今の僕には何も響かない。それどころか、しばらくなりを潜めていた卑屈さが顔を出しはじめていた。たいした悩みもなさそうな生徒たちが妬《ねた》ましい。

西校舎の端にある化学実験室の戸を開け、担任は無言のまま入っていく。小走りであとを追うと、担任は戸を閉めるようにと言って水道のついた実験用の机に寄りかかった。酢酸のような薬品の臭いが染みついている。

「さて。一週間で釈放されたのはラッキーだったな」

「釈放って……」と僕は担任の近くで立ち止まった。

「期末試験も近いのに、厄介な時期だと思ってたんだよ。とにかく、津田は一週間の病欠になる。出席日数は、まあ、なんとかなるだろ」

「一週間病欠？　一時保護は欠席扱いになるんですか？」

担任は何度も頷きながら、実験室の窓を細く開けた。クリーム色のカーテンが波のようにはためいた。

「子どもを守るための機関なのに、そういうことには無頓着《むとんちゃく》の縦割り行政。保護のせいで出席日数が足りなくなったり、試験を受けられなくなったりすんのはざらだ。保護が長期化すれば、授業にもついていけなくなる。施設では満足に勉強もできなかっただろ？」

担任は、女子に大人気の整った顔で柔らかく微笑んだ。

「先生は、今回の一件に腹が立ってしょうがないんだよ。だいたい、出したゴミから漫画の残骸《ざんがい》をあさって、それをちまちまと貼り合わせて通報するなんてのは異常だ。なんかの法にも抵触してそうだしな。だが、虐待の証拠だからよしとされた」

それは僕だって思っている。担任は腕組みしながら続けた。

「ずっと思ってたんだが、おまえはいろいろと我慢しすぎだ。泣きたいなら泣いてもいいんだぞ？　救われるべき生徒が、いちばん傷つく結果に終わるなんてのはおかしいわな。おまえは泣け。そして怒れ。感情の放出は必要だ」

僕は驚いて担任を見た。これを言うために呼んだ？　いつもならバカバカしく思える安っぽい言葉だが、今はその手の免疫力が落ちている。いろんなことが一気に思い出されて、本当に泣いてしまいそうだった。僕はずっと前から、泣く場所があれば泣きたかったのかもしれない。鼻の奥がつんとして唇を噛《か》んだとき、担任はにべもなく言った。

「ホントに泣いたら、俺はおまえを見捨てるからな」

「ちょっと！　さっきからなんなんですか！　からかうために呼んだんですか！」

僕はむっとして背の高い男に食ってかかった。担任は飄々《ひょうひょう》として僕の顔を見まわし、長めの前髪をまたかき上げた。

「児相も仕事でやってるだけだ。子どもを救う以前に仕事なんだよ。そして、この不条理が世の中ってもんだ。覚えとけ」

そう言い捨てて担任は教卓の陰にまわり、屈《かが》んで何かを取り出した。そのまま目の前に差し出され、僕はうめき声を上げた。それは「サンテティエンヌ寄宿学校の処罰」……

……母の漫画の単行本だった。

担任は僕の前で漫画をぱらぱらとめくり、しばらく眺めてから机の上に置いた。

「そこらの書店になかったから、ネットで注文したよ。津田がこの漫画の背景やなんかを描いたんだろ？　相当うまいな。内容はともかくとして」

担任の意図がまったく摑《つか》めない。

「ほとんどの人間は、母親の性的な部分なんて見たくもない。息子だったらなおさら、母親を神聖化してるとこがあるからな。だが、おまえは母親が描く官能漫画を拒絶しないで受け入れている。その世間一般とのズレが、性的虐待のいびつな産物って解釈なんだろう」

「何が言いたいんですか？」

僕は担任を睨みつけながら言った。

「おまえの母親の仕事がこれだ」

担任は単行本を取り上げた。

「求める者がいるから、仕事として成り立ってる。当然だが、真っ当な仕事には恥も外聞もない。おまえは母親のそんなプロ意識を認めてるから、仕事を手伝っていた。描いたものを見れば、そのぐらいのことはわかるんだ。だから、性要素があるだけですぐ虐待に認定した児相は、融通が利かないマニュアル集団だと思う。なんせ保護対象者は十七の男子で、緊急性があったとは思えないからな。まあ、教師もたいがいマニュアル集団だが、俺の個人的意見はこうだよ」

漫画を教卓に置き、担任はまた腕組みをした。ほとんど話したこともなかった担任が、僕の心の内をすべて言い当てたのには驚いた。心もち不気味な思いで、僕は男の整った顔を見まわした。

「で、おまえは親のせいで異常性癖に育ったのか？」

「育ってませんよ」

「じゃあ、次の問いはこれだ。『なぜ男子高校生が女の特殊下着に興味を示したのか』」

「そんなの、男ならだれだって興味を示すでしょ」

すると担任は満足げに笑った。

「そういうことだ。虐待とそこをイコールで結ぶのは短絡的なんだよな。潰れた町の仕立て屋で高校生が手伝いをすること自体は、何も咎《とが》められるこっちゃない。だが、津田の場合は咎められる。おまえは、なんかの目的があるからじいさんの手伝いをしてんのか？」

こっくりと頷くと、担任は再び教卓の陰から紙の束を取り出した。

「じゃあ、特別に俺が知恵をくれてやる」

僕は差し出された書類を受け取った。化学や生物、数学や美術や作文や、さまざまな研究課題が並んでいるものだった。

「国、都道府県、市町村、大学、民間企業、財団。いろんなとこが主催者になって、高校生の自由研究を年中募集してる。おまえがどうしても今やりたいことがあるなら、学校を通して研究に昇華させればいい。俺が許可の判を捺《お》せば、だれも文句は言わなくなるだろ。公立高校学習指導の範囲内だ」

僕の書類を持つ手が震えた。今の状態で堂々と伊三郎の革命に参加できる？　僕はゆっくりと顔を上げた。担任は、あいかわらず覇気のない顔で机にだらしなくよりかかっている。

「なんで先生は、僕にここまでしてくれるんですか？　卒業までおとなしくしてたほうが、なんの波風も立たないのに」

「こんなクソ田舎に閉じ込められてっから、刺激に飢えてんだよ。生徒を使ったストレス発散だ」

　どこまでが本心かわからないが、僕は一週間ぶりに笑った気がした。

「津田がほかの生徒よりもはるかに大人だと思うから言ったまでだ。前にも話した通り、俺は人を見て態度を変えるからな」

「いい意味に捉《とら》えます」

「ああ、それと。おまえが保護所に行ってる間、三組の女子が毎日俺んとこに来てたぞ。ものすごいズーズー弁のやつな。津田がどこ行ったのか教えろって食い下がられて、まくのがたいへんだったんだ」

「……そうですか」と僕は咳払いをした。スマートフォンを没収されている間に、明日香からの着信やLINEメッセージが何十件もあったことを思い出した。

「異性交遊で校則違反すんならバレないようにやれ。俺がめんどくせえから。それと、成績は絶対に落とすなよ」

　担任は話の終わりを伝えるように、窓をぴしゃりと閉めた。僕は深々と一礼してから、踵《きびす》を返して教室を出た。心にこびりついていたわだかまりは、ほとんどなくなっていた。

3

僕は走って家に帰り、急いで着替えてからまた外に飛び出した。母ではなく祖母がいることに一瞬だけどきりとしたが、物事をプラスに考えようと心がけた。今の状態は長くは続かないし、思った以上に僕はいろんな人に支えられている。

夕日に照らされた裏道を走って瓦町商店街を抜け、テーラー伊三郎の扉を開けた。店に漂うミシンオイルの臭いが懐かしい。壁面の棚の整理をしていた明日香が振り返り、僕を見て目を丸くした。そして作業台にぶつかりながら出入り口へ猛ダッシュしたかと思えば、おもむろに着ているパーカーの胸ぐらを摑んでひねり上げた。

「津田」

「ちょ、ちょっと待てって。なんで怒り狂ってんだよ」

僕は押されて後ろによろめいた。ポニーテールに髪を束ねた明日香は、顔を真っ赤にして至近距離から睨みつけてくる。

「急におめさんの姿が見えなくなったから、どっかの悪党にかどわかされたのかと思ったんだぞ。家さ行ってもだれも出てこねえし、電話には出ねえし、一組の担任は速攻で逃げっぺし、だれもかれもおめさんの行方を知らないっつうから、もしかして、津田はわたしが作り上げた架空の人間なんじゃないかと思ったんだぞ」

「なんでそうなるんだよ」

「まったく、ごせやけたわ！　これが国家権力ってやつか！　津田一家をある日突然、日本から抹消できんだかんな！　おっかねえ国だこと！」

「落ち着けって。抹消されてないし」

彼女にはまだ詳しく話してはいないが、虐待のかどで保護されたという僕からのメッセージを読んで頭に血が上っているらしい。明日香はなおも捲《まく》し立て、興奮してどんどん僕との間合いを詰めてくる。顔が近すぎてうろたえたとき、聞き慣れた低い声がした。

「明日香、やかましいぞ」

黒いセーターの袖をまくり上げた伊三郎が、作業部屋からのそりと現れる。細い金縁のメガネを押し上げ、むっつりとしてつっかけに足を入れた。

「伊三郎さん！」

僕の胸ぐらから手を離さない明日香を引きずるように、伊三郎のそばへいった。老人はいつもと変わらぬ調子で、メガネの上から僕の顔を見まわした。

「伊三郎さん、ご迷惑をかけてすみませんでした」

真顔で頭を下げたが、伊三郎はふんっと鼻を鳴らした。

「迷惑な輩《やから》なら、何人もで押しかけて聞き取りなんぞをしていったな。だが、おまえさんに迷惑をかけられた覚えはない」

「でも……」

「でももへったくれもない。簡単に謝る癖をいい加減直せ」

伊三郎は鋭い視線で僕を射貫いてから、ミシンの前に座っていきなりペダルをべた踏みした。分解して作業部屋から運び出したというのに、速度と音からして凶悪さは以前のままらしい。猛烈な勢いで生地が送り金に吸い込まれていくけれども、老人の表情はぴくりとも動かない。この姿がまた見られて本当によかった。胸の奥がじんわりと熱くなった。

僕は伊三郎のそばによって、モーターの音に負けないぐらいの声を張り上げた。

「伊三郎さん、ここでのことを研究発表課題にしてもいいですか？」

「なんだって？　研究だ？」

「はい。テーラー伊三郎リニューアルまでの過程をまとめて発表したいんです。『高校生が産業心理学的に見た仕立て屋の商品開発と創造性』……みたいな感じで。産業心理学は百年前からあった研究理論なんですよ。これでまとめたらおもしろそうかなと思って」

「それをやってなんになる？」

伊三郎のもっともな質問を受け、僕は初めてすべてを晒け出す覚悟を決めた。

「僕は今、児童相談所に虐待の被害児童と認定されています。だから、今までの生活環境を全部変えなければならなくて、そうすると伊三郎さんのところにも出入りができなくなる。でも、研究対象ならここへ通う正当な理由ができるんです。どうしても、コルセット革命軍から抜けたくないんです。いや、抜けるなんて考えられない」

研究なんて老人からすれば迷惑千万な話だ。けれども、最後まで足掻《あが》いてここにしがみつきたい。一方的なわがままだった。

僕は、ここ一週間で起きた出来事を順を追って伊三郎と明日香に話した。母の仕事の内容も、僕が手伝っていたことも、それが原因で性的虐待に認定されたことも、母とはしばらく離れ離れになることも。

伊三郎はミシンのペダルから足を離して聞き入り、明日香は再び憤りに震えて唇をぎゅっと結んだ。僕の話が終わると、老人は腕組みしたまま目を合わせてきた。

「役場の判断は妥当だ」

その言葉に、すかさず明日香が食ってかかった。

「元帥！　妥当なわけねえべよ！　ある日突然、おまえは今日から家にも帰れないし親にも会えないし学校にも通えないし友達にも連絡させない……って宣告されたんだぞ！どっかの基地に監禁されて、四六時中、監視されたんだぞ！」

「それは、子どもが子どもたる所以《ゆえん》。人間的にまだ未熟だからだ。大人には責任がある。一定の基準を設けて未熟者を保護するのはあたりまえのことだ。確かに役場のやり方は雑だが、仕事だからな。連中は慈善活動家じゃない」

明日香は納得できないと文句を言っているが、僕は事態をすんなりと受け入れることができた。世の中にはいろんな尺度というものが存在し、それを軸にして淡々と動いている。伊三郎の言葉は厳しいものだったが、むしろ、いつもと変わらない冷静な視点にほっとした。

伊三郎は続けざまに言った。

「それにな、この店を産業心理学なんて安っぽいもんに当てはめるのはやめろ」

こっちは完全に拒否か……。気持ちが急降下しかけたけれども、なんとかここに留まるための道を必死に模索した。

「おまえさんは、研究の意味をよく考えるんだな。既存の理論をなぞることになんの意味がある？　研究者なら、まったく新しい下敷きを作るぐらいしたらどうなんだ」

「研究者というか高校生ですけど……」

確かに、伊三郎やコール・バレネがもつ個性は、何かに当てはめたとたんにオリジナリティが消えてしまうかもしれない。懸命に考えたが閃《ひらめ》きが訪れる気配はなく、僕はひとまず思考を打ち切って顔を上げた。

「かなり難易度が高いです。でも、テーラー伊三郎を研究発表する許可はもらえますか？」

「好きにしろ。だいたい、児童相談所とやらを煙《けむ》に巻くためにやるなら、研究なんて大風呂敷《ぶろしき》広げないで、観察日記程度でじゅうぶんだわな」

「それはダメですよ」

僕は勢い込んで言った。

「コール・バレネは伊三郎さんの技術の結晶だし、僕らがやってるのは魂の革命なんです。中途半端なことは絶対にしません。というか、研究自体にすごく興味が湧いてるんですよ。コルセットにまつわる人の気持ちの移り変わりとか、創り上げた世界が勝手に進化して広がっていくさまとか。じっくり検証してみたい」

「なんだかよくわからん」

「まあ、こういうことなんだべ。津田がやろうとしてんのは、今の弱った自分を立ち上がらせるための回想作業なんだ。それと大人社会への反抗だわな」

明日香が訳知り顔で頷いた。いつもながらの断定だが、確かにそれもある。僕は現状にどうしても負けたくなかった。

心を乱していた荒波が凪《な》いできたと同時に、今まで見る余裕のなかった店内が目に入ってくる。明日香が壁にある金属のスイッチを指で押し上げると、たちまち店の中は暖かな灯《あか》りに包まれた。僕は無意識に天井を仰いだ。いくつも吊《つ》るされている乳白色の電気傘は、加藤夫人から譲り受けた診療所にあったものだろう。映画で観たガス灯のような、とても安らかで落ち着いた灯りを落としている。

「そこの石塚《いしづか》電気屋を呼んで、配線を全部やり直してもらったんだ」

伊三郎は丸椅子から立ち上がり、天井の隅を指差した。

「差し込み口を増やして電圧も上げた。それに、おまえさんの絵の通り梁《はり》に沿っていくつも欄間《らんま》をかけたぞ。三番町の建具屋が快く譲ってくれたんだ。台湾あたりから輸入した安い量産品じゃなくて、大将がひとりで檜《ひのき》に手彫りした芸術品だな」

　僕は説明を聞きながらも、天井から目が離せなかった。照明といくつかの欄間を加えただけで、これほど奥行きが出るものなのか。形式に囚《とら》われていない欄間は大胆に木がくり抜かれ、風に流される雲の構図には躍動感があった。年月によって劣化した木材はくすんで、店の雰囲気に無理なく溶け込んでいる。

「虫喰《く》いの欄間だの医者が捨てた電気傘だの、そんなもんを寄せ集めたら、店がただのガラクタ置き場になるんじゃないかと心配してたんだ。だが、悪くない」

　僕は適当な言葉が出てこなかった。白熱灯の灯りが、壁や床に欄間の繊細な影を落としている。大澤カメラから借りた、古いソファや小さなテーブルを浮かび上がらせていた。数台のミシンとアイロン、それに作業台の一角は機械的な硬い印象だが、それがまた空間を謎めいたものに見せている。壁面にある棚には、色とりどりの糸巻きや生地が無秩序に並べられていた。

「最高……」

　全身に鳥肌が立ちっぱなしだった。明日香と二人で考え抜いたものが、現実として目の前にある。目頭が熱くなったとき、彼女は突っ立っている僕の腕を引っ張った。

「津田、感動すんのはこっちを見てからにしてくれっか」

　そう言いながら、窓際にある薄手の白い布を勢いよくはぐった。僕は何度かまばたきをして、ぽかんと口を開けた。

ウィンドウのある窓際には、古い継ぎ当てだらけのボディが五体ほど並べられている。僕は引き寄せられるように近づいた。ボディに着せつけられているコール・バレネは、初めて見るものばかりではないか。

「こ、この生地は加藤夫人が集めてきたやつ？」

「んだよ。それは着物の端切れを使ったショート丈だ。イメージ通りだべ」

僕は、白ユリが絵付けされている黒いコルセットにおそるおそる触れた。着物の柄行きを殺さないように、絶妙な位置で切り替えられている。細かい畳み刺繍が一輪のユリを浮き立たせていた。しかし、その奥にあるものを見て、僕は明日香を何度も振り返った。

「これ、この、リボンの！」

「やっぱそれに目えつけたか。あり得ないぐらいかわいいんべ。わたしもたまげたんだ。リボン刺繍とこぎん刺しのミックスだぞ。これ出したら、すぐ注文殺到すると思うわ」

「南ハナさんがやりたいって言ってたやつだよな！」

「そう、そう。まったく、拝み屋のばあちゃんも人間離れしてっぺよ。月曜にはもう出来上がったもんをごっそり持ってきたんだから」

すごいとしか言いようがない。さまざまな種類のリボンを組み合わせて小さなアザミが形作られ、本物かと見まごうばかりにコール・バレネを彩っている。これだけ全面にリボン刺繍を入れても甘くなりすぎないのは、あのとき老婆が語っていたこぎん刺しの効果だろう。松笠と呼ばれる日本古来の連続柄が、淡いブルーの糸で密に刺し込まれていた。まったく対局にある二つの手法が融合して、不思議なジャポニスムを生み出している。

　気がつくと、伊三郎が僕の後ろに立っていた。

「そこにあるもんは、全部ばあさんが刺繍したんだ。なんせ手が早くてな、俺の縫いが追いつかないほどだ。下絵も何もないまま、感覚だけでいきなり刺していくらしい。それなのに狂いがない。信じられん腕だ」

「まあ、拝み屋だけに、なんかの霊を自分に降ろしてんだべな」

「何言ってんだよ」

　小刻みに頷いている明日香にそうは言ったものの、色彩も構図も雰囲気もすべてが絶妙すぎて、あの雑然とした和室にいた老婆が手がけたものとは思えなかった。伊三郎の持ち味である緻密《ちみつ》さもいかんなく発揮され、ため息が漏れるほど美しい出来栄えだ。

「すごすぎて言葉にならないな……。でも伊三郎さん。張り骨のクジラのひげは足りるんですか？　ちゃんと入荷するのか心配になってきたんですけど」

「それならもう大丈夫だ。ドイツ製の張り骨を取り寄せたからな」

　伊三郎は踵を返し、引き出しを開けてコイル状のものを取り出した。

「スプリングボーンと呼ばれるもんだ。材質はスチールとステンレスで、ちゃんと錆《さび》止めの加工がしてある。これはクジラのひげに匹敵するもんだぞ。柔らかくて軽いのにしっかりした芯《しん》になる」

「ドイツ製なんて、どっから見つけてきたんですか？」

「拝み屋のばあさんだ。ドイツの刺繍糸を取り寄せたとき、カタログに載っていたらしい。あのばあさんは付属の類《たぐい》にやたら詳しくてな。世界中に網を張って、めぼしいもんはインターネットで個人輸入してる」

「え？　まさか、あのおばあさんがパソコン使って？」

僕は驚いて声を上げた。薄暗い座敷で、文化人形たちを従えて座っていた様子からは想像ができない。すると伊三郎は外のほうへあごをしゃくった。

「隣のじいさんを仲介した個人輸入だよ。俺はぜんぜん知らなかったが、拝み屋のばあさんはしょっちゅう隣に通って来てるらしい。カメラ屋は世界とつながる霊道なんだと」

確かにマッド・エンジニアの大澤カメラは世界とつながっている。ばあさんがこの近所に出没していた意味がようやくわかった。

僕は俄然《がぜん》、やる気になってきた。次はいよいよプロモーションだと腕組みすると、明日香が相槌《あいづち》を打った。

「それなんだけどな。コルセットが完璧《かんぺき》にそろってディスプレイが完成するまで、小出しに見せないほうがいいと思うんだ。今週末、わたしとばあちゃんらで撮影会すっから、出来上がりを待って一気にお披露目すっぺ」

「なるほど。じゃあ、大澤カメラのウィンドウにも写真を飾って、スズ子美容室の着付けとヘアメイクも紹介しよう。みんないっぺんに」

「おい、おまえら。宣伝なら新装開店アドバルーンも忘れるな」

伊三郎はどうしてもこれをやりたいらしい。ともかく残るはネット関連だ。僕は老人を振り返った。

「伊三郎さん、僕の友達をひとり入れてもいいですか？　パソコンに強いので、ネット関連をやらせてほしいって言われてまして」

「だれだ？」

「河内隼人っていうんですけど」

「河内？　ああ、河内造園とこの曾孫《ひまご》か」

「知ってるんですか？」

伊三郎は、金縁のメガネを指で上げながら大きく頷いた。

「あそこのじいさんはうちのお得意さんだった。コートからスーツからシャツから、着るもののほとんどをうちで仕立てたよ。ずいぶん前に死んだがな」

「へえ。でも、お得意さんの曾孫を、伊三郎さんはひっぱたいたことがあるみたいですけど……」

「それがどうした」

老人はただちに返してきた。おそらく、多くの子どもたちが伊三郎の餌食《えじき》になっている。店の近辺にいる騒がしい子どもは、片っ端から追っ払っていたに違いない。

それから僕たちは綿密な打ち合わせをし、学校が冬休みに入った初日のクリスマスに店をオープンすることに決定した。

夕方の六時をまわったころ、僕と明日香は息を殺しながら歩いていた。テーラー伊三郎からの帰り道、いつものように遠まわりして日向団地を目指していたけれども、途中で三、四人のジョギング集団と出くわしたからだった。先頭を走っていたのは真鍋女史と行動をともにしている団地住まいのおばさんで、出したゴミから漫画を抜いたうちのひとりだろうと思われる。仲間が寄り集まり、細かく切られた原稿を復元させている姿を想像するだけで吐き気が込み上げた。町の抜け道を網羅している明日香はすかさず脇道に逸れ、呑み屋が居並ぶうらぶれた通りを進んだ。

「いい加減、真鍋女史をなんとかする必要があんな。ジョギング監視隊もだけど」

どぎつい店のネオンが瞬くたび、マフラーを巻いた明日香の横顔が極彩色に染まる。

「どこさ行っても監視の目が気になって落ち着かねえんだ。それに、また密告するネタを探ってっかもしんないぞ」

「僕らが考えた平行世界そのものだな。町じゅうに散らばる思想警察とそのシンパが、反乱軍のしっぽを摑もうとしてる」

ふふっと笑うと、明日香が睨みつけてきた。

「笑いごとじゃねえぞ。今回真鍋女史がやったことは、権力を利用した抑圧だべ。自分に従わない人間を力で潰そうとしたんだ。絶対に許せない」

「そうだな」

「津田がテーラー伊三郎に通ってんのが見つかったら、またなんかやるんじゃないべか。このままほっとくとは思えないぞ」

「うん」

　僕は頷いた。学校の研究課題の名目で自分だけ逃げ切ったとしても、今度は伊三郎をターゲットに据える可能性がある。そうなれば役所勤めの息子も巻き込んでしまうだろうし、迷惑では済まされない事態に発展しかねなかった。僕がコルセット革命から手を引くのが丸く収まる道だが、なぜそうまでして従わねばならないのか。納得できる要素がひとつも見当たらない。

　苛々《いちいち》とため息を吐き出すと、明日香がマフラーを口許《くちもと》からずらして声を出した。

「おめさんがいないときな、加藤夫人からいろんなことを聞いたんだ。真鍋女史は、役場とか市議会議員とか教育委員会とか婦人会とか、そういう上役と通じてんだと。ボランティアみたいなこともよくやってっから、表彰されたりもしてるらしい」

「権力には惜しまず奉仕すると」

「うん。でもさ、田舎特有の男尊女卑をなくすために、ずっと活動してんのは間違いないんだ。離婚に応じない農家さ通って話つけたり、女に不利な労働条件を変えたり、その筋ではかなり頼りになる人らしいな。やり口は汚くて外道そのものだけど、一定の支持があるから強気なんだべ」

たぶん、正義感は人一倍強いのだろう。けれども、自分が決めた正義の基準から外れる者は、どんな手を使ってでも排除してかまわないと思っている。そして手放しで自分を慕う人間は、守ると同時に駒として使うのだ。常に理不尽と正当性が同居しているのが真鍋女史だった。僕はまたため息をついた。

「もう真鍋女史とはかかわりたくないな。考えただけで拒否反応が出るし、正直言って、逃げ隠れしてやり過ごせるなら、それでいいぐらいに思ってるよ」

明日香は横から僕の顔をじっと見つめて口を開いた。しかし言葉を出さずにまたしばらく僕を見やり、剣士のような長いポニーテールの髪を後ろへ払った。

「いちばん利口なかわし方だとは思う。だけど、なんかもやもやする。社会に出たらさ、みんなこんな感じなのかな。長いもんに巻かれて、やり過ごして、自分を殺して、上っ面だけの平和を必死に守る。大人になるって、社会っていったいなんだべ」

「そういうことに疑問をもたなくなるってことじゃないの。常識とか正義の軸が変わる。でも、変わんなきゃおかしいからね。僕らだって、小学校時代と今じゃ違うわけだし」

「なんか津田って悟ってんな」

彼女が場違いなほど明るく笑ったから、つられて笑った。僕たちは歩調を合わせてゆっくりと歩き、わざと遠まわりして団地に帰った。

4

「アクマリーちゃん、ちょっとばっかり化粧が濃くないかねえ」

　大澤のばあさんは、さっきから二階のスタジオにある姿見の前から離れない。白い髪をふんわりとカールさせ、小さくて平たい花飾りのついた麦わら帽子を斜めにかぶっている。これはパンケイキと呼ばれる帽子で、老婆が若いころに流行《はや》ったものらしい。

「アイシャドウなんて、もう二十年以上もつけたことないよ。おかしくないかい？」

「おかしいどころか、すごくきれいですよ。それにこの合わせ方、最高です」

　老婆の弱腰を吹き飛ばすように、僕は全力で褒めたたえた。が、決してお世辞ではなく、いつも着膨れして所帯染みていたばあさんとはまるで別人だった。

　スズ子美容室でセットと着付けをして戻ってきた老婆は、過去のどの時代にも当てはまらない、まったく新しい世界観を作り上げていた。濃い赤紫の着物の上に珊瑚《さんご》色の長羽織りをまとい、その上から伊三郎が仕立てた桃色のコルセットを締めている。全身をピンクのグラデーションでまとめ、足許は赤い鼻緒のついた塗りの下駄だ。かわいらしい色やものが大好きなばあさんは、恥ずかしいと言いつつ本当に嬉しそうだった。

「加藤さんとスズ子さん、それに明日香ちゃんもあとから来っかんね。それはそれはみんなステキだから、きっとぶったまげるぞ」

大澤のばあさんは笑った。思い違いではなく、少なくとも十は若返っているように見える。鏡の前から離れない老婆は、新しい自分を発見したようでとても幸せそうだった。

そのとき、階段を上がる足音に続いて戸口から丸い顔が突き出された。

「ああ、隼人。もうすぐみんな準備ができるから」

スタジャンを着込んだ隼人は小声で挨拶をし、大荷物を背負って遠慮がちにスタジオに入ってくる。テーラー伊三郎をネットで発信する広報班だ。撮影の様子や店が立ち上がるまでを記録し、のちに動画配信を考えているらしい。隼人は着飾ったばあさんを見て一瞬だけぎょっとしたが、すぐ鞄からごついカメラを出して設定をしはじめた。すると、大澤のばあさんが生真面目な面持ちで隼人に近づいた。

「あんたが河内造園の跡取りかい」

頭から足許までゆっくりと目で往復した。

「曾《ひい》じいちゃんにそっくりだな。あんたの宮参りだの初節句だの七五三だの、写真は全部うちで撮ったんだぞ。ちいっと見ないうちに、こんなにでっかくなっちまうんだねえ。まるまる肥えた赤ん坊だったのに、歳もとるわけだわな」

ばあさんは伸び上がって隼人の頭を撫で、尻《しり》や腹を触って肉づきのよさを賞賛した。

そこへ今度は大澤のじいさんがやってきて、戸口ではたと足を止めた。

「キヤノン、ＰＳＧ１Ｘマーク２」

ばあさんに肉をつままれている隼人は、固まったまま手許のカメラに目を落とした。

「あんた、ずいぶん上等なカメラ持ってんな。さすがは河内財閥だ」

「いや、財閥じゃないですけど……」

隼人は苦笑いをすると、じいさんはスタジオに入りながら早速決まり文句を口にした。

「なあ、この店買ってくんねえかな。税金対策にもなる。ここだけの話、河内造園は税務署に目えつけられてっかんな。油断してっと、近いうちに殺《や》られるぞ」

するとばあさんが間髪を容《い》れずにバシンと手を叩いた。

「父ちゃん、やめらっし！　まったく、だれにでもそだバカ話おっぱじめんだから！　恥ずかしいこと！」

「だって、滅多《めった》にねえチャンスだっぺよ。河内の後継ぎなら話が早いぞ」

怒るばあさんを尻目に短髪のじいさんは飄々と喋り、奥に固められている三脚を定位置に引き出した。その後ろでは、隼人も自前の三脚を出してデジタルカメラを留めつける。

「動画なのに固定で撮んのかい？」

「はい。ちょっと考えてる絵があるんで」

「タイムラプスか」

老人がそう言ったとたんに、隼人は目を光らせた。

「まさにそれ！　ホームビデオみたいな動画をだらだら流すんじゃなくて、低速度撮影で三十秒以内にコンセプトを凝縮させる！　すげえおもしろいから！」

「なるほど。あんたは、これが終わったら俺の仕事部屋さきな。仕立て屋オフィシャルサイトの計画立てっぺ。機材とソフトなら腐るほどあっかんな」

じいさんがにやりと笑うと、隼人も同じように笑った。たったこれだけの会話で、二人は互いの資質を完全に見抜いたようだ。じいさんは年季の入った大きなカメラを三脚にセットし、ばあさんをスクリーンの前に立たせて露出を計る。そして僕に言った。

「あんたは、そこの物置きから屏風《びょうぶ》を出してくれっか。透かし彫りの入ったやつな」

僕は頷き、スタジオ脇にある小さな暗室の扉を開けた。壁際にあるそれらしきものを出し、手ぬぐいで埃を払ってからじいさんの指示通りの場所にセットした。

じいさんは、カメラについている黒い幕の中に顔を突っ込んで何枚か試し撮りし、スタジオライトの加減を調整する。何かの計器を見ては試し撮りすることを繰り返しているとき、すらりと背の高い加藤夫人が姿を現した。僕は思わず息を呑《の》んだ。

大澤のばあさんとはまったく雰囲気が違う。加藤夫人が注文したコール・バレネを初めて見たけれども、やや光沢のある黒い生地に、同じ黒で大輪のバラが刺繍してあるものだった。胸の下から腰の上までの短いコルセットは、すべて黒一色だ。しかし、それが凛《りん》とした美しさにつながっていた。

「お待たせしちゃったわね」

加藤夫人は白い前髪を高くふっくらと結い、塗り物の赤い櫛《くし》を耳の脇にひとつだけ挿している。薄いグレーの色無地の上に紋付の黒い羽織りを合わせ、黒バラのコルセットを着けるという究極のシンプルだ。僕はスマートフォンを出して写真を撮った。

「かっこいいです！　ポール・ポワレっぽい雰囲気ですね」

「ポール・ポワレ？」

「二十世紀の初め、体を締めつけないポール・ポワレっていうスタイルがパリで大流行したんですよ。だから、コルセットは一気に時代遅れになったんです。当時のヨーロッパでは、芸術も含めてジャポニスムはすごい人気だったんで。その黒バラのコルセット、かなりゆとりがありますよね」

「あら、アクマリーさんはよく見てるのねえ。わたし、ツィードのコートと道行の上からもこれを着けたかったから、かなりゆとりを入れて作ってもらったのよ。調節ができるように紐締めにしたの」

加藤夫人は後ろを振り返った。ハト目に紐を通した古典的なものだ。この老婆はファッションについての固定観念がなく、独自にどんどん工夫と進化をさせられる強者《つわもの》だった。しかも、自分に似合うものを知っている。

続けざまに、スズ子ばあさんが着物の裾をもって大声で喋りながら入ってきた。

「やっと全員出来上がったよ。なんせ、こんな着付けは初めてだったかんな」

スズ子ばあさんは紫の髪を淡い藤色に染め直したらしく、以前よりも落ち着いた発色になっている。そしてやはり、先の二人とはまったく違う着こなしをしていた。紫と白の縦縞《たてじま》という大胆な着物を引きずるようにまとい、その上からかなり丈の長いコルセットを着けている。これは蝶の地模様が入った着物地で、細かい切り替えが二十以上はあるだろうか。そこにフリンジのついた長いサッシュを巻いている姿は、オペラ歌手のような貫禄《かんろく》がある。

そして、ばたばたとやかましく駆け込んできた明日香を見て僕は笑った。完全に別世界の住人と化している。

「いやあ、案外時間かかったない。スズ子ばあちゃんがひとりで全部やってくっちゃから、すごく疲れたんべ」

「疲れたけど、久々に腕が鳴ったよ。みんなおんなじく着せる着物とは違って、今回のは人に合うイメージってもんがいちばん大事だかんね。いやあ、すごくおもしれえな。もっともっと、いろんな人の個性を引き出してやりたいよ」

すると明日香が大澤のじいさんの後ろにいる隼人を見つけ、親しげに手を上げた。

「河内も来てたのか。ネットのプロモーションのほう頼んだぞ。ついに、おめさんの腕を全世界に見せつけっときがきたんだ」

隼人も手を上げて応《こた》え、そそくさと僕のそばに寄って声を潜めた。

「あいかわらずズーズー弁はすげえけど、三木ってわりとかわいいかもな」

率直な隼人の感想を聞いて、なぜか僕のほうが気恥ずかしくなった。化粧や髪型のせいもあるだろうが、架空の時代を活き活きと走りまわっている場面が垣間見《かいまみ》えるのだ。

四人のなかで、やはり明日香がいちばんエヴェレット・ジャポニスムを演じきっているだろう。竹林にスズメが舞う柄の粋な長羽織りの下にフリルのついたブラウスを合わせ、海老茶色のロングスカートをなびかせている。彼女が着けているコール・バレネは、金銀の糸が織り込まれた西陣《にしじん》織の帯を使ったものだ。伊三郎の亡き妻の形見だった。いろんな思い出が詰まっているであろうこれを、伊三郎は黙って明日香に渡している。

「よし、じゃあ撮影を始めっかんね。まず若いもんから」

大澤のじいさんが声を上げると、明日香は編み上げブーツを鳴らしながらカメラの前に立った。ヘアメイク担当のスズ子ばあさんがすかさず進み出て、結った髪を直して真っ赤な口紅をつけ直す。羽織りの襟許を整えてから、じいさんにオーケーを出した。

「若いもんに余計な指示はいらんよな。とりあえず、好きに動いてくれっか。タイミングは俺が勝手に取っから」

「モデルなんかやったことねえし、なかなか難しいよ」

明日香はそう言いつつも、物怖《ものお》じせずに次々とポーズを決めていく。隼人は液晶を確認しながらカメラをまわし、撮影風景を動画で撮影するという凝った絵を狙っているようだった。明日香は黒いレースの日傘を傾け、足を交差させたり振り返ったりするたび、フラッシュが瞬いてじいさんが写真に収めていった。

なんだか、すごいことになっている。僕は、煌々《こうこう》とライトが焚《た》かれた空間にあてられてくらくらした。ここは寂れた町の商店街、しかも廃業寸前で世間からも忘れられている個人商店のはずだ。長年、だれかが決めたイベントを惰性的にこなして、時代が変わったことをただ嘆いているだけ。けれども、コール・バレネに見出《みいだ》された者たちは違う。いや、だれだってみな自分の生き様を見せるきっかけを探している。

　写真屋の老人は、カメラを覗きながら声を上げた。

「ちょっと目線外してくれっか。それと伏目も」

　撮影の途中、じいさんは何度もフィルムを入れ替え、たびたびデジタルカメラに持ち替えては鋭いまなざしを被写体に向けている。もはや、のらりくらりとしていたいつもの面影はない。大澤のばあさんは、そんな伴侶《はんりょ》を見つめて感慨深い声を漏らした。

「こんな活気のある撮影は何十年ぶりかねえ……。父ちゃんはすごく楽しそうだ。なんだかんだ言っても、やっぱ根っからのカメラ屋なんだな」

　涙もろいばあさんは、すでに目を潤ませている。そのとき、僕の後ろから音もなく伊三郎が現れた。金縁のメガネを中指で押し上げ、自分の手がけたコール・バレネを着けた四人をひとりずつじっくりと眺めている。そして踵を返して引き揚げようとした。

「ちょっと、伊三郎さん。ひと言もなしですか？」

　僕が慌てて引き止めると、伊三郎は振り返った。

「おまえさんが言ってた通り、確かに、連中の後ろには別の景色が見える。想像をかき立てられるな。これがエヴェレット・ジャポニスムとかいうやつか？」

　老人はなかばショックを受けたように、静かにスタジオを出ていった。急にそんな顔を見せられると、僕まで感極まってしまう。深呼吸をしてカメラのほうに向き直ると、大澤のじいさんがぱちんと指を鳴らした。

「よし、次は加藤骨つぎにチェンジだ。物置きからジャカード張りの椅子を出してくれ。あと背の高いフロアライト。トンボの細工がついたやつだぞ」

僕はさっと翻ってその二つを出し、埃を落としてから指示された場所にセットした。それからの撮影はますます盛り上がり、藤色の髪のスズ子ばあさんは、床に膝をついて椅子にしなだれかかるという大技も披露した。大澤のばあさんは恥ずかしがり屋でなかなか表情が作れなかったけれども、それが逆に初々しい結果になっていた。最後に四人の集合写真を何パターンか撮り終えると、大澤のじいさんは意気揚々と声を上げた。

「いやあ、久々にカメラ持ったから肩凝ったわ。そんで、河内んとこの坊主よ」

そう言って、老人は腰を叩きながら隼人を振り返った。

「こいつを載っけるウェブサイトは、多言語にすっぺ。英語とフランス語と中国語な。日本語だけじゃもったいねえよ」

「でも、それをやるには高性能の翻訳ソフトが必要だと思いますよ。フリー翻訳だと、めちゃくちゃな訳で使いものになんないから」

隼人が言うなり、じいさんははっと笑った。

「そんなもんはなんとかなっぺ。岡谷町《おかやちょう》の勝龍寺《しょうりゅうじ》な。あすこの坊さんが中国の嫁さんもらったろ。そっちになんとか訳を頼めねえかな」

「ああ、うちが檀家だから頼んであげるわよ。とても器量好しで頭のいいお嫁さんでね、婦人会にも入ってるの。将来有望だわ」

加藤夫人が流れるように続けた。

「それに、市役所にある外国人生活相談コーナーの通訳もやってて、あちこちに派遣されてるのよ。確か国際交流センターからのボランティアだから、こっちもお願いできると思うんだけど。英語もフランス語もなんとかなりそうよ」

「じゃあ、伊三郎さんとこの太一ちゃんに聞いてみっぺ。役場勤めだし、頼むのになんの書類が必要なのかわかっぺから」

大澤のばあさんもつけ加えた。さすがは町に精通している老人たちだ。無限に張り巡らされているネットワークは伊達《だて》じゃない。

それから僕と隼人はスタジオの片付けを手伝い、友人はそのまま大澤のじいさんに連れられて、暗室を改造したパソコンルームへと消えていった。年寄り嫌いの隼人も、今回ばかりは興味のほうが上まわっているらしい。

いよいよ大詰めのところまできている。僕は熱気が残るスタジオを見まわした。あとは自分自身の問題を片付けるだけだ。大丈夫、きっとみんなうまくいく。自分にそう言い聞かせて伊三郎の店に移動しようとしたとき、後ろから腕を掴まれて振り返った。大澤家の座敷で着替えを終えた加藤夫人が、いつもの人当たりのいい笑みを投げかけてくる。

「あなたは堂々としていなさい。恥じることなんか何もないから」

そう言ってぽんと腕を叩き、加藤夫人は老人とは思えないしなやかな動きで大澤カメラを出ていった。僕に起きたことを知っているのだろう。真鍋女史がかかわっていることも耳にしているのかもしれない。

僕はいろんな覚悟を胸に、大股《おおまた》で隣の店へ向かった。

5

十一月の末に初雪が降ったのを皮切りに、十二月に入ってからはまとまって降るようになった。ついに我が家にもストーブとコタツが登場し、節電を心がけながら暖を取る長い冬に突入している。僕はいまだかつてないほど期末試験の勉強に打ち込んだ。今成績を落とすことは、自分の負けを認めるような気がするからだった。ひとまずテーラー伊三郎の作業を中断し、学校では、担任とスクールカウンセラーと児童福祉司の面談を代わる代わる定期的にこなしている。向こうは事後報告書をまとめるための作業にすぎないが、僕も同じようなものだった。特に児童相談所の福祉司には、求められている答えを察しながら口にするという、実にまわりくどいことをやっている。

今のところ、真鍋女史には出くわしていない。このあたりが喉元に引っかかる不安の種だが、そんなストレスを打ち消してくれているのが明日香だった。四日に一度、二人で時計台の重りを巻き上げ、現実から少しだけ離れる場をもらっていた。

十二月十日の金曜日。

終了のベルが鳴ると同時に、クラス内からはどよめきと歓声が上がった。五日間にわたる試験がようやく終わり、あとは冬休みまでの浮かれた時間を過ごすのみだ。試験官の教師が答案用紙を集めてまわっているとき、後ろから低い声がした。

「どうだった？」

振り返ると、目の下にクマを作った隼人が、あくびを噛み殺しながら机に頬杖《ほおづえ》をついていた。

「たぶん、今までいちばんいいような気がする。隼人はその顔からしてダメだったの？」

「それがだ」

隼人は寝不足を極めた顔で不遜《ふそん》な笑みを浮かべた。

「俺も今回は高得点を叩き出してるよ。久々に真面目に勉強したんだ。やっぱ、近くで励ましてくれる人がいると人生変わるな」

「近くで？　何？　まさか彼女でもできたのかよ」

極端に声を潜めると、隼人は間髪を容れずに僕の頭をひっぱたいた。

「そんなわけねえだろ。口をつつしめ」

「なんなんだよ」

僕は頭をさすりながら恨みがましい目を向けた。

「いいか？　俺はカメラ屋のじいさんと毎日ライブチャットやってんだよ」

八十過ぎの年寄りとライブチャット？

「しかし、あのじいさんはただもんじゃねえな。これは極秘情報だが、町の商工会のデータベースに侵入したことがあるらしい」

「おい、ヤバすぎるだろ。まさかおまえ、一緒になってやるつもりじゃないだろうな」

「俺にはまだ早いんだとさ。今は仕立て屋のウェブサイトとネット戦略を詰めてるとこだ。見てな、俺らが絶対に成功させてやっから」

隼人は闘志を剝《む》き出しにしてふっと笑った。友人がここまでのめり込むとは思っていなかった。放っておいて大丈夫だろうかと少しだけ心配になったけれども、思えば伊三郎も拝み屋のばあさんも、周りを見わたせば登場人物が全員アブナイから余計な世話なのかもしれない。

手短かな学活と掃除のあと、僕と隼人は商店街へ急いでいた。

「ともかく、仕立て屋のオープンは十二月二十五日のクリスマスだ。それまであと二週間。ウェブサイトとＳＮＳ関連は、明日から大々的に公開すっかんな。カウントダウンの始まりだ。ツイッターやってる市長と市議に拡散してもらう手はずになってっから」

「うそだろ？　そんなのどうやって了解もらったんだよ」

「河内造園舐《な》めんなよ。先祖代々、この町を牛耳《ぎゅうじ》る大地主だぞ」

隼人はにべもなく言い、額に汗をにじませながらペットボトルのスポーツドリンクをがぶ飲みした。

「ともかく、今日は出来上がったサイトの試写会だ。カメラ屋に急げ」

ラフな計画案はもちろん知っているが、出来上がったものを見るのは初めてだ。僕たちは寒い曇天のなか小走りし、試験明けで浮き足立っている生徒の間をすり抜けた。カラオケやファミレスに繰り出す話題が次々と耳に入ったが、僕たちは何を置いてもテーラー伊三郎だ。

沿道には一昨日《おととい》に降った雪が残り、水たまりには薄氷が張っている。一応、町はクリスマスムードを出してはいるが、とりあえず電飾をつけたりツリーを並べて音楽を流す程度で終わっていた。商店街が打ち出しているクリスマスセールは、商工会の企画なのだろうか。僕は、窓に貼られている派手なポスターを横目に通り過ぎた。でっぷりと太った商工会長の相馬は、いまだにテーラー伊三郎を目の敵《かたき》にしているらしい。が、表立って攻撃する大義名分を失っているようだった。町にそぐわず不謹慎だと責めていた以前とは違い、もはや店にあるコール・バレネは下着の域ではないからだ。このまま滞りなくリニューアルを迎え、できることなら意味のない敵対関係を払拭《ふっしょく》したかった。

僕たちは、周りを警戒しながら伊三郎宅の玄関へまわった。店から出入りするのは人目につくため、最近はずっとこの方法を取っている。ミシンがなくなって広くなった作業場で着替え、店でアイロンがけをしていた伊三郎に声をかけた。

「ただいま。伊三郎さん、大澤カメラで試写会です」

「ああ。今日だったな」

老人はアイロンの電源を切って、両手の人差し指で白い口ひげを撫でつけた。

店はほぼ出来上がっている。僕は戸口から店内をゆっくりと見まわした。自然に口許がほころんでしまう。あれからコール・バレネは型数を増やし、造りつけの棚の一角にも並べられるほどになっている。バリエーションも見応えもじゅうぶんだ。商品につけられている雰囲気のあるタグは、すべて明日香の手によるものだった。古い写本のような筆記体でテーラー伊三郎の文字が入り、独特の加工が施されている。なんでも、紙をコーヒーで染めてオーブンで軽く焼くと経年の風情が出るらしい。金属の電気スイッチや壁にかけられた古びた地図など、スチームパンクでならした技を随所に発揮している。

三人は大澤カメラへ移動し、二階の撮影スタジオに入った。三脚やカメラ機材が片付けられ、広々とした床には座布団が並べられてプロジェクターまで用意されている。まるで小劇場だ。すでにいつものメンツがそろっており、暗幕が引かれた窓際には、刺繍の伝道師である拝み屋のハナばあさんの顔もあった。

「よお、来たな、ブラッド・ファルコン。こっちだ」

奥でノートパソコンの前に陣取っている大澤のじいさんが、隼人に向けて手を上げた。

「遅くなりました、タルタロス」

「なんでコードネームで呼び合ってんだよ……」

僕は若干引き気味に二人を見やった。いつの間にか、魂のレベルで結びついてしまったらしい。隼人は当然のようにじいさんのそばに座っている。伊三郎はいちばん前へいき、僕は後ろで手招きしている明日香の隣に収まった。それと同時に大澤のじいさんがすっと立ち上がり、いきなり騒々しく手を打ち鳴らしながら裏声を張り上げた。

「さて、皆の衆。テーラー伊三郎の正面突破をご覧あれ。親の因果が子に報い、二目と見られぬこの姿。さあ、ちょっとだけだよ。ちょっとだけなら見せてもいいよ。さあ、さあ、顔を出して見せてちょうだい。おっと、これ以上はただではいかん」

思わず明日香と顔を見合わせると、中ほどで大澤のばあさんが大声を上げて僕たちはびくりとした。

「父ちゃん！　いい加減にしらっし！　そんな口上は関係ねえんべな！　ここは見世物小屋じゃねえんだぞ！　まったく、いっつも調子んのって横道さズレっちまうんだから！」

じいさんは「はい、はい」と笑いながらスタジオの電気を消し、「ブラッド・ファルコン、幕を上げてくれや」と指を弾いて指示を出した。すると隼人がパソコンのキーを叩き、正面のスクリーンに映像が現れる。八ミリのような傷の入った画質に、褐色の活字が浮かび上がってきた。

――鎖国によって世界から取り残された日本は、国を開くことを余儀なくされた。瞬く間に西洋文化が広がり、人々は近代化を急いで新しい技術を取り入れようとする。しかし、「人はみな平等である」という思想に危機感を覚えた体制側は再び国を閉じ、徹底した階級社会を築き上げる。富を独占されて貧困にあえぐ市民はレジスタンスを結成し、仕立て屋の奥深くで国家転覆の機会を狙うのであった。

何これ……僕はあっけに取られてスクリーンに見入った。ロックな音楽とともに映像が切り替わり、先日、この場所で撮影した風景がコマ送りのように流される。

「このオープニングはスキップできっかんね」

大澤のじいさんは横から注釈を入れてきた。どうやら、ウェブサイトを開くと同時に動画が再生されるプログラムらしい。映画さながらに「テーラー伊三郎」のロゴがスクリーンを飾ると、バイオリンの切ない音色に変わって店の外観写真が現れた。

「音声はオフにもできるよ。仕事中、役場でもこっそり観られるようにしたんだ」

「なんで役場だよ」とスズ子ばあさんが素早く突っ込みを入れた。

「このサイトは体感型で、見るもんが自分で扉を開いて進んでいくんだ。ゲームみたいに。これはブラッド・ファルコンのアイディアだぞ」

隼人を見ると、僕に向かって親指を立てていた。彼が画面にあるテーラー伊三郎のドアをクリックするなり、ベルの音がしてから扉がきしみながら開かれる。とたんに居並ぶ老人たちがどよめいた。

「なんだっぺこれ！　ホントの店みたいだわ！」

「観てる人がお店に入れるってことなのね！　しかも、三百六十度見まわせるなんてすごいわ！　実際、お店に入って商品を見てるみたいじゃない！」

スズ子ばあさんと加藤夫人が興奮して声を上げ、大澤のじいさんはにやりとした。

「これは仕立て屋の店を細かく撮影してつなぎ合わせたもんだ。実際の店の配置と一緒になるようにな。だが、それだけじゃないぞ」

じいさんが隼人にあごをしゃくり、隼人はマウスを素早く動かした。コール・バレネに触れると、たちまち商品説明のページが開かれる。

「仕立て屋はネット通販をやらんそうだから、このページには仕上がった商品が随時追加されることになるな」

「ものを手に取らないで買うなんてのは言語道断だ。興味のあるもんは、この町に来て触ってから決めろ」

あぐらをかいている伊三郎は、腕組みしながら低く言い切った。

「それにしても、インターネットっつうのは魔法みたいだな。この絵が世界中でいっぺんに見れるんだろ？　いったい、何がどうなったらそんなことになんだか」

大澤のばあさんが言うと、横並びの老人たちはそろって頷いた。

スクリーンの中の店をさらに進むと、モノクロ写真の伊三郎が現れる。からくり人形のような動きでミシンをかけていたかと思えば、急に顔を上げて言葉を発した。

――火炎瓶を用意しろ。

「なんでこんな台詞なんですか！　関係ないでしょ！」

「実際に俺の声を録音したんだ。英語とフランス語と中国語でも喋ったんだぞ」

振り返った伊三郎の顔はにやけ、いかにも満足げだ。逆に僕の顔は引きつった。伊三郎の技術を紹介する短い動画も用意されているらしい。

一商店のサイトとは思えないほど凝った作りで、しかも遊びに満ちていて自由だ。プロではなく素人が、しかも八十過ぎの老人と高校生が作ったとは思えなかった。店の中にあるものに触れるといろんなアクションが起こるため、宝探しにも似た好奇心が刺激される。ネットに不慣れな者のために、簡単なテキストページも用意されていた。あらゆる方面で万全だった。

　さらに隼人はカーソルを動かし、この店のページにあるさまざまなリンク先を見せていく。大澤のじいさんはスクリーンを指差した。

「撮影した客のアルバムページも作っかんね。もちろん、許可を取ってな」

　確かに、いろんなコーディネイトがあればそれだけで盛り上がる。レンタルした場合の着付けとヘアメイク、そして撮影するセット価格もすでに決定されていた。ぬかりなく商売にも結びつけられている。

「登場人物の紹介もちゃんとあっかんな」

じいさんがそう言うなり、隼人は店の棚に並べてある糸巻きの中から、赤い糸を押した。とたんに棚が左右に開き、隠し部屋へと続く階段が登場する。

「あー！　これ、わたしが思ってたやつだっぺ！」

真剣に見入っていた明日香が声を上げ、僕の腕を叩きながら腰を浮かせた。薄暗い隠し部屋の中では六人がひしめいている。伊三郎と大澤のじいさん、刺繍使いのハナばあさん、そして僕と明日香と隼人だ。

「ここは地下組織の部屋だから、子どもら三人は帽子で顔を隠したかんね。未成年だし、名前も伏せた。炎上して将来就職できなくなったら困っからな。この先、共謀罪に引っかかっかもしれんし」

「引っかからないようにしてくださいよ」

僕はただちに釘を刺した。炎上する要素は山ほどありそうだから困る。ハナばあさんを紹介するページは文化人形で埋め尽くされ、ばあさんに触れると念仏を唱えるという気色の悪い演出がされていた。スクリーンの動きと一緒に、実物のばあさんもかっと目を見開いて拝みはじめている。「ロックだな」と明日香が満足げにつぶやいたとき、藤色の髪を梳《す》きながらスズ子ばあさんが不満げな声を上げた。

「ねえ、わたしもこんなかさ入れてよ。美容室スズ子の宣伝にもなっぺし、パリジェンヌにもわたしの技を見せつけてやりたいんだ」

「そうよね。世界じゅうの人が見るんだから、わたしもお願いしたいわ。台詞は『寝たきりになりたくなければ、加藤クリニックにいらっしゃい』で」

「あのなあ。おまえさんらは、仕立て屋の新装開店をなんだと思ってんだ。遊びじゃねえんだぞ」

大澤のじいさんの言葉は、そのまま自身に跳ね返ってくるものだろう。

「まったく平和ボケしやがって、おまえさんらはネットの怖さってもんを知らねえな。でもまあいいか。老い先短い身だ。炎上も逮捕も上等だべ」

「逮捕はやめてください」

僕はかぶせ気味に言った。無難で落ち着いた雰囲気が好みではあるが、だれも思いつかないようなものには意味がある。それに、このサイトではひとりひとりの個性が端的に表現されていた。我が強くて口も悪く、商売人として客におもねることもない。しかし仕事の腕は確かで、自分自身に誇りをもっている。見た者にはそれが伝わるはずだし、繊細で美しいコール・バレネとのギャップにますます興味がそそられるだろう。

なんだかとても満たされている。隣の明日香が妙に静かだと思えば、こっそりと目許をぬぐっているところだった。そのとき、伊三郎がゆっくりと立ち上がって僕たちに向き直った。何度か咳払いをして、端から順繰りに目を這わせていく。

「俺はやけくそだった。自分の人生の意味がわからなくなっていた。いや、もともと俺の人生には意味なんかない。運よく一時的に生かされている。所詮《しょせん》、そのへんの虫けらが、ちょっと上等になった程度の生き物だからな。だから考えるのをやめた。俺は今まであれこれ考えすぎた。ありのまま感じることを放棄していたんだ。積み重ねてきた経験に依存するのをやめたとき、無のなかで出来上がったのがコルセットだ。そんな負の遺産みたいなもんに光を当てたのがアクアだな。そして、濁った淵《ふち》から引っ張り上げてくれたのがおまえさんらだ」

そこまでを一気に話し、僕としっかり目を合わせた。

「心から礼を言う。ありがとう」

伊三郎は深々と頭を垂れたまま、しばらく身動きをしなかった。薄暗いスタジオのなかがしんとする。ここまで率直な心の内を見せるのは初めてだった。しかも、なりふりかまわず大勢の目の前で……。おそらく今まで、妻以外の人間を信じたことなどなかったはずだ。敵を作って孤立することで自分を奮い立たせていた。生意気を承知で言えば、狭く深く黙々と生きてきた老人は、劣等感の塊だった僕とともに新しい一歩を踏み出したのだ。

大澤のばあさんは鼻をすすり上げて、目頭にハンカチを押し当てている。いつまでも頭を下げ続けている伊三郎を見ているうちに、どこからともなく拍手が巻き起こった。老人は赤くなった顔を上げて見たこともないような明るい笑顔を作っており、再び大きな拍手がスタジオを震わせた。

拍手の波がひいたとき、大澤のじいさんが頭をかきながら言った。

「まったく、今から辛気くせえこと言ってんじゃねえぞ。決戦はこれからなんだ。テーラー伊三郎は、まだ始まってもいねえんだよ。泣くのは、人っ子ひとり客がこなくて大失敗してからにしろ」

「父ちゃん！」

大澤のばあさんは、泣きながらまた一喝した。

すっかり日が暮れた日向団地の前で明日香と別れ、僕は寒さに震えながら玄関ドアに鍵を突っ込んだ。北風の冷たさに足踏みしながらノブを引くと、内側から同時に押されて僕は仰《の》け反った。腕を鷲摑《わしづか》みされて家の中へ引きずり込まれ、今度は盛大につんのめる。

「アクア！　久しぶりだねえ！　また背が伸びたんじゃない！」

転びそうになったまま顔を上げると、ＦＢＩのジャージの上からドテラを羽織った母がいた。髪をひとつにひっつめてヘアバンドで前髪を上げ、手には白い修正液がこびりついて汚れている。僕はぽかんとした。

「え？　帰ってきてもよくなったの？」

「うん！　偉いさんの許可が出たみたいなんだよ。わたしもものすごい反省したからさ。アクア、待たせたね。さあ、お母さんの胸に飛び込んできな」

「いや、そういうのいいから」

僕はそっけなく言ってローファーを脱いだけれども、心拍数は確実に上がっていた。

今年いっぱいは戻れそうにないと聞いていたのに、これは不意打ちだ。なんだか気恥ずかしくなって意味もなく目を泳がせ、僕はあらためて母の顔を見た。実家で肩身の狭い思いをして沈んでいると思っていたのに、やつれるどころかやけに顔の色ツヤがいい。僕は真正面から母を見下ろした。

「ちょっと待った。なんか太ってない？」

「うそ、わかっちゃった？ 毎日、上げ膳《ぜん》据え膳でもてなされたから動かなくてさ。しかも、義姉《ねえ》さんのご飯がおいしすぎて箸《はし》が止まんないんだよ。うちの兄ちゃんとじいちゃんも完全に胃袋摑まれてるわ」

「そりゃよかったね」

　僕は深くて長いため息をついた。自分も祖母のおかげで食生活が劇的に改善したけれども、いろんな気苦労で二キロぐらい体重が減っていた。どんな状況に追い込まれても太れる母の図太さを羨《うらや》ましく思う。

　会えなかった期間に起きたことを矢継ぎ早に語った母は、仕事も滞りなく進んでいると笑顔を弾けさせた。できるだけいつも通りに振る舞おうとしているのが透けて見え、僕はほんの少しだけ切なくなった。以前の親子関係にはもう戻れないのだろう。今となってみれば名残惜しく感じるけれども、僕も母も変わった。いや、きっと変わらなければならない時期にきていたのだ。

　喋りながら僕のあとをついてくる母の鼻先で自室の襖《ふすま》を閉め、ジャージに着替えてから部屋を出た。母はあとをついてまわり、洗面所でうがいをしている僕に言った。

「ごはん何にする？」

「そういえば、なんか今日はすごくおなか減ったな」

「ばあちゃんがいろんなおかずを冷凍してってくれたかんね。よりどりみどりだよ」

母は冷凍庫を開けてタッパーに詰められた料理を確認した。

「ハンバーグ、生姜《しょうが》焼き、ロールキャベツ。うわ、酢豚まであるよ。これなくなったら、うちの食卓はいったいどうすりゃいいんだって」

「ごちそうは明日以降にまわそうよ。なんか今日はカレーの気分なんだ」

いきなりそう言うと、母は驚いたように顔を上げてから少し恥ずかしそうに笑った。

「よし、カレーならまかせな。ちくわと油揚げ増量ね」

母は吊り戸棚からカレー鍋《なべ》を引きずり出し、コンロに置いて腕まくりをした。

6

クリスマスの朝は、何発かの花火の音で目を覚ました。枕許のスマートフォンを取り上げると、七時ちょうどを示している。あまりの寒さに布団を引っ張り上げたとき、着信のベルが鳴って僕はびくりとした。モニターには明日香の名前が表示されている。

「もしもし？」

布団をかぶってスマートフォンを耳に当てるやいなや、騒がしい声が入り込んできた。

「今の花火聞いたか？」

「ああ、うん。それで目が覚めた。どっかで町内運動会でもやんのかね」

「津田！　寝ぼけてねえでもう起きらっし！　こだ寒い師走《しわす》に運動会なんてやるバカどこにいんだ！」

「それもそうか……」

「どっかの町内で、祭りかなんかやんのかもしんないぞ！　それか、イオンのクリスマスイベントとか！　テーラー伊三郎リニューアルの初日とかぶっちまうべよ！　まったく、ごせやけるわ！　とにかく、八時半にいつもんとこで待ち合わせな！」

明日香は喋るだけ喋って唐突に電話を切った。僕はもぞもぞと布団から這い出てパーカーを羽織り、火の気のない極寒の我が家で震えながら身支度をしはじめる。

明日香の言う通り、せっかくの初日に大型イベントなんかとぶつかってほしくない。しかし、今日は田舎でも唯一盛り上がるクリスマスだ。周辺の情報をまったく確認しなかったことが、今さらながら悔やまれた。

凍るような水で顔を洗っているとき、襖が開いて母があくびをしながら起きてきた。

「おはよう。今日、運動会かなんかやんの？　派手に花火上がったけど」

「このくそ寒い年末に、運動会なんかやるわけないだろ」

僕は明日香が言ったそのままを返した。母はドテラの前をかき合わせてファンヒーターのスイッチを入れ、着火するのが遅いとののしっている。やかんを火にかけ、ふたつのマグカップにコーヒーの粉を適当に入れた。

「今日だよね、仕立て屋の開店。何時から？」

「十時の予定だけど、なんかものすごく不安になってきた」

僕は胃のあたりを手でさすった。もし客がほとんど来なかったら、冷やかしすらもいなかったら、どうやって伊三郎を慰めればよいのだろうか。いや、僕自身はどう折り合いをつけたらいい？　ここ数ヵ月の間をがむしゃらにがんばれたのも、テーラー伊三郎リニューアルの道筋があったからだ。それがまったくの不発に終わることを、僕は驚くほど考えていなかった。店の前を次々と素通りされている絵を想像しただけで、背筋に震えが走って口のなかが苦くなった。

「わたしもあとから行くからさ。ものすごい楽しみだよ。歴史的瞬間をぜひこの目で見ないとね」

「そうだね……」

僕はうわの空で返事をし、母が焼いてくれたトーストを口へ運んだ。スポンジのようなそれをむりやりコーヒーで流し込んで自室に戻り、ジーンズに着替えてから何度となくスマートフォンを起動した。けれども、ここ数日はネットを見る勇気が出なかった。隼人と大澤のじいさんがあらゆる手を尽くしてテーラー伊三郎を拡散しているのだが、もしすでに酷評の嵐だったら卒倒してしまう。

僕はスマートフォンを置いた。窓を全開にして冷たい風に当たり、いつものネガティブを吹き飛ばすことに専念する。駄目なら駄目で、次の手を打てばいい。そもそも、商売なんて成功する率のほうが低いのだ。そうは言っても、次の手なんてあるのか？

強気と弱気を何度となく繰り返しているうちに、もう家を出る時間がきてしまった。僕は大丈夫とつぶやきながら腹に力をこめ、窓を閉めてダウンジャケットを羽織った。

「じゃあ、行ってくる」

ファンヒーターの前に陣取ってテレビを観ている母に言った。家を出て建物の裏手へまわる階段に向かっているとき、すっきりと晴れた青空に紅白のアドバルーンが浮かんでいるのが目に入って僕は急停止した。すぐさま手すりから身を乗り出して、二つの大玉にじっと目を凝らす。垂れ下がる短冊型の幕には、でかでかと赤い文字が入れられていた。

——祝・テーラー伊三郎！　新装開店オープン！　新作続々ＭＡＸ！

「う、うそだろ。パチンコ屋かよ……ところどころ意味不明だし」

僕は啞然《あぜん》として垂れ幕を何度も読み返した。伊三郎がアドバルーンにこだわっていたのは知っているが、最後の打ち合わせでも一切触れなかったから油断していた。いつの間に発注していたのだろうか。

僕は両手で顔をこすり上げ、ひとまず気を取り直して寸詰まりの階段を駆け下りた。大丈夫、まったく問題ない。頭のなかでまた同じ言葉を唱えながら、団地の敷地を突っ切って市道へ出た。電柱の少し先にいる明日香は見るからに動揺しており、僕に気がつくなりアドバルーンの方角を何度も指差した。

「津田、どうすっぺ。新台出玉MAXだって」

「いや、限りなく近いけど違うから。とにかく行こう」

明日香は白いニット帽を目深にかぶり、いつものモッズコートにミニスカート姿だ。エンジニアブーツをばたばた言わせながら走り、僕たちは瓦町に抜ける小径《こみち》に入った。

「ついにこの日がきちまったよ。すごく嬉しいけどすごく怖いな」

明日香は白い息を上げながら続けた。

「でも、ネットではかなり話題になってんだ。サイトの閲覧者ものすごい勢いで増えてっぺし、動画の再生回数もいい線いってるぞ」

「ホントに？」と僕は明日香の顔を見た。

「河内がいくつもアカウント使いまわして自作自演してたけど、もうそんな必要ないって言ってた。テーラー伊三郎は勝手に歩き出してるよ」

そう言ってにこりとしたが、明日香は笑顔をやや曇らせた。

「でも、ネットと現実は違う。東京だったらツイッター見て軽く行ってみようって気にもなっけど、なんせここは福島の田舎だからな」

そこなのだ。時間と交通費をかけても行ってみたいと思わせなければ意味がない。ちょっとばかり町内で話題になっても仕方がなかった。僕たちはコール・バレネには価値があると確信しているけれども、不安は際限なく湧き出してくる。

そのとき、ポケットの中でスマートフォンが音を鳴らした。見れば、隼人からメッセージが届いている。「ヤバい」とだけ書かれており、僕は思わず歩調を緩めた。

「何、だれから？」

「隼人。なんか問題が起きたらしい」

明日香の白い顔がますます白くなるのがわかった。

「まさか、商工会のデブのおっさんと元帥が殴り合いになってるとか……」

「怖いこと言うなって。でも、新装開店だしなんか言われてんのかもしれない」

僕たちはぬかるみに足を取られながら、瓦町商店街へ急いだ。あらゆる最悪のパターンに頭を支配されつつ、切れるように冷たい風のなかを突き進む。町のメインストリートに出てすぐ店のほうを見ると、黒い人だかりができているのが目に飛び込んできた。

「ちょっと待った。まさかホントに揉《も》めてんのか？」

慌てて駆け出そうとしたとき、急に腕を掴まれて僕はひっくり返りそうになった。振り返れば、明日香が真っ青な顔で呆然《ぼうぜん》としている。

「あ、あれ」

明日香は微かに震えながら、店とは別の方向を指差した。緩やかな上り坂に並ぶ民家や木々の間から、無数の人影が覗いている。僕は勢いよく明日香に向き直った。

「うそだろ！　行列……まさかあれ、テーラー伊三郎に並ぶ列？」

「ど、どうすっぺ、たいへんなことになっちまった！」

　明日香はつっかえながら声を上げ、胸のあたりを何度か叩いた。

「あれ、わたしらの世界に入りたいって人らだよな！　エヴェレット・ジャポニスムを受け入れた人らだよな！　サイト見て、いてもたってもいらんなくなった人らだよな！」

「そう、そうだよ！　開店するのを待ってたんだ！」

　明日香は飛び上がって僕に抱きつき、二人は同時に走り出した。一歩を踏み出すごとに視界が開け、緩い坂の途中にあるテーラー伊三郎の全貌《ぜんぼう》が見えてくる。人の波は商店街に沿ってずっと連なり、そのまま角を折れて駅のほうまで続いていた。

「すごい！　夢じゃないよな！」

　僕が声を上げると、明日香が「夢ならとっくに覚めてっぺよ！」と返してきた。店の前には緑色のカーディガンを着た伊三郎が立っており、その周りを囲んでいたのはテレビカメラだった。マイクを向けられている老人は、いつもと変わらずひどい仏頂面だ。もっとよく見ようと伸び上がったとき、一眼レフのカメラを首にかけた隼人が走ってきた。

「津田！　ヤバいことになってんぞ！　たぶん、三百人ぐらい並んでる！」

「さ、三百！」

「これから駅に電車が停まるたんびに増えるぞ！　テレビも新聞記者もいっから、それ見てまた人が集まってくんな！」

信じられない。僕は再び行列に目をやった。もちろん若い年代が多いけれども、中高年も少なくはない。着物姿の者が目につくのは、ウェブサイトの効果だろう。みな、クリスマスの寒空の下を並んでまでテーラー伊三郎を見たいと思っているのだった。

「大成功だ……」

僕の心臓は暴走しっぱなしだった。大澤のじいさんは店先に出した背の高い脚立に上り、砲身のような巨大な望遠レンズのついたカメラで行列を連写している。美容室スズ子の隣にはテントが張られ、何人かが大鍋で豚汁らしきものを作っていた。いつもは閉じられている陰気な商店も、みんなドアを開け放っている。興奮している僕のそばに、撮影したときと同じコーディネイトをした大澤のばあさんが姿を現した。

「アクマリーちゃん」

「お、おばあちゃん、その恰好してくれたんですか！」

「んだよ。だって今日は特別の日だもんな。加藤さんもスズ子さんもバッチリ決めてっかんね。さっきっから、大勢の人に写真撮られてんだ。若い人らと一緒に撮ったりな」

ばあさんは恥ずかしそうに頬を赤らめた。

「しかし、なんだかすごいことになったねえ。朝っから騒がしいと思ったら、もう外に行列ができてたんだわ。伊三郎さんが花火上げる前からだよ」

今朝の花火は伊三郎が打ち上げたらしい。

「急遽《きゅうきょ》、商店街のみんなで話し合って、豚汁とかコーヒーをふるまおうってことになったんだ。なんせ今日はすごく冷え込むかんね。少しでもあったまってもらいたいんべ」

「みんな協力してくれたんですか？　だって、商店街は商工会側なのに」

僕がそう言うと、ばあさんは化粧したシワだらけの顔でにっこりと笑った。

「ふるまいをすんのに、臨時許可を取りに保健所へ走ったのが商工会の若い衆だよ」

「じゃあ、和解したんですか？」

ばあさんは苦々しい面持ちでひと息ついて、首を左右に振った。

「相馬のじいさんはあいかわらずだ。顔も出さねえよ。でもな、ほかの連中は違う。この騒ぎ見ても気に入らねえって言うんなら、商工会なんてもう必要ないって話になってる。あたりまえだよな、あたしら商売人なんだ。お客が満足する顔が見たいんだよ」

ばあさんは、人であふれる通りを見て微笑んだ。

「それにしても、何十年ぶりかねえ。瓦町商店街がこんなに団結したのはさ。しかも、自分らで進んでやってんだぞ。損得関係なく、みんな喜んでやってんだ」

大澤のばあさんが早くも涙ぐんでいるのを見て、僕も胸が熱くなった。が、今は感動に酔いしれている場合ではない。明日香はすでにふるまいの給仕を手伝っており、隼人は大澤のじいさんと組んでライブ中継をおこなっている。インタビューを受けていた伊三郎が店に引っ込むと、入れ替わりにスーツ姿の市長がカメラの前で町の説明をしはじめた。

僕は人垣をかき分けるようにして店に滑り込んだ。

「伊三郎さん！」

そう声を上げたものの、いろんな思いが一気に噴き出してきて次の言葉がなかなか出てこない。そのうえ急に涙があふれ出して止まらず、僕は久しぶりに泣きじゃくった。まるで小さい子どものようだった。あの朝、伊三郎のコール・バレネに出会わなければ、僕は今ごろどうなっていたのだろう。目的もなくただ乾いた日々を消化し、負の感情ばかりが大きく育っていたに違いない。ひょっとして、いろんな重圧で完全に潰れてしまっていたかもしれなかった。

手の甲で涙をぬぐっている僕を黙って見つめていた伊三郎は、ミシンの前に腰かけながらいつもと変わらぬ声を出した。

「アクア」

「い、伊三郎さん……ぼ、僕、嬉しいです。伊三郎さんに会えて、本当によかったです」

伊三郎は椅子から立ち上がり、感情に翻弄《ほんろう》されている僕をぽんと叩いた。

「俺のアドバルーン、なかなかよかっただろ？」

「ちょ、ちょっと！　今それを言いますか！」

僕は盛大に脱力し、涙はたちまち笑いに変わった。

「松井看板屋で、いちばん売れる文言を選んで書いてもらったんだ。その効果は絶大だな。見ろ、この人だかりだ」

「確かに効果は絶大でした」

僕は初めてアドバルーンに同意し、袖で目許をごしごしとこすった。

「でも、ここに集まった人たちは、みんな伊三郎さんが作ったコール・バレネに惹《ひ》かれてきたんです。実物を見てみたくてたまらなくなったんですよ。これ、すごいことだと思うんです。開店に合わせて予定を組んで、朝早くから起きて電車に乗って、寒いなか時間がかかっても列に並ぶことを選んだんだから！」

「ああ」とだけ返してきた伊三郎は、なんともいえない満ち足りた表情をした。この勇ましい顔が見られてよかった。最後まで自分を信じ切れて本当によかった。心からそう思ったとき、自宅へ続く戸口から息子の太一が顔を出した。

「父さん、ものすごい反響だよ。怖いほどだな。役所の問い合わせメールサーバがパンクしたらしい。なんせ市長がテレビに出たからね」

痩《や》せぎすの男は興奮を気取られまいと生真面目に喋ってはいるが、顔が緩むのを止められないでいる。父親の精神状態を危ぶんでいた息子は、ようやくコール・バレネという理解不能なものを直視することにしたようだった。

「それで、市長と観光振興課からひとつ頼まれてるんだよ。この店を中心にして、町を活性化させるプロジェクトを企画したいんだ。題して『不思議な世界を紡ぐ城下町』。商店を紹介したり、名所と特産品をまとめた冊子を新しくする。ある程度の予算が下りるから、個人レベルじゃなくてもっと大々的に店のアピールができると思うんだよ」

「やめておけ」

伊三郎はにべもなく即答した。

「おまえら官が絡むと、ろくなことにならん。こつこつとやってきたもんが、すべてだいなしになる。いい加減、役場に入り込んだコンサルとやらを疑ったらどうだ？　言われるがままに全国各地で同じようなイベントをやって、二言目には観光を持ち出す。それで成功したためしがあるか？　本当に町をなんとかしたいんなら、口を出さずに金だけ出すことだ」

さんざんな言われようだが、太一も負けてはいなかった。

「今話してることにコンサルは関係ないよ。この町はフランスのトゥールーズと姉妹都市になってる。何日か前に、先方から連絡が入ったんだ。店のホームページを見たそうでね。いいかい？　現地に本拠地を置く世界的にも有名なファッションブランドが、父さんの作ったコルセットに興味津々らしいんだ。なんと、招きたいとまで言ってきてるんだよ」

「伊三郎さん！　トゥールーズって言ったら、ロマネスク建築が残るような古い文化都市ですよ！　『ジャルダン・ジャポネ』っていう日本庭園もあって、もともとジャポニスムへの関心度が高い都市ですよ！」

驚いて声を張り上げると、息子の太一は「きみはよく知ってるなあ」と感心して腕組みをした。しかし、伊三郎はぴくりとも表情を変えなかった。

「コルセットに興味があるなら、自分らがフランスくんだりからここまで来ればいいだろう。時間が合えば会ってやらんでもないぞ」

コール・バレネの本場であるフランスの一流ブランドに対して、とんでもない上から目線だった。が、まんざらでもないのは顔色からしても明らかだ。

　伊三郎は、窓の外で開店を待ちわびる者たちにすっと目を細めた。イメージという概念に疎かった老人は、それがもつ力のすごさを思い知っている。きっと、美しくて完璧なコール・バレネだけでは、ここまで人の心を動かせなかったはずだ。老いた仕立て屋が醸し出す物語と、見たこともないような奇抜な販売戦略。そしてかかわった人間のだれかひとりでも欠ければ、今はなかったと僕は思っている。

　そのとき、店のドアが開いて冷たい空気が流れ込んできた。見れば、明日香の後ろから歩いてきたのは母だった。髪を頭のてっぺんで団子にまとめ、落ち着きなくきょろきょろと店のなかを見まわしている。

「いやあ、すごい、すごすぎる。クリスマスにこの町の奇跡を目の当たりにしたよ。わたしの前に並んでた人が、東京から来たって言うじゃないの。仕立て屋を見に、わざわざ新幹線に乗って東京からだよ？　しかしこの店、とんでもなくクオリティ高いんだけど」

「なんかさ。おめさんげの母ちゃん、列の後ろのほうさ並んでたから、とりあえずつれてきたわ」

明日香が言うと、母はマフラーを外しながら前に進み、伊三郎と握手をした。

「鈴村さん、この子らがいつもお世話になってます。本当にすばらしい、感動しました。それに、先日は私事でご迷惑をおかけしてすみませんでした」

母は深々と頭を下げ、横にいる太一を見やった。首から下げられている職員証を認め、たちまち目を輝かせている。

「もしかして、息子さんは役所の方ですか？」

「ええ、まあ」

「いやあ、ちょうどいいとこで会った。次の年度末の工事、日向団地ぶち抜いて道路を通してもらえないですかね。あの団地もいい加減古いし狭いから、立ち退きで新しいとこに移りたいなと思って」

「いきなり何言ってんだよ」

僕は母の腕を引っ張った。そのまま外へつまみ出そうとしたとき、今度はでっぷりと太った老人が入ってきてぎょっとした。商工会の相馬ではないか。脂ぎった赤ら顔にキャップをかぶり、タオルを首に巻いてぜいぜいと息を上げている。が、その後ろにいる者を見て、僕は息が止まりそうになった。真鍋女史だった。白髪交じりのおかっぱ頭を振り乱し、顔色が以前にも増してどす黒くくすんでいる。僕が棒立ちになっていると、相馬老人は首に巻いたタオルでこめかみの汗をぬぐいながら口を開いた。

「開店前に、どうしても言っておくことがある」

「日を改めろ。見てわからんのか。こっちはそれどころじゃない」

伊三郎がゆっくり前に進み出ると、相馬は見たこともないほど殺気立った視線を投げかけてきた。

「こんなんで町を救った気になるなよ。打ち上げ花火と同じで、一瞬の騒ぎで終わる。反動はすぐにやってくるぞ。浮かれた町の連中は、前にも増して絶望すんべよ」

「だからずっと絶望したままのがいいってか」

伊三郎が怖いほど静かに語り、慌てた太一が二人の間に割って入った。

「相馬さん、どうか今はお引き取り願えませんか？　こんなに大勢人が集まってテレビも新聞もきてるのに、騒ぎになったらまずいですよ」

太一は落ち着きなく店の外を窺った。すると今度は真鍋女史が一歩踏み出し、睨み合う二人を素通りして母の真正面に立った。わだかまりを捨てて歩み寄ろうという姿勢は微塵《みじん》もなく、強張った表情から怒りが迸《ほとばし》っている。明日香は咄嗟《とっさ》に後ずさりして、僕のダウンジャケットの裾を握り締めた。

「今さっき、通りであんたの姿を見かけたからびっくりしたんだ」

真鍋女史はいつもよりも早口で喋り、母を真っ向から見据えた。

「行政からあれほど指導を受けたのに、まったく反省してないようだな」

「もちろん、反省していろんなことを改めようと思いました。真鍋先生にもお手数をおかけしましたね。でも、外へ出るなとは指導されてませんよ」

母の言葉を遮るように、真鍋女史は語気を強めた。

「そういう問題じゃない！　自粛って言葉を知らないわけじゃないだろう！　本当に反省している人間は、こんな馬鹿騒ぎには参加しない！　子どもを第一に考えて、出しゃばらないで静かに過ごすもんだろ！」

かすれたいやな声が、僕の耳の奥を引っかいた。驚くことに、真鍋女史は僕と母に対して少しも後ろめたさがないことがわかった。ほんのわずかであっても罪悪感はあるはずだと思っていたが、自分を正義と信じて疑っていない。僕の背中を冷や汗が伝っていった。しかし母はまったく反応を見せず、真鍋女史の鋭い視線を受け止めている。相馬老人と真鍋女史の間で太一は右往左往し、メガネを押し上げながらまた仲裁役を買って出た。

「真鍋先生。反省と町に出ることは関係ないと思いますよ。それに、指導は児童相談所がおこなっていくことなので、そのあたりご理解ください」

「何を言ってるんだ。子どもは町ぐるみで見守ろうと謳《うた》っているのは役所だろう！」

「いや、そうですけど、これはさすがに意味合いが違うのではないかと」

太一は人差し指で何度もメガネを上げ、なんとか場を収めようと必死だ。けれども真鍋女史に引き下がる気はなく、荒々しくリュックを下ろしたかと思えば、中から何冊かの書籍を取り出した。僕は深いため息が漏れ出した。母の単行本だった。

「この本の中身は驚くばかりだ。実在の偉人にいかがわしい行為をさせたり、史実とは異なるうそを並べ立てたり、女性蔑視《べっし》で有害図書以外の何物でもない。こんなものを高校生の息子に手伝わせて販売するとは、女として教育者として黙っているわけにはいかないじゃないか！　即刻販売停止して回収するように、出版社には申し入れてある。署名活動の段取りもつけてあるからな！」

　真鍋女史の声も言葉も凶器だった。今すぐ耳を塞ぎたい。もう僕は、全身の細胞レベルで真鍋女史を受けつけなかった。みんなで作り上げてきた大事な今日という日を潰されてしまう。そして、母が貶《おとし》められるのはもうたくさんだ。

　僕が無意味な争いをやめさせる。思い切って口を開きかけたとき、母が手を上げてそれを制してきた。顔を見れば、とても落ち着いていて穏やかな笑みさえ浮かべている。母は真鍋女史に一歩近づいた。

「わたしの選んできた道は、多くの人が間違いだったって言うんですよ。世の中もろくに知らない子どもが妻になって親になって、そして案の定、何もかもがうまくいかなかっただろうって。真鍋先生もそう思いますか？」

「そう言われるのも当然だろう。だが、いちばん悪いのは男だ。妻子を捨てて出ていっても、男というだけでしょうがないと許される風潮がある。むしろ妻側に問題があったせいだと話がすり変わるのが世の中というものだ。あんたはそれを身をもって知ってるはずだろう。それなのに、なぜ女をないがしろにする漫画を描くんだ。なぜ男を糾弾しない」

母は揺らぎのない笑みを作った。

「わたしはいつまでも被害者のポジションにいたくないだけですよ。もうその次元にはいないんです。真鍋先生、だれも表立って反対できない『男女平等』という目的のために、いろんな自由を奪うことは許されますか？　歴史のなかで自由を勝ち取ってきた人たちは納得すると思いますか？」

「何を言ってるんだ。まさか、あんたは男尊女卑を肯定する気か？」

真鍋女史は驚いたように語尾を上げた。しかし母はにこやかに首を横に振った。

「先生は他人の悪さばかりに目がいって、自分の悪いところには無頓着だと思うんですよ。まあ、わたしもそうなりがちなんですけどね。たぶん、他人を許すことは自分を許すことにつながっている。だからとりあえず、わたしは真鍋先生のすべてを受け入れます。表現することには、無条件で自由が与えられてるんだしね。ホント、このあたりを命がけで説いた偉い人はすごいな」

母はいつもの調子で、しかしきっぱりと言い切った。自分の一切を曝《さら》け出し、何にも動じない母親を僕はじっと見つめた。長いこと母を恥じて隠しながら生きてきたけれども今は違う。僕は初めて、こんな大人になってみたいと思った。

根源的な思想とだれにも言われたことがないであろう意見をぶつけられた真鍋女史は、次に出す言葉が見つけられないでいる。母が口にしたのは揶揄《やゆ》でも媚《こ》びでもなく、すべての人間が平等にもつ権利の部分だ。そこを全肯定された真鍋女史は、これ以上、ここで騒ぎ立てても意味がなくなった。

だれも口を開かなくなったとき、店のドアが開いて加藤夫人が顔を覗かせた。惚《ほ》れ惚《ぼ》れするような黒バラのコール・バレネをまとって、今日も颯爽《さっそう》としている。

「みなさん、そろそろ時間ですよ。お客さんにはもう番号札を渡してあるから、伊三郎さんの挨拶が終わったら一時解散してもらうわ。寒いし、並んで待ってるよりも町を見てもらったほうがいいからね」

そう言って華やかに笑う。そして店の中ほどに立ち尽くしている真鍋女史を見つけ、加藤夫人は首を傾げた。

「あら、真鍋先生じゃない。リニューアルにわざわざ来てくれたのね。クリニックの前でスープとコーヒーをふるまってるから、先生もぜひどうぞ」

返事の代わりに身じろぎをした真鍋女史は、母と目を合わせてぼそぼそと言った。

「わたしはあんたを認めたわけじゃない。その反論は卑怯《ひきょう》でもある。だからあんたは公民館でやってる勉強会に来たらいい。そこで今回のことはあらためて議論するべきだ。女の本当の自立について、わたしは、ずっとずっと闘ってきた。どれほどひどい中傷があろうと、負けることは許されなかった。常に矢面に立ってきたんだ。想像を絶するそのつらさがあんたにはわかるまい」

「ぜひとも、そのお話を聞かせてください。今度公民館に行きますんで」

母が場違いなほど元気に答えると、真鍋女史は気の抜けた視線を絡ませてから、憤る相馬老人のあとについて店を出ていった。ショック状態というところだろうか。しかし、今までの自身の歩みを振り返って対話しようとしている。

太一がほっとして額の汗をぬぐっていると、伊三郎が店の奥で声を上げた。

「アクア、俺もおまえさんも問題山積みだな。だが、これは徹底的に考えて必ず自力で解決しろよ。あやふやにするな。わかったな?」

僕と母は同時に大きく頷いた。老人はカーディガンの裾を引っ張って伸ばし、口ひげを指で丁寧に整える。そこへ大澤のじいさんが飛び込んできて、いきなりみなの写真を撮りながらだみ声を張り上げた。

「そら、何ぐずぐずやってんだ。もったいぶってねえで、みんなさっさと表さ出ろ。それに郡山《こおりやま》からハト屋が来てっぞ。さっきからお待ちかねだ」

「え？　なんですか、ハト屋って」

「ハト屋っつったらハト屋だっぺ。イベントにはよ、純白のハトはつきもんだ」

「まさか、ハトを飛ばすとか……」

伊三郎の顔を素早く見やると、当然だと言わんばかりに頷いた。

「おまえさんは常識を知らなすぎるぞ。新しい門出に白ハトを飛ばさなくてどうする」

アドバルーンに花火にハトに、伊三郎はやりたいことをすべてやったようだ。老人は息子から拡声器を受け取り、ドアから外に出た瞬間に飛ばしてほしいと指示を出した。

「アクアと明日香。おまえさんらは俺のそばにいろ。テーラー伊三郎を立ち上がらせた要だ。二人がいたから俺の今がある」

僕は明日香と顔を見合わせて笑った。

今、猛烈に学びたい気持ちが湧き上がっている。自分なりの真理を突き詰め、それを糧に堂々と生きてみたい。形ばかりの安定にしがみついて、自分を騙《だま》し騙し立ちまわるという選択肢はきれいになくなっていた。進学しよう。この町を出て僕は僕を試す。

「伊三郎さん、学校の研究発表のテーマが思い浮かびました」

僕は横に並んだ老人に言った。

「『仕立て屋革命における多世界解釈とパラドックス』なんてどうですか」

「まるで意味がわからん。だが、やるからにはノーベル賞あたりを狙うんだろうな？」

伊三郎は、冗談とは思えないほど力強い目を僕に向けた。

小柄で丸っこい老人の見慣れた背中を追い、三人の革命軍は店の格子ドアをくぐった。とたんにたくさんのハトが蒼穹に舞い上がり、道路を埋めている人々から大きな歓声が上がった。

解説

池澤《いけざわ》 春《はる》菜《な》

ぎっくり腰になったことがある。
ある朝起きて、何気なくベッドから起き上がろうとしたら、ズバンと来た。
未《いま》だ経験したことがない幸運な人のために説明すると、ぎっくり腰は、だるま落としの真ん中の棒を抜いたみたいな感じだ。体をまっすぐ保ったままなら何とか動けるけれど、少しでも傾けたり、重心がずれたりすると、激痛。当然、ベッドから起き上がる動きは無理。

真っ白な頭でなんとか思い出したのが、つい先日のライブで着た衣装。じりじりと1mmずつベッドの端まで体をずらし、仰向《あおむ》けのまま、手だけでベッドの下のクリアケースを探り当て、なんとか引っ張り出したもの。

コルセット。

アンティークの、素晴らしく繊細なレースで作られた、薔薇《ばら》色《いろ》の美しいオーバーバストタイプのコルセット。

それをパジャマの上からはめ、ぎゅっと紐《ひも》で締め付け、ようやくわたしは人の形を取り戻した（パジャマ＋コルセットという見た目は不問で）。あの時、あのコルセットがなければ、わたしはベッドで干からびて死んでいたかもしれない。

そう、わたしはコルセットに命を救われたのだ。

……というのはちょっと大げさだけど。

コルセットをつけると、体の外と共に身の内がぎゅっと引き締まる気がする。この美しい服に見合った体型でなければ、と思う。コルセットは支えであり、鎧《よろい》であり、守りであり、誇りなのだ。


　この長い助走は、わたしがいかにコルセットを愛しているかの説明。そしてこの助走は、この作品を巡って川瀬《かわせ》七緒《ななお》さんと対談をしませんか？　とのお話をいただいた時に飛び上がり、そして対談がとても楽しくて大気圏まで突き抜けるかと思ったあの日に繋《つな》がります。さらに今回、文庫化にあたっての解説まで!!　たぶん今わたし、衛星の軌道上に浮かんでいるかもしれない。

　そりゃね、前時代的ですよ？　今時コルセットをしている人なんて、医療目的か、ちょっと特殊な服装の人か。女性性の抑圧とか、健康に良くないとか、色々言われるかもしれないけれど……でもわたしは、コルセットが支えてくれる自分が好きなのだ。それは拘束だけど、解放でもある、と思っている。

　だから、コルセットによって革命を起こそう、なんてお話も、絶対好きに決まっているのです。

ちなみに対談では、鼻息も荒く、本文中に出てくる着物に帯代わりのコルセット、というアレンジでお伺いしました。

17歳の主人公海色《アクアマリン》が住む、大きな流れに取り残され、みんながどこかで先行きを諦《あきら》めている町。いつも少し日の陰ったような、息の詰まるような、でもきっと日本のあちこちにある町。アクアの家庭も、学校も、閉塞《へいそく》的で、体も心も行き場所がない。そんな中で、アクアが出会った、非日常。「どこからどう見ても、古臭くて時代遅れの潰《つぶ》れた仕立て屋」のショーウィンドウに飾られた、完璧《かんぺき》なコール・バレネ、ことコルセット。そこからアクアの毎日は大きく変わり始める。

閉じ込めるもの、抑圧するもの、秘されるものの象徴のようなコルセットによって、停滞した町の生活と、その外の世界、現実と空想が繋がり、これから人生に挑む少年少女たちと、人生の終わりを見つめる老人たちが繋がり、大きく可能性の扉が開いていく。砂色の毎日を塗り替えていく蛍光塗料。

まさに一着の服が起こす「革命」。今回の文庫化にあたって、タイトルを『テーラー伊三郎』から『革命テーラー』にかえたのもさもありなん。

そこからの疾走、かつ濃密な展開は読んでの通り。

それにしても、登場人物たちの元気なこと、キャラの濃いこと。明日香《あすか》ちゃんはもちろん、悪友の隼人《はやと》、そして伊三郎《いさぶろう》を始めとするご年配軍団（わたしのお気に入りは、大《おお》澤《さわ》さんとスズ子《こ》さん、加藤《かとう》夫人の3おばあちゃんズ）。そして悪役の真鍋《まなべ》女史に至るまで、いずれもしっかり骨太で、押しが強くて、一人一人が自分の物語を持っている。ハナばあちゃんの人生なんて、それはそれで別の物語として読んでみたい。真鍋女史の言い分に、ちょっと傾いちゃう自分もいる。彼女の、彼女なりの闘い方。方法はともかく、一番真ん中にある気持ちは、清廉なのだ。だからこそ、最後、彼女はアクアのお母さんの言葉に耳を傾けることができた。まだまだバトルはありそうだけど、ここから始まる真鍋女史の物語にも、すごく興味がある。

アクアと明日香ちゃんの仲。

アクアの書いた研究発表がどうなったのか。

お母さんとの関係は。

隼人と大澤のじいさんの明らかに危険な友情。

そしてもちろん、テーラー伊三郎のこれから。

たくさん続きが気になるポイントはある。

でも、以前対談した時、川瀬さんはこう仰《おっしゃ》っていた。

「あそこでラストを区切ったのは、後の展開を読者に委ねたかったから。この先、アクアや明日香がどうなるかは分からない。きっと夢と現実のギャップに直面して悩むこともあるんだろうけど、この小説に関しては成功して終わるのが美しいかなと」

アクアたちの物語は続いていく。今も、もしかしたら日本のどこかの町で革命を起こそうとしているアクアたちがいるかもしれない。でも、次はわたしたちの番なのだ。ここから先は、わたしたちが、自分自身の人生のなかでできる革命を起こしていこう。心のコルセットを、ぎゅっと締めて。

最後に川瀬七緒さんのご紹介を少しだけ。

福島県生まれ。文化服装学院服装科・服飾専攻科デザイン専攻卒（だからこそのあの服飾の知識と、一着の服を作っていく過程の描写!!）。子供服のデザイナーを経て、2011年『よろずのことに気をつけよ』で第57回江戸《えど》川乱歩《がわらんぽ》賞を受賞。これまた面白いのです。誰が、なぜ、どうして、に、「呪いは殺人として成立しうるのか」を付け加えた呪術ミステリ。

虫愛全開な法医昆虫学者が主人公の、「法医昆虫学捜査官」シリーズ。

報奨金目的に手を組んだ、経歴も性格も違う三人のユニークな長編ミステリ、「賞金稼ぎスリーサム！」シリーズ。

単巻でも、ぶっ飛んだキャラクター、社会の歪《ゆが》みを描き出す筆致、ユーモアとペーソス、一気読みのリーダビリティで、次々と川瀬中毒者を生み出している。

本書をきっかけに、ぜひ川瀬作品にはまって欲しい。

〈参考文献〉

古賀令子『コルセットの文化史』（青弓社）
丹野郁編著『西洋服飾史　図説編』（東京堂出版）
ヘレン・レイノルズ文、徳井淑子監修
『ビジュアルでわかる世界ファッションの歴史　下着』（ほるぷ出版）
ナンシー・ブラッドフィールド著、ダイナワード訳
『図解　貴婦人のドレスデザイン　１７３０～１９３０年』（マール社）
横浜美術館・京都服飾文化研究財団編著
『ファッションとアート　麗しき東西交流』（六耀社）
丸山敬太『花の手仕事　flower works』（文化出版局）
五十嵐麻理『ネオ・ヴィクトリアンスタイルＤＩＹブック　ホームズの部屋・スチームパンク室内装飾』（グラフィック社）
F・クライン＝ルブール著、ポール・ロレンツ監修、北澤真木訳
『〈改訂新版〉パリ職業づくし　中世～近代の庶民生活誌』（論創社）
慎泰俊『ルポ　児童相談所――一時保護所から考える子ども支援』（ちくま新書）
チャールズ・ブコウスキー著、中川五郎訳『死をポケットに入れて』（河出文庫）

本書は、二〇一七年十二月に小社より刊行された
単行本『テーラー伊三郎』を加筆・改題のうえ、
文庫化したものです。

革《かく》命《めい》テーラー

川《かわ》瀬《せ》七《なな》緒《お》

令和２年 10月25日　初版発行
令和６年 11月25日　３版発行

発行者●山下直久

発行●株式会社KADOKAWA
〒102-8177　東京都千代田区富士見2-13-3
電話　0570-002-301（ナビダイヤル）

角川文庫 22369

印刷所●株式会社KADOKAWA
製本所●株式会社KADOKAWA

表紙画●和田三造

●お問い合わせ
https://www.kadokawa.co.jp/（「お問い合わせ」へお進みください）
※内容によっては、お答えできない場合があります。
※サポートは日本国内のみとさせていただきます。
※Japanese text only

ISBN 978-4-04-109678-9　C0193

角川文庫発刊に際して

角川源義

第二次世界大戦の敗北は、軍事力の敗北であった以上に、私たちの若い文化力の敗退であった。私たちの文化が戦争に対して如何に無力であり、単なるあだ花に過ぎなかったかを、私たちは身を以て体験し痛感した。西洋近代文化の摂取にとって、明治以後八十年の歳月は決して短かすぎたとは言えない。にもかかわらず、近代文化の伝統を確立し、自由な批判と柔軟な良識に富む文化層として自らを形成することに私たちは失敗して来た。そしてこれは、各層への文化の普及滲透を任務とする出版人の責任でもあった。

一九四五年以来、私たちは再び振出しに戻り、第一歩から踏み出すことを余儀なくされた。これは大きな不幸ではあるが、反面、これまでの混沌・未熟・歪曲の中にあった我が国の文化に秩序と確たる基礎を齎らすためには絶好の機会でもある。角川書店は、このような祖国の文化的危機にあたり、微力をも顧みず再建の礎石たるべき抱負と決意とをもって出発したが、ここに創立以来の念願を果すべく角川文庫を発刊する。これまで刊行されたあらゆる全集叢書文庫類の長所と短所とを検討し、古今東西の不朽の典籍を、良心的編集のもとに、廉価に、そして書架にふさわしい美本として、多くのひとびとに提供しようとする。しかし私たちは徒らに百科全書的な知識のジレッタントを作ることを目的とせず、あくまで祖国の文化に秩序と再建への道を示し、この文庫を角川書店の栄ある事業として、今後永久に継続発展せしめ、学芸と教養との殿堂として大成せんことを期したい。多くの読書子の愛情ある忠言と支持とによって、この希望と抱負とを完遂せしめられんことを願う。

一九四九年五月三日

角川文庫ベストセラー

能楽師の娘　波多野聖

能楽の家に生まれた綾は、女ながら能楽師になりたいと志す。東京からロンドンそして1920年代のパリへ。あくまでも自分らしく美を追い求め明治・大正・昭和を生きた女性の、華麗な生涯。『花精の舞』改題。

家と庭　畑野智美

中山望は、四季折々の花が咲く庭のある家で、母と姉と妹と暮らす。ある日、上の姉が娘を連れて帰ってきて、女5人との生活が始まった。家族や幼なじみと過ごす時間は、〝何も望まない〟望を変えていく——。

校閲ガール　宮木あや子

ファッション誌編集者を目指す河野悦子が配属されたのは校閲部。担当する原稿や周囲ではたびたび、ちょっとした事件が巻き起こり……読んでスッキリ、元気になる！　最強のワーキングガールズエンタメ。

校閲ガール　ア・ラ・モード　宮木あや子

出版社の校閲部で働く河野悦子（こうのえつこ）。部の同僚や上司、同期のファッション誌や文芸の編集者など、彼女をとりまく人たちも色々抱えていて……日々の仕事への活力が湧くワーキングエンタメ第2弾！

校閲ガール　トルネード　宮木あや子

ファッション誌の編集者を夢見る校閲部の河野悦子。恋に落ちたアフロヘアーのイケメンモデル（兼作家）と出かけた軽井沢である作家の家に招かれ……そして社会人3年目、ついに憧れの雑誌編集部に異動に!?